"중세 이스탄불에 오르한 파묵의 ◯◯◯◯◯◯◯◯◯◯ 우리에게는 《붓다의 십자가》가 있다◯◯◯◯◯◯◯◯ 한 눈밭에 누워 김종록의 《바이칼》을 ◯◯◯ ◯◯◯◯."

_전성태(소설가)

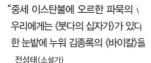

"이야기의 힘을 잃지 않으면서 철학과 역사의 경계를 자유로이 넘나든다. 의미 없이 흩어져 있던 역사 기록들이 이 특별한 작가의 놀라운 상상력 앞에서 새로운 진실로 다시 태어난다."

_무비 스님(전 동국대 역경원장)

"팩션의 거침없는 속도감과 철학적 깊이가 동시에 살아 있는, 그동안 어디에서도 경험하지 못했던 놀라운 소설."

_이홍섭(시인)

"장대한 서사와 충격적인 가설로 독자를 옴짝달싹 못하게 압도해버린다. 에코보다 날카롭고 크라이튼보다 기발하다."

_손용석(jtbc 기자)

"장대하면서도 섬세하다, 도발적이면서도 진실하다. 팔만대장경에 대한 기존의 생각을 통째로 뒤흔들어버렸다."

_이임광(전 〈포브스〉 기자)

"글을 접하면서 일순간 마음을 빼앗기고 말았다. 평소 도서관을 흠모해온 작가의 혼이 물씬 배어 있다. 마음은 어느새 나무도서관이 있는 해인사로 내달린다."_조수연(국립중앙도서관 홍보사서)

"풍부한 지성과 날카로움이 넘치는 솜씨로 언어를 조탁한다. 우리 문단에도 이런 작가가 있다는 사실에 경의를 표한다."

_이미경(환경재단 사무총장)

붓다의 십자가 2

붓다의 십자가 2

지은이_김종록

1판 1쇄 발행_2014. 1. 17.
1판 2쇄 발행_2014. 1. 27.

발행처_김영사
발행인_박은주

등록번호_제406-2003-036호
등록일자_1979. 5. 17.

경기도 파주시 문발동 출판단지 515-1 우편번호 413-756
마케팅부 031)955-3100, 편집부 031)955-3520, 팩시밀리 031)955-3111

값은 표지에 있습니다.
ISBN 978-89-349-6632-6 03810
      978-89-349-6633-3(세트)

독자의견 전화_031)955-3200
홈페이지_http://www.gimmyoung.com
이메일_bestbook@gimmyoung.com

좋은 독자가 좋은 책을 만듭니다.
김영사는 독자 여러분의 의견에 항상 귀 기울이고 있습니다.

붓다의 십자가

2

김종록 장편소설

김영사

붓다의 십자가
2

붓다의 십자가
1

작가 서문
주요 등장인물

3

칼을 베어버린 꽃잎

붓 다 의 십 자 가 2

1

강화도 고려산 서쪽 기슭 작은 초당에 녹음이 짙다.

의구한 품새로 철 따라 산색을 바꾸는 고려산은 본토에서 쫓겨나와 섬에 갇혀 사는 도성 사람들의 마음을 어루만져왔다. 겨울에는 수묵담채화로, 봄에는 연분홍 진달래 꽃단장으로, 여름에는 무성한 진초록으로 장엄한다. 특히 여름날 산기슭의 갖가지 연꽃들은 장엄의 극치다. 청련·백련·홍련·흑련·황련, 이렇게 다섯 가지 연꽃이 빙 둘러 핀대서 오련산五蓮山으로 부르기도 한다.

"아무래도 내가 오래 못 버틸 거 같으이. 후휴, 삼십 년 가까이 나라 걱정, 생민들 걱정으로 애를 태웠더니 오장이 다 썩어 문드러졌나보오. 몽골놈들의 칼바람은 잦아들 기미가 없고 거 뭣이냐, 아직 대장경 불사도 마치지 못했는데……"

얼굴이 검푸른 노인이 커다란 고인돌에 기대서서 숨을 헐떡거린다. 금으로 치장한 관모는 제왕의 관을 방불케 했다. 머리통이 보통 사람의 두 배는 돼 보인다. 초당 마루에 앉아 있는 노파가 눈을 가녀리게 뜨고서 부채질을 한다.

"임자, 내가 극락 가려면 어떤 굿을 해야 하누? 일장공성—將功成에 만골고萬骨枯라고 어지러운 세상을 바로잡자니…… 끄음, 본의 아니게 사람 목숨을 너무……"

죽였다는 말은 차마 입에 담기 싫은 눈치였다. 입으로는 관세음보살과 석가모니를 찾고 행동으로는 생지옥을 만들었던 비정한 세월이었다. 그렇게 자그마치 삼십 년이나 권력을 누려왔다. 피 묻히지 않은 날을 손에 꼽을 지경이었다. 스스로 생각해도 한평생이 잔인한 도륙의 연대기였다.

"피를 먹는 호랑이가 풀 뜯어먹는 사슴을 닮을 수야 없지요."

모든 걸 이해한다는 듯 노파의 뽀얀 얼굴은 담담하다.

"임자, 나는 요즘 불안하오. 내일을 생각하면 어느 것 하나 제대로 갖춰놓은 게 없는 것 같아. 자꾸 빈털터리가 돼버리는 망상이 들거든. 요즘에는 헛것들까지 보이고."

노인의 검버섯 핀 볼이 씰룩거린다.

"합하께서 불안하다니요. 무꾸리해주며 밥 빌어먹고 사는 제가 듣기 민망하네요. 대장경 판각불사에, 끌끌한 자손들로 후계까지

정해두셨지 않습니까."

노파는 엷은 미소를 흘린다.

"개경으로 돌아가지도 못하고 영영 바다에 갇혀 지내다 꺾일 팔잘세. 답답한데 석모도 보문사에다 커다란 해수관음상 하나를 세우면 어떨까 싶어."

대장경 판각불사도 마치기 전에 또 일을 만들 요량이었다. 노파가 초당에서 일어서며 고개를 젓는다. 그러다 뭔가 생각났다는 듯 눈을 크게 뜬다.

"불공은 그만하면 됐고 그 돈으로 배고픈 사람들 밥이나 먹입시다."

"어떻게?"

"마니산·혈구산·진강산·고려산·별립산·퇴모산·낙조봉·낙가산에 각각 소 한 마리씩을 바쳐, 강화도 일대 산신들을 위로하면 어떨지."

"대규모 산신제를?"

"말이 산신제지 강화 사람들 고깃국 끓여 먹이려는 구실이지요. 술도 넉넉히 빚어 내놓으면 민심을 얻는 데 더없이 좋을 게요."

"에이, 강화 사람 둘만 모였다 하면 나랑 내 자손들 험담이라던데 그깟 소 몇 마리로 무슨 공덕을 짓겠누?"

최이가 마루로 올라와 난간에 등을 기대앉으며 다리를 쭉 뻗는다. 민심이 험하다는 건 아는 눈치다.

"그래서 더 거둬 먹이자는 거지요. 아무래도 먹은 놈이 조용하니까."

"뜬금없이 한여름에 웬 산신제냐고 할 텐데?"

"국태민안! 아무 때고 써먹기 좋은 명분이지요."

"그렇지. 그건 그래. 역시 흑련일세. 지난 삼십 년 동안 임자 말 듣고 손해 본 거 하나도 없어. 고럼, 고럼."

안색이 밝아진 최이가 경비 걱정 말고 최상품으로 준비해주라고 이른다. 산신제를 준비하는 동안만큼은 시름을 덜게 됐다. 불안감이 홀쩍 달아난다.

노파가 마루 위 작은 첩지 한 장을 최이에게 건넨다. 몇몇 문인과 무인 이름이 적혀 있다. 벼슬을 올려달라는 인사 청탁이었다. 최이는 쓱 훑어본 다음 대수롭지 않다는 듯 고개를 끄덕인다. 첩지를 소매 속에 챙기는 그에게 노파가 갑자기 인보 얘기를 꺼낸다.

"인보가 돌아오면 간자노릇 그만두게 하고 승선과에 급제시킵시다. 제 부모가 죽기 전, 명줄이 짧다고 절집에 판 아인데 간자나 시키는 게 모양새가 영 사납습니다."

"그야 뭐가 어렵겠나. 대장경 판각불사도 얼추 마쳐가는데 퇴물 수기 도승통 따위를 더 감시해서 뭐 해. 강도로 귀환하면 족쇄를 풀어줌세. 그간 삽살개 역할 충직히 해줬다네. 임자가 사람은 잘 보지."

최이는 곰발바닥 같은 손으로 노파의 작은 손을 잡아 다독거린다. 환갑을 앞둔 노파지만 수줍어하는 기색을 감추지 못한다. 그 옛날 협협하던 장군을 처음 만나던 때의 여심이 새록새록 되살아난다. 세월 가고 강산이 몇 번 바뀌어도 변치 않는 감정이었다. 꽃이 지고 물이 내려 여자 구실이 귀찮아진 나이가 돼도 그 감정은 새뜻하게 피어난다. 무릇 사내의 매력이란 헌걸찬 기세에 있다. 천하를 호령하는 사내의 기세는 시든 여인의 마음자리에도 꽃을 피운다.

노파는 사내의 가슴팍에 살포시 옆머리를 기댔다 뗀다. 젊었을 적, 이 사내가 정방政房을 설치하고 인사권을 장악하던 때부터 신처럼 모셔왔다. 정방은 무인정권의 인사행정 기구다.

개경의 황궁이 그의 손아귀에 있었다. 고려국이 그의 것이나 다름없었다. 무엇이건 이 사내에게 말하면 그대로 실현되었다.

"나 그만 가봄세. 임자의 간절한 기도로 근근이 버텨내는 거 잘 아이."

수레 한가득 싣고 온 귀중품을 남겨두고 그가 떠난다. 노파는 호위무사들에게 둘러싸인 최이의 가마를 향해 머리를 숙인다.

무당 흑련의 일생은 간명하다. 최이를 만나기 전과 만난 후로 생의 한가운데쯤에서 가르마가 뚜렷하게 타진다. 많은 손님들을 받아내긴 했지만 그저 스쳐가는 인연일 뿐이었다. 흑련은 최이의 정인이자 가속이나 다름없는 전속무당이었다.

작은 연못이 있는 마당을 가로질러 신당으로 들어가는 흑련의 안색이 어둡다. 하늘같이 떠받들어온 그가 약해질 대로 약해지고 있었다. 산을 뽑을 것 같던 기세는 꺾였고 눈빛은 탁해졌다. 나이를 아랑곳하지 않고 격무를 보는 것도 문제지만 수많은 첩들과 교접하느라 중국에서 들여온 온갖 최음제를 남용해온 것이 치명적이었다. 정력은 강해져서 줄곧 여색을 탐닉했지만 간이 상하는 지경에 이른 것이다.

흑련은 제단에 향을 사른다. 단군 한배검과 일월성신, 산신과 용왕께 간절히 기도한다. 집정 최이의 건강을 지켜달라고. 하지만 잘 안다. 이런 기도는 좀처럼 통하지 않는다는 걸. 욕망은 절대로 기도가 되지 못한다. 누군가의 욕망을 채우자면 다른 이의 결핍과 고통을 감수해야 하므로. 따라서 그런 욕망의 충족은 세상을 어둡게 만든다. 그런데도 사람들은 자신의 욕망만을 충족시키기 위해 안달한다. 신이 그것을 들어줄 리가 없다. 하늘은 개개인의 소원에 관심이 없다. 사람들이 원한다고 하늘이 그에게만 햇빛을 주고 비를 내려주는 게 아니다. 누군가가 햇빛을 원하는 그때 그 공간에서 다른 누군가는 비를 애타게 기다릴 수도 있다. 누군가가 돈을 많이 벌게 해달라고 기도할 때 다른 이도 역시 같은 기도를 한다. 사랑하는 사람 하나를 두고 두 연적이 다투며 사랑을 이루게 해달라고 기도하는 경우도 있다. 도대체 하늘더러 어쩌란 말인가.

기도발이 안 선다. 정화수나 갈 생각으로 물사발을 든다. 사발

속에 연꽃밭이 보인다. 인보가 누워 있다. 정화수 그릇 속에서 찰나에 떴다가 사라지는 영상이다. 가슴이 철렁 내려앉는다. 인보에게 탈이라도 난 걸까. 샘에서 두레박을 끌어올리는데 다시 인보의 얼굴이 뜬다. 두 눈을 감은 인보의 입술이 검다. 그만 두레박을 놓쳐버리고 만다. 다시 두레박질을 해서 물을 뜬 다음 신당에 올리고 방바닥에 엎드린다. 검은 하늘 검은 땅이다. 그뿐 더이상 아무런 영상도 소리도 없다. 머릿속이 하얗다.

"어머니, 저 왔네요."

너울을 쓴 젊은 여인이 문을 열고 들어선다. 하지만 신당 방바닥에 엎드려 있는 노파는 일어날 기미가 없다.

"어머니, 어디 편찮으세요?"

"별일이다. 시아비 가마 나가기가 바쁘게 며느리 가마가 들어오네."

흑련이 일어나 앉으며 두런댄다.

"다 알아보고 시간 넉넉하게 맞춰서 온 거랍니다."

"그래, 술수 부려서 호랑이굴에 들어가 사니까 좋더냐?"

"좋아서 하는 일 아니라는 거 잘 아시잖아요."

"내 업장이 두껍다. 얻은 자식새끼들이라는 게 하나같이 횡액을 당할 팔자라니!"

"에고고고 덥다. 날도 더운데 웬 신세타령이시우? 기분도 착잡한데 시원하게 먹이나 감아요, 우리."

젊은 여인이 노파를 이끌고 신당 밖으로 나간다. 대문을 닫아 걸게 하고 시종을 시켜 샘에 가리개를 쳤다. 엉겁결에 샘가로 끌려나온 노파는 이내 옷이 벗겨졌다. 두 여인은 나체가 되었다. 젊은 여인이 노파에게 연거푸 물바가지를 끼얹는다. 차갑다고 호들갑이지만 싫지는 않다. 한낮에 샘가에서 먹 감는 짓을 이 아이가 아니면 누가 하자고 하겠는가.

한참 뒤, 안채 대청마루로 옮긴 모녀는 뽀얀 얼굴을 마주 대하고서 참외를 먹는다. 너울을 벗은 젊은 여인은 파르스름한 빡빡 머리다.

"낼 모레 유두날 우리 집 낙성식이랍니다. 어머니가 오셔서 복 빌어주셔야지요."

"안 그래도 아까 집정이 말씀하기에 싫다 했느니라. 네년이 그 집 망하게 할 작정으로 들어앉아 있는데 내가 가서 복을 빈다는 게 천벌 받을 짓 아닌감?"

"쉿! 누가 들으면 어쩌려고."

"고려에서 제일 무서운 년도 겁은 나나보지? 하이고 징그러워."

노파와 속 얘기를 털어놓는 이 젊은 여인이 바로 심경이다. 초파일 연등회 사건을 꾸미며 지주사 최항의 애첩으로 들어간 바로 그 비구니 말이다.

2

고려 최고의 각수장이 김승의 딸, 심경이 흑련을 처음 찾은 건 지난 초봄이었다. 흑련이 집정 최이의 전속무당이라는 사실을 알아낸 심경은 흑련에게 기구한 신세를 한탄했다. 머리를 깎고 승복을 입은 채로였다.

"비구니가 무당집에 와도 되누? 부처님은 이런 데 와서 뭘 묻는 짓 못 하게 했거늘."

검은 비단옷 차림의 흑련은 대뜸 심경을 나무랐다.

"대보살님, 오늘 머리를 밀었네요. 비구니 되는 건 죽기보다 싫었는데 결국은 이렇게 되고 말았네요. 그래서 어르신 앞에서 넋두리로 응어리진 속이나 한바탕 풀어놓고서 절집으로 돌아가려고요. 그래야 살 것 같네요."

심경의 단아한 얼굴에 두 줄기 눈물이 흘러내렸다.

"자태 하나는 천상에서 지상으로 유배 온 선녀로구나."

같은 여자가 봐도 반해버릴 매혹적인 미색이었다. 흑련은 심경
의 눈빛을 살폈다. 결코 음행이나 일삼을 여인이 아니었다. 이 비
구니는 분명 숫처녀였고 타고난 기운이 청수했다. 생년월일을 물
은 흑련이 왼손을 펴서 엄지로 육십갑자를 돌리다 눈을 감았다.
그때 심경이 저고리 소매를 흔들었다. 소매 끝에서 씁쓰름한 향
기가 풍겨나와 흑련의 콧속으로 스며들었다. 사람의 의식을 이완
시키고 감상적으로 만드는 향기였다. 대식국 파사波斯(페르시아)에
서 들어온 향료인데 고려에는 잘 알려지지 않았다.

"세상에, 이런 인생도 다 있구나."

흑련이 애처롭게 심경을 바라보았다. 향료의 기운이 통했다고
느낀 심경이 때맞춰 흐느꼈다. 그러다 지금까지 살아온 인생역정
을 풀어놓았다.

아버지는 해인사 사하촌 각사마을에 사는 각수장이였다. 경전
뿐만 아니라 현판이나 낙관 새기는 솜씨가 빼어났다. 해인사 경판
판각은 물론이었고 멀리 대구나 부산까지 이름이 나서 명문가의
현판을 도맡아 제작했다. 나무나 돌에 경전과 명구 새기는 일을
천직으로 여기는 이 젊은 예인藝人은 장가드는 것도 잊고 조각칼
로 도를 닦았다. 그런데 인근 암자의 비구니 하나가 이 예인에게

마음을 뺏겼다. 처음에는 한두 점의 전각작품을 의뢰하다가 옷을 지어주고 이따금씩 공양까지 올리고 가게 되었다. 둘 다 불심이 깊고 성과 속의 분별이 엄연했으므로 지초와 난초 같은 사귐이었다.

비구니가 예인의 집에 들른 어느 겨울날, 세찬 늦겨울비가 내렸다. 곧 그치려니 하고 차를 끓여 마시며 기다렸는데 날이 어두워질 때까지 비는 그칠 줄 몰랐다. 저녁예불 시간을 놓친 비구니는 좌불안석이었다. 저녁도 지을 수가 없었다. 어두컴컴해지자 비로소 날이 갰다. 쾌청한 하늘에 둥그렇고 깨끗한 달이 떠올랐다. 비구니는 바랑을 메고 달빛 아래로 나섰다. 예인이 팔뚝에 토시를 낀 채로 배웅을 나왔다. 밤공기가 차가웠다. 비구니의 민머리에 시린 달빛이 부서졌다.

"산길이 얼었을 텐데……"

예인은 그렇게 말끝을 가무리면서 비구니의 볼록한 이마와 오뚝한 코로 흘러내려온 옆얼굴선이 참으로 우아하다고 느꼈다. 버선의 수눅선, 백학의 날개선, 비천상의 옷 주름선과는 또 다른 우아함이었다. 예인은 비구니가 얼굴에 품은 그 선을 뚫어지게 관찰하고 뇌리에 새겼다.

"뭐가 묻기라도 했나요?"

비구니가 가녀린 손으로 마른세수를 했다. 이제 보니 손가락도 예사롭지 않은 선을 지니고 있는 게 아닌가. 예인은 그 손가락선도 뇌리에 새겨두었다. 죽을 때까지 잊지 못할 선들임을 그때까지도 몰랐다.

"밤공기가 찹니다."

예인은 자신의 방한모를 비구니의 민머리에 씌워주었다. 방한
모는 비구니의 작은 머리를 폭 감쌌다. 그래서 우아한 옆얼굴선
이 지워졌지만 이미 그의 심장에 새겨진 뒤였다.

"일이 많이 밀렸던데 그만 들어가셔요."

비구니의 목소리가 겨울바람 속 마른 나뭇가지처럼 떨렸다.

"밤길을 혼자 가시게 할 수는 없지요."

예인은 싸리문을 나서서 각사마을 고샅을 빠져나왔다. 컹컹, 개
짖는 소리가 뒤에서 울렸다. 그림자 둘이서 달빛이 얼어붙은 밤길
을 탔다. 십오 리나 되는 산길은 멀었지만 멀다는 느낌이 들지 않
았다. 가풀막에서는 넘어지기도 했다. 들메끈이 닳아 없어져서 미
끄러졌던 것이다. 그래도 마음은 훈훈하기만 했다. 예인의 마음은
오직 옆서거나 뒤따라 걷는 비구니의 장삼자락에 가 닿아 있었다.
어쩌다 자기 옷깃과 스치기라도 하면 숨결이 딱 멎어버릴 것만 같
았다. 그랬다가 내뿜는 날숨은 한없이 따뜻했다.

"다 왔네요. 돌아가실 일이 걱정이에요."

절집에서 새어나오는 노란 불빛 때문이었을까. 어쩌면 비구니
의 가지런한 치아에 달빛이 부서져 만들어낸 음영 때문이었는지
도 모른다. 달콤한 치자꽃 향기 같은 게 났다. 아까 내린 늦겨울
비가 만다라꽃비였던 걸까. 향기는 사방으로 번져갔다. 예인은

특유의 섬세한 감각으로 소리나지 않게 그 향기를 빨아들였다.

"그 선, 그 향기. 제겐 모두 축복입니다."

예인은 합장해 보인 다음, 저벅저벅 산길을 타고 내려가기 시작했다.

"……."

비구니는 예인이 부려놓고 간 뜻 모를 말을 되뇌며 한참 동안 눈으로 길바라기를 했다. 달빛이 휘황해도 저녁 어스름은 이내 예인의 뒤태를 가무렸다. 예인이 산모퉁이를 돌아 망각처럼 지워지고 나서야 비구니는 제 머리에 쓴 예인의 방한모를 생각해냈다. 방한모를 벗어 들었다. 하지만 뒤쫓아가기에는 너무 늦어버렸다. 비구니는 방한모를 개어 가슴에 품고서 절집 안으로 스며들었다.

날개도 없는 사람이 공중을 나는 새보다 더 빠르다고 예인은 생각했다. 그 먼 길을 다녀왔건만 달빛은 여전히 공방 뜰 앞에서 서성거렸고 비구니의 옆얼굴선과 손가락선, 만다라꽃비 향은 첫 느낌 그대로였다.

만다라꽃비 향에 휩싸인 예인은 춥지도 않고 배고프지도 않았다. 예인은 창고에서 오래전부터 갈무리해둔 돌배나무 판자들을 꺼냈다. 작업대 앞에 앉은 그는 등잔불 아래서 조각칼을 쥐었다. 천상의 선들이 판자 위에 어렸다. 예인은 조각칼로 그 선들을 날렵하게 파나갔다. 얼굴빛이 드러나고 숨결이 살아났다. 문밖 달빛이 그 선에 다가와 부서졌다. 부르지도 않았는데 그 옆에 손가락이 따라왔다. 그 또한 천상의 선이었다. 단 한 장의 목판에 한 번의 작업으로 완성한 선이었다.

예인은 그 목판을 작업대 벽에 세로로 세웠다. 몇 개의 선을 새겼을 뿐인데 고맙게도 비구니가 그 속에 들어와 있었다. 달빛은 볼록한 이마와 오뚝한 코끝에 와 박혔다.

비밀스러운 선이야.

예인은 눈을 가늘게 뜨며 감탄한다. 지금껏 수도 없는 글자와 문양, 선을 새겨왔지만 이렇게 몇 가닥 되지 않는 선으로 온전한 대상을 표현하기는 처음이었다. 더구나 이것은 지상이 아닌 천상의 선이었다. 그의 조각 솜씨가 빼어나서 얻은 작품이 아니었다. 대상이 빼어난 선을 감추고 있다가 때맞춰 드러내줬기에 가능한 일이었다.

예인은 그 선들을 손가락으로 더듬었다. 손끝에서 미세한 떨림이 일어났다. 그 떨림은 척추를 타고 온몸으로 퍼졌다. 얼굴이 후끈 달아올랐다. 주체할 수 없는 묘한 흥분이었다. 예인은 그 흥분을 은근히 즐기고 있는 자신을 발견했다. 조각칼을 잡은 지 십수년 만에 처음 느껴보는 황홀함이었다. 부처나 공자가 설파한 진리의 말씀을 새길 때는 이런 느낌이 없었다. 단 몇 글자로 된 진리의 말씀이 사람의 의식을 지배하기도 하지만 이런 황홀감에는 못 미쳤다. 지금 이 목판에는 진리의 말씀보다 더 본질적인 뭔가

가 들어 있었다. 먹지 않아도 배부르게 하고 추워도 춥지 않게 하
는 원형질이었다. 그것은 영원한 양식이자 꺼지지 않는 불씨 같
은 것이었다.

　예인은 목판에 먹물을 발랐다. 목판 속에도 까만 밤이 찾아왔
다. 밤이 깊은 목판 위로 세필을 날려 백색 달빛을 흘려넣었다.
달의 정기와도 같은 가녀린 선들이 흰 안료를 받아냈다. 그 목판
을 벽에 세워놓고 멀찌감치 떨어져 바라보았다. 비밀스러운 선과
색이 빚어낸 예술작품이었다. 벽에 걸어둔 많은 경판들, 《화엄
경》변상도, 《금강경》변상도와 비교해보았다. 글씨를 새긴 경판
들은 말할 것도 없고 변상도의 빽빽하고 복잡한 선들이 너저분하
고 거추장스럽게 여겨졌다. 진리는 단순하다. 그러나 그 진리가
드러난 형상을 그림으로 표현하자면 저렇듯 다채로울 수밖에 없
을 터이다. 변상도가 복잡한 이유다. 그런데 그 복잡함이 도리어
본질을 흐리는 것이라면 문제가 있다. 그림으로 드러난 건 모두
무상한 색色일 뿐이다. 본질은 공空이니까 말이다. 빼곡한 글씨로
채워진 경판들도 마찬가지였다.

　그에 비해 방금 새긴 목판은 절제미와 응축미가 단연코 돋보였
다. 단 몇 가닥의 선이 그리운 이를 온전히 대신했다. 맨가슴끼리
맞대고 있는 것처럼 따사로운 숨결을 느끼게 했다. 목판을 바라보
고 누워 있으면 꿈을 꾸는 것만 같았다. 공감은 이렇듯 지성도 아
니고 복잡한 관념도 아니다. 직감적으로 좋으면 바로 공감한다.

이 공방에 불이 났다고 치자. 시간이 없어서 저 많은 경판과 목판 가운데 단 한 장만을 구해서 뛰쳐나갈 수 있다고 하자. 무얼 가지고 나갈까. 주저 없이 방금 새긴 저 목판을 가지고 나가리라. 비구니의 얼굴선과 가녀린 손가락선이 전부인 저 목판 한 장을!

변상도는 한쪽 면을 새기는 데 자그마치 열흘이 걸린다. 경전을 경판 앞뒤로 새기는 데는 열흘이 더 걸린다. 그렇듯 셀 수 없는 조각칼질과 망치질을 받아낸 변상도와 경판이다. 칼질을 많이 받았다는 건 그만큼 많은 정성을 쏟았다는 걸 뜻한다. 그런데 비구니가 지닌 몇 가닥의 선을 옮기는 데는 한 식경도 채 걸리지 않았다. 칼끝이 날렵하게 스쳐지나간 것밖에 없었다. 그런데도 최종적으로 저 목판을 선택한다면 숱한 시간과 많은 정력을 쏟아낸 공력이란 참으로 허망한 것이 아닌가.

예술은 기능의 경계를 뛰어넘는다. 신앙의 영역과도 다르다. 예인은 이제껏 경험하지 못한 전혀 새로운 세계로 발을 내딛고 있었다. 혼을 불어넣지 않은 조각품은 그것이 불상이건 변상도건 경판이건 껍데기다. 심령이 살지 않는 물상은 죽은 것이다. 천상의 선을 새겨넣어 비구니와 달빛을 깃들게 한 목판에는 저렇듯 혼이 담겼고 심령이 살아 있지 않은가. 살아 있는 존재를 담은 선, 생동감 있는 선을 표현하지 않으면 공력은 없다. 아무리 훌륭한 성인의 말씀이 담긴 그림이나 글씨라고 하더라도 단순한 기능으로 새긴 경판들은 공허할 뿐이다. 이제 보니 이 방 안은 온통 공허함으로 채워져 있구나.

갑자기 허기가 졌다. 예인은 부엌으로 나와 주섬주섬 상을 차려 늦은 저녁을 먹었다. 작업대를 정리하고 목판을 쓰다듬어본 다음 건넌방으로 돌아와 잠자리에 누웠다. 겨울바람에 달빛이 출렁거렸다. 공중에 바람 건너가는 소리가 마음을 흔들었다. 오늘 따라 좀처럼 잠이 와줄 것 같지가 않다. 여느 때는 밀린 일을 하느라 지친 몸을 뉘면 곧바로 코를 골며 잠에 떨어지곤 했다. 나무 토막같이 빠져드는 깊은 잠이었다. 그런데 오늘은 싱숭생숭하기만 하다. 잠자리가 허전하고 마음이 떠 있다. 뭔가가 아주 절실히 필요한데 바로 그것이 없다.

아, 만다라꽃비 향! 그렇다. 그 향이 없다. 그 향이 빠졌다.

예인은 불을 켰다. 공방으로 건너온 그는 인두로 화로를 뒤적거려 종이에 불을 붙였다. 등잔 심지로 옮겨진 불이 목판을 비췄다. 몇 가닥의 선으로 남은 비구니가 거기 있었다. 달빛에 드러난 가녀린 선들은 여전히 고혹적이었다. 하지만 만다라꽃비 향은 거기에 담겨 있지 않았다.

새 목판 하나를 작업대에 고정시켰다. 혼을 담아서 조각칼을 날렸다. 만다라꽃비 향까지 묻혀 새기려고 심령을 다잡았다. 이마와 콧날이 날렵하게 떨어졌다. 다음에는 손가락을 새길 차례다. 향기를 살포시 잡은 손가락을 표현하면 된다. 엄지와 검지로 연꽃송이를 쥔 손을 새기면 어떨까. 얼굴선 옆에 다섯 개의 손가락 형상이 나타난다. 꽃은 보이지 않지만 향기는 느껴진다. 검지를 엄지에 붙인 것밖에 없는데 전에 없던 향기가 뿜어나온다. 아까 맡았던 만다라꽃비 향은 아닐지라도 그윽한 연꽃향이 피어나온다. 만족스럽다. 예인은 다시 먹물을 입혀 목판 속으로 밤을 불러들인다. 달빛에 드러난 옆얼굴선과 손가락선들을 흰 안료로 살려내니 마음이 흡족해졌다.

예인은 오랫동안 목판의 여인이 뿜어내는 향기를 쐬고 앉았다가 불을 끄고 잠자리로 돌아왔다. 피로가 몰려오면서 곧 잠 속으로 빠져들었다.

새벽녘에 만다라꽃비 향이 진동했다. 예인은 몽롱한 의식상태에서 그 향에 빠져들었다. 목판에 새겨넣었던 천상의 선들이 손끝에 만져졌다. 여인의 얼굴선과 꽃을 쥔 손가락선이 생기로 넘쳤다. 급기야 드높은 예술의 경계를 넘어간 거라고 생각했다. 예인은 이제 여인의 숨결을 온몸으로 받아내고 있었다. 음과 양, 두 호흡이 한 호흡이었고 두 몸짓이 한 몸짓이었다. 그것은 좀처럼 끝날 줄 모르는 말 없는 대화였다. 저녁 내내 문밖에서 서성이던 달빛이 창호 밝아지는 기미가 보이자 서녘으로 줄행랑치듯 물러났다.

예인이 잠에서 깨어났을 때, 비구니는 떠나고 없었다. 목판 속의 여인이 되어 벽에 기대고 있을 뿐이었다. 깔고 잤던 요에 때 이른 붉은 찔레꽃이 피어났다. 예인은 그 찔레꽃 핀 이불홑청을 뜯어 갠 다음 반닫이 깊숙이 넣어두었다.

계절이 바뀌고 봄이 왔다. 비구니는 다시 나타날 줄 몰랐다. 절집에 갈 일이 있어 애가 닳도록 기웃거려봤지만 그림자도 보이지 않았다. 그러다 공방에 돌아오면 비구니는 목판 속에서 달빛을 받으며 만다라꽃비 향을 뿜어내고 있었다.

해가 바뀌고 다시 꽃향기 숨 막히도록 짙은 봄날 밤, 바랑에 담긴 꽃바구니 하나가 공방 문 앞에 놓였다. 꽃바구니 속에서 백일쯤 지난 갓난아기가 방긋방긋 웃고 있었다. 볼록한 이마와 코로 흘러내린 얼굴선이 목판 속 여인과 빼닮은 아기였다.

예인은 아이를 공방 안으로 들여놓고 마을 고샅을 벗어나 절집 가는 산길로 달렸다. 비구니는 종적이 묘연했다. 공방으로 돌아오니 비구니는 목판 속에도 있었고 꽃바구니 속에도 있었다.

"아버지는 젖동냥을 하며 저를 키워내셨어요. 그러다 제가 다섯 살 나던 해, 부인사 장경판전 경판 수리를 위해 떠났지요. 해인사 김승이라는 판각승과 함께요. 저는 비구니 암자에 맡겨졌고요. 아버지는 부인사에서 살아 돌아오지 못했습니다. 몽골군이 들이닥쳐 부인사 장경판전을 불살랐고 그때 경판들과 함께 불에 타 돌아가신 거랍니다. 치명적인 화상을 입었으나 가까스로 살아난 해인사 판각승만 돌아와 저를 수양딸로 삼고 환속했습니다."

심경의 출생담과 아버지를 잃은 사연을 듣던 흑련의 낯빛이 어두워졌다.

"나무관세음보살! 그래서 더 깊은 절간으로 숨어들어간 생모를 찾으려고 너도 머리를 깎은 거여?"

"어디요. 생모는 찾아서 뭐 해요. 어느 깊은 산속 암자에서 염주나 굴리고 있겠죠. 전 다만 원수를 갚을 생각이었답니다."

"원수라니? 원수를 갚으려는 사람이 머리는 왜 깎아?"

흑련은 눈살을 찌푸렸다.

"아시지요? 지금으로부터 열여섯 해 전인 임진년, 부인사 장경판전을 불태운 건 몽골군이 아니었다는 거."

심경이 입술을 깨물며 흑련의 눈을 뚫어지게 바라보았다.

"지금 무슨 헛소릴 지껄이누!"

"최이 집정이 일을 꾸미기 전에 대보살님과 깊이 상의한 걸로 아는데요."

"네년이 뭘 안다고 주둥이를 함부로 놀리느냐! 그런 망발하려거든 썩 물러가라!"

무당 흑련이 신기 가득한 눈에 불을 켰다. 흰자위가 토끼 눈처럼 붉게 돌변했다.

"저더러 천상에서 유배 온 선녀라면서요. 저를 거둬줄 사람이 지상에 아무도 없다면서요. 제 기구한 팔자를 그리 잘 아시니까 제가 가야 할 길도 알려주셔야 옳지요. 으흐흐흑……"

심경이 다시 눈물을 뿌렸다. 눈물을 훔쳐내면서 부러 큰 동작으로 소매를 펄럭거렸다. 씁쓰름한 향기가 풍겨나왔다. 사람의 의식을 이완시키고 감상적으로 만드는 파사 향료였다. 향 다루는 재주를 타고난 심경이었다. 맘먹은 대로 얼마든지 사람을 흥분시키기도 하고 우울하게 만들기도 했다. 노회한 흑련이라고 뭐가 다를까. 심경은 몸을 가진 존재의 취약점을 꿰뚫고 있었다. 이 대식국 향료에 무너지지 않는 몸이라면 살아 있는 자라고 할 수 없다.

"무섭도다, 부처님 법이여."

흑련이 부르르 몸을 떨었다.

무서운 게 부처님 법인지는 알 수 없어도 향료의 조화는 확실했다. 심경은 다시 한 번 소매를 펄럭이고 훌쩍거렸다.

"……내 언제고 이런 날이 올 줄 알았느니."

그러더니 심경을 따라 흐느끼는 흑련이었다. 심경의 바람보다 더 큰 동요였다. 이때를 놓칠세라 심경이 흑련의 품에 얼굴을 묻고 대성통곡했다.

"아가, 그만 울거라. 실은 간밤에 내가 꿈을 꾸었느니라. 이 흑련의 품에 뛰어든 백련 한 송이가 있어서 기이하다 했더니 그게 바로 너였던 게로구나."

심경은 배냇적에 헤어진 생모를 만나기라도 한 것처럼 흑련에게 안겨서 서럽게 울었다.

"내가 어찌 해주련? 어떻게 해줘야 응어리진 너의 한이 풀리겠느냐 말이다."

흑련이 심경의 눈물을 닦아주면서 물었다.

"대보살님, 무슨 수를 쓰든 지주사 최항의 첩으로 들어갈 테니 제 뒷배 좀 봐주셔요."

"그 길밖에 없겠누? 이렇게 고운 니가 무참히 꺾일 걸 생각하니 너무 아깝고 가엾구나."

"아까울 것도 가여울 것도 없답니다. 그 집에 들어가서 아버지의 원수를 갚고 비뚤어진 세상을 제자리로 돌려놓을 수만 있다면 그만이에요."

"운명인가보다. 실은 최이 집정의 세상이 얼마 남지 않았다. 아마도 삼 년을 못 넘길 게야. 최항은 제 아비 따라가려면 어림도 없고. 저들 세상이 끝나더라도 여전히 몽골천하이거늘 세상이 바로 서겠느냐? 저절로 곯아빠지도록 내버려두는 게 옳지. 너는 하나밖에 없는 목숨을 보존할 일이다."

흑련이 그렇게 심경을 말렸지만 그 말을 들을 심경이 아니었다.

심경은 외골수였다. 겨울비 그친 밤, 휘황한 달빛 정기가 그를 빚어냈다. 월인月印의 후예, 신비한 출생이었으나 운명은 가혹했다. 비구니 어미는 갓난애를 버리고 산문에 꼭꼭 숨었고 아비는 불에 타 죽었다. 그 업이 심경에게 고스란히 덧씌워졌다. 외골수가 된 건 너무도 당연했다.

"여기까지 온 마당에 원망으로써 원망을 갚으면 끝내 원망은 그치지 않으니 참으라는 말씀일랑 마세요. 그《법구경》구절은 사적인 원한이 있는 경우고요. 이건 달라요. 제가 참아도 저들의 악행은 계속되고 고려 사람들은 고통에 짓눌리죠. 누군가는 독하게 잘라내야 할 업장이에요."

심경은 문제의 본질을 꿰뚫고 있었다.

"기필코 일을 내겠다는 게로구나. 내가 너를 최이 집정께 일러바칠 수도 있다. 난 최이 집정의 사람이야."

흑련이 냉정한 얼굴빛을 되찾았다.

"차라리 그래주셔요."

"뭔 소리냐?"

"제가 이러고 싶어서 이러는 줄 아세요? 구더기에게 몸을 내줄지언정 짐승만도 못한 천하의 불한당 최항에게 몸을 내맡기고 싶겠냐고요."

"남녀관계란 모르는 일인 거여. 니가 아직 숫처녀라서 뭘 몰라도 한참 모르지. 서로 물고 빨고 죽고 못 살다가도 하루아침에 원수가 되기도 하고, 원수지간이 만나 끔찍이 아끼는 관계가 되기도 하거든."

신의 딸인 그녀 자신도 그랬다. 불곰 같은 최이를 자신이 모시는 신과 동급으로 모시게 될 줄 누가 알았겠는가. 한 번 몸을 섞으니 그 무뢰배 같던 사람이 헌헌장부로 보였다. 감히 신의 영역을 차고 들어와 나란히 앉는 준걸은 당대에 그밖에 없다는 생각까지 들었다. 불경스러움이 숭경으로 뒤바뀌는 이변이 벌어진 것이다. 그만큼 사람 몸은 간사하다.

"저 자신조차 사랑하지 못하는데 어느 사내인들 연모하겠어
요?"

종잇장같이 창백해진 심경의 얼굴 가득 깊은 슬픔이 어렸다.
흑련은 심경을 애처롭게 바라보다가 복잡한 생각을 정리했다.

최이 집정은 집안에 사람을 들일 때면 반드시 무당 흑련에게
그 길흉을 물었다. 고려 황제도 눈치를 보는 이 땅 최고의 권력자
이건만 그에게도 두려워하는 게 있었으니, 바로 무당 흑련이 모
시는 신이었다. 그 신은 하늘의 이치나 사람의 도리와는 별 상관
이 없는 존재였다. 그가 밤낮 공들이는 부처와도 거리가 멀었다.
오직 자신의 앞날을 말해주기 위해 대기하고 있는 신이었다. 최
이가 신의 딸을 범하고 신의 영역에 발을 들여놓은 건 그 신과 대
적하기 위해서가 아니라 좀 더 가까이서 신의 보살핌을 독차지하
고자 함이었다.

"나는 너를 돕지도 방해하지도 않으련다."

한참 있다 흑련이 입을 열었다.

"고맙습니다. 정말 고맙습니다, 어머니."

"어머니? 그래 넌 오늘부터 내 딸이니라."

심경은 그렇게 흑련이라는 장애물을 넘었다. 초장에 이런 과정
을 거치지 않으면 최항의 첩으로 들어가더라도 이내 쫓겨 나올
공산이 컸다.

심경은 초파일 연등회 사건을 만들어 최항의 애첩으로 들어가는 데 성공했고 약속대로 흑련은 몽니를 부리지 않았다. 이후로 심경은 흑련을 어머니로 부르며 자주 문안했다. 둘은 최씨 부자가 거느린 수십 명의 첩 가운데 하나였지만 시어머니와 며느리뻘이 되기도 했으니까.

흑련의 집을 나선 심경의 가마는 강화도성 서문으로 들어서서 저잣거리로 향한다. 두 호위무사가 앞뒤로 붙은 가마는 쌍둥이 형제 가게 앞에서 멈춘다. 잡화점이다. 쌍둥이 형제는 보이지 않는다. 수염이 덥수룩한 통방울눈이 분칠한 아낙네들과 농을 치고 있다가 민망해하면서 심경을 맞이한다. 건장한 대식국 사람인데 고려 말을 유창하게 구사한다. 둘은 가게 안쪽 방으로 들어가서 한동안 밀담을 나누다 나온다. 대식국 사람이 큼지막한 보따리 하나를 들고 와서 가마에 싣는다. 심경이 가마에 오르자 가마가 다시 움직인다. 가마는 궁궐 앞으로 해서 진양부 쪽으로 접어든다.

사거리에 사람들이 벌떼처럼 몰려 있다.

"찌는 땡볕 아래서 또 무슨 일이냐?"

"글쎄요. 또 몇 놈 처형되는가본데요."

앞쪽 호위무사가 대수롭지 않게 받아넘긴다.

"대낮에 사거리에서 무슨 처형? 자세히 알아봐라."

심경은 속으로 짚이는 게 있어서 그렇게 명한다. 무사가 곧 돌아와 고한다.

"마님, 별일 아닙니다. 험한 꼴 보시지 마십시오. 잠시 가마 창문을 닫겠습니다."

무사는 다짜고짜 문을 닫으려고 한다.

"문 그대로 두고 무슨 일인지 바로 말하라!"

얼음처럼 차가운 외침이었다. 몸을 움찔한 무사가 입을 연다.

"실은 지주사 나리께서……"

"지주사가 또 사람을 때려죽인다는 게냐?"

"저 쳐 죽일 놈들이 나리를 욕보였으니까요."

"무슨 욕을 보여?"

"낮술 처먹다 혀를 함부로 놀렸답니다요. 사내란 무조건 어여쁜 기생첩을 봐야 그 자식새끼가 출세할 수 있다고요. 지주사 나리와 마님까지 욕보인 겁니다. 마침 잠입해 있던 우리 패가 그 말을 듣고는 현장에서 붙잡아 족치는 거랍니다."

'안 듣는 데서는 나라님 욕인들 못 할쏜가.'

심경은 눈을 감았다. 기생첩 이야기만 나오면 최항은 눈이 뒤집혔다. 자신이 기생첩 소생이라는 열등감이 컸는데 지위가 높아지자 분풀이로 발전한 것이었다. 최항 지주사를 조롱하다 들통나면 철퇴를 맞았다. 본보기로 행인들이 많은 거리에서 때려죽여 버렸다. 집정을 모독하고 내란을 음모했다는 죄목이었다.

"가마를 저 가까이 대라."

심경은 십여 명의 무사들이 창을 세우고 도열한 가운데 철퇴를 흔들며 춤추는 망나니 쪽을 가리켰다. 그 앞에서 꽁꽁 묶인 채로 무릎 꿇은 세 사내가 벌벌 떨고 있었다. 가마가 그들 쪽으로 다가가자 군중이 웅성거렸다. 심경이라는 비구니가 최항 지주사를 녹여버린 이야기는 강도 백성들 가운데서 모르는 이가 없었다.

가마에서 내린 심경은 쪽물 들인 모시옷을 나풀거리며 죄인들 앞으로 걸어갔다. 뒤에서 보는 민머리와 모시옷이 꼭 나비잠자리처럼 우아하게 보였다.

"미련한 것들! 사람의 혀는 뼈가 없어도 사람의 뼈를 부수는 법이다. 정 입이 근질거리면 바다 한가운데 나가서 목이 쉬도록 퍼붓고 오면 될 것을!"

심경은 사정없이 죄인들의 귀싸대기를 올려붙였다. 맞는 사내들은 물론 그 많은 군중 가운데 누구 하나 찍소리도 내지 못했다.

"썩 꺼져버려라! 다시 눈에 띄면 그땐 내가 직접 철퇴를 내려칠 테니."

심경의 앙칼진 소리에 죄인들이 망나니와 무사들의 눈치를 살피며 몸을 일으켰다.

"어서 꺼지지 못해!"

심경이 다시 고함을 치자 꽁꽁 묶인 그들이 오리걸음으로 뒤뚱뒤뚱 달아나기 시작했다. 군중이 삽시에 흩어지면서 그들과 무사들 사이에 인의 장막을 쳐버렸다. 그 사품에 죄인들이 파묻혀버렸다.

"마님! 이러시면 안 됩니다. 지주사 나리가 아시면······"

기겁한 무사들이 날뛰었다.

"내가 다 알아서 하련다. 너희들은 그만 별초군 본대로 복귀하라."

가마에 오른 심경은 조용히 흩어지는 군중을 보며 눈시울을 붉혔다. 구경꾼으로 남을 수밖에 없는 그들이라고 해서 생각마저 없는 건 아니었다. 가슴 아프게도 지금 이 나라에서는 죽음의 제전이 벌어지고 있었다. 나라 밖에서 쳐들어온 몽골군, 나라 안에서 눈 부릅뜬 무신들이 주관하는 제전이었다. 아무 죄 없는 백성들이 개나 소처럼 끌려나와 무참히 죽어나갔다. 국가는 아무런 방패막이가 돼주지 못했다. 의지가지없는 백성들은 유랑걸식하며 산으로 바다로 숨어들었다. 불교계는 그들을 생색내며 골라서 사찰노비로 만들어버렸다. 중들의 가마나 당나귀, 말을 끌기도 하고 빨래를 해주기도 하면서 목숨을 연명했다. 그것이 죄업 많은 중생들의 인생살이였다.

심경은 입술을 깨문다. 두 눈에서 피눈물이 흘러내린다.

3

집정 최이는 강도 서북쪽 해안 방어진지들을 시찰하고 있었다.
말을 탄 그를 수십 기의 무사들이 호위하며 따랐다. 천도를 단행
하면서 쌓기 시작한 외성은 튼튼했다. 외성 밖으로는 탱자나무
군락과 갯벌, 바다가 있었고 안으로는 중성과 내성이 있었다. 안
팎으로 삼중성인 강도는 제아무리 천하의 몽골군이라 해도 쉽게
넘볼 수 없었다. 이런 방어진지를 공격하려면 적어도 세 배 이상
의 병력이 필요했다. 강도를 지키는 군사가 삼만이므로 십만의
병력으로 공격해야 한다는 얘기다. 하지만 고려를 침공하는 몽골
군은 많아야 일만이었다. 육지의 고려인을 동원하는 방법이 있긴
했다. 문제는 고려인의 센 자존심이었다. 좀처럼 부역하려 들지

않았다. 몽골에서 대대적인 주력부대를 보내지 않는 이상 강도 정벌은 요원했다. 게다가 고려 조정의 속사정을 빤히 아는 몽골 황제가 무리를 해가면서 강도를 정벌할 리 만무했다.

"내부 단속만 잘하면 난공불락의 금성탕지金城湯池야."

군사 시설을 둘러보는 최이의 자태는 늠름했다. 승천포에 다다른 그는 방금 들어온 조운선에 친히 올랐다. 뱃사람들이 그를 알아보고 머리를 조아렸다. 양광도에서 올라온 배 안에는 임금이나 무신들에게 올리는 진상품들이 가득했다. 물품들에 꽂힌 목간을 자세히 들여다본 최이가 거늑한 웃음을 지었다. 그 가운데 삼분지 일가량이 자신의 집으로 가는 토산품들이었던 것이다.

"궁궐 진상품들을 차질 없게 올려라. 손버릇 나쁜 우리 정방 소속 무인들이 더러 손을 대기도 하는 모양인데 발각되면 읍참마속하리라."

호위무사들이 예, 하고 받들자 관리들이 복창했다. 본보기로 목을 베겠다는 건 빈말이 아니었다. 요소요소에 사람을 심어놔서 정보에 밝은 그는 강도의 모든 재정 실태를 정확히 파악하고 있었다. 냄새가 나면 여지없이 후벼 파내버렸다. 본래 권력과 재물은 서로 붙어 있는 양쪽 얼굴이었다. 힘이 있으면 그 힘이 닿는 만큼 재물을 탐하게 돼 있었다. 수시로 단속하지 않으면 당연한 권리로 알고 챙기게 마련이었다. 주변 사람들이 알아서 바치는 경우도 많았다. 바치는 것보다 얻는 게 더 클 때, 뇌물은 성행한다.

연미정 쪽으로 길을 잡은 최이는 잘 꾸며진 자신의 원림을 통과하여 진양부로 귀가했다. 지게꾼들과 짐바리를 그득그득 실은 수레들이 대문으로 들락거렸다. 경향 각지의 토호나 벼슬아치들이 보내온 물품들이었다. 저택의 동쪽에 맞붙은 아들 최항의 집이 완공을 눈앞에 두고 있어서 서까래 하나라도 거든다는 명목으로 올려보내는 뇌물이었다. 그중 절반을 덜어 판각불사 경비로 썼다. 그래서 최이는 뇌물 받는 걸 당연시하고 떳떳하게 여겼다.

그 무렵, 황궁 편전에서는 고종 황제가 중서문하성 문하시중, 중추원 원사 등의 원로대신들과 국사를 논의하고 있었다. 몽골군에게 유린된 본토의 민생 대책, 잘 걷히지 않는 세수 확보 문제가 다뤄졌다. 대신들 가운데 최이 집정은 보이지 않았다. 중서령과 판원사도 없었다. 그런 고위급 실세들은 죄다 최이 집정의 사람이었다. 집정과 그가 심어놓은 실세들이 없는 자리에서 논의된 일은 별 효력이 없지만 그래도 다양한 대책이 나왔다. 그들의 눈치를 보지 않고 의견을 개진할 수 있기 때문이었다.

"며칠 뒤 집정이 참석하는 자리에서 원로대신들이 입을 모아 재가를 받아내도록 하라. 짐도 강력히 주장할 것인즉."

황제의 용안은 제법 위엄이 넘쳤고 옥음은 당당했다. 그러나 그 내용을 뜯어보면 공허하다 못해 어리둥절할 지경이었다. 집정에게 재가를 받아내도록 하라니. 재가는 황제가 직접 안건에 어새를 찍고 결재하여 허가하는 일이다. 그런데 그 재가를 집정이 한다는 뜻이었다. 황제는 집정에게만큼은 명령할 수 없었다. 그저 제안할 뿐이다. 국가 중대사는 대신들과 황제가 강력히 주장하여 집정의 내락이 떨어진 경우에만 황제가 비로소 어새를 찍을 수 있었다. 최이 집정은 어새만 쥐지 않았지 실질적인 최고 권력자였다. 황제가 주재한 원로회의는 대개 모의회의이자 예행연습에 다름없었다.

같은 시간, 편전 문밖에서 죄다 듣고 있던 액정국 정9품 승지 김준은 원로들보다 먼저 방으로 돌아와 오늘 논의된 내용을 상세히 기록하기 시작했다. 사관이 기록하는 사초보다 더 꼼꼼했다. 그 기록들은 관리들이 퇴청하는 시간에 맞춰 꼬박꼬박 최이 집정의 사저로 보내졌다.

한편 왕식 태자는 동궁에서 중서문하성 좌상시, 중추원 부사와 함께 머리를 맞대고 있었다. 이들의 논의는 황제와 원로대신들의 모의회의보다 훨씬 큰 사안이었다.

"부왕께서는 육지로 속히 나오라는 몽골 사신의 말을 입에 올리지도 못하십니다. 최이 집정과 무신들이 경기를 일으키며 반대하기 때문이지요. 하지만 나는 하루속히 강도에서 개경으로 돌아가야 한다고 봅니다. 본토에 버려진 백성들을 이젠 보듬어 안아줘야 하오. 백성들은 몽골군보다 조정을 더 혐오하오."

대륙과 고려국이 그려진 지도가 펼쳐진 탁자 앞에서 왕식 태자가 말한다. 태자의 검지는 지도 속 강화도와 개경 사이를 뻔질나게 오가고 있었다.

"조정이 강도에서 나가는 순간, 최씨 무인정권 세력은 몽골에게 권력을 넘겨주는 것이 되오. 따라서 절대 불가를 고수할 것이오. 무슨 수로 집정과 무인들을 설득하겠습니까?"

태자의 외척인 좌상시가 한숨을 쉰다.

"우리가 몽골 사신과 접촉하는 것도 막는 저들입니다."

부사 또한 절망적이다.

"그래도 다음번에 몽골 사신이 오면 어떻게 해서든 비밀리에 접촉해야 합니다. 부왕과 나, 여러 문신들의 뜻을 전해야 합니다. 그래야 백성들을 돌볼 여지가 생기오."

태자는 문득 남녘땅으로 감찰 나간 지밀 승정의 말을 기억해냈다.

'태자 저하, 꼭 바다를 건너세요.'

몽골 황제에게 사신을 보내 적들과 내통해서라도 탈출구를 찾아야 한다는 게 왕식 태자의 소신이었다. 그렇게 하지 않으면 이 엉터리 같은 나라 꼴이 제대로 잡힐 리 없다. 태자는 부왕의 스승 유승단 재상처럼 조백 있는 문인이 못내 그리웠다.

"지금이라도 사람을 키워야 합니다. 최이 집정이 주무르고 있는 교정도감과 정방에 감쪽같이 우리 사람을 심고 키워야 합니다."

태자가 목소리를 낮추고 속내를 밝혔다. 좌상시와 부사가 눈을 휘둥그레 떴다.

"그게 가능하겠습니까?"

교정도감은 최이 집정이 별감으로 있는 국정총괄 기구였다. 게다가 정방은 최이가 자기 집에 설치한 인사행정 기구다. 무슨 수로 정방에 사람을 심겠다는 것인가.

"내 아우 창이 은밀히 몇몇을 매수했고 나도 상장군 주숙, 장군 김효정을 설득하고 있는 중입니다. 무신정권을 종식시키고 백성들을 편안케 하는 일이라면 나는 무슨 짓이든 할 작정이오."

"안경공 창 왕자께서도요?"

"그래요. 두 분은 서방書房에 우리가 포섭할 만한 문사가 있는지 알아보세요. 내가 훗날 보위에 오를 때를 염두에 두고 젊고 유능한 사람을 구하세요."

서방 역시 최이가 만든 문사 양성소였다. 무신정권이 문신을 길러내겠다고 설치한 기구였으므로 정권 연장 수단으로 쓰였다.

진양부 옆 최항의 새집.

이른 새벽부터 잔치 준비로 떠들썩하다. 내일 모레 낙성식에 쓸 음식 장만이 한창이었다. 소와 돼지를 잡고 지짐이를 부치고 떡을 했다.

최항은 가신들을 데리고서 넓은 마당 한쪽에 닦고 있는 격구장을 둘러본다. 집 안에 격구장을 만들면 번거롭게 궁궐 밑 격구장까지 나들이할 필요가 없었다. 궁궐에도 없는 격구장을 집 안에 만든다는 생각은 최이도 하지 못했었다.

"역시 대범하다. 아무렴, 사내가 그만한 배짱이 있어야지."

모처럼 아버지의 칭찬을 듣자, 최항은 우쭐해졌다. 걸핏하면 재만 저질러서 일찌감치 절집으로 내쫓긴 그였다. 음행을 일삼던 매형 김약선이 제거되지 않았다면 형 만종처럼 절집에서 여자나 끼고서 고기나 굽고 있을 판이었다. 세상에 모를 것이 사람 팔자다. 하루아침에 집정 후계자가 되어 이처럼 떡 벌어진 대저택을 소유하게 되었으니까.

"격구장이 완공되면 맨 먼저 문무 대항전을 치를 생각이야. 정방과 서방의 문인들로 한 패를 짤 수 있겠지?"

격구장을 거닐던 최항이 정방 소속 문인 유경에게 이른다. 유경은 최항이 아끼는 소장파 문장가였다.

"그럴 수야 있겠지만 상대가 안 되지요."

유경이 몸집 큰 무인들을 둘러보며 꼬리를 내린다.

"공 치는 게 뭐가 어렵다고 그래. 자꾸 쳐봐야 실력이 늘지."

최항은 사랑채 쪽으로 발길을 돌렸다. 떠오르는 권신을 젊은 실세들이 둘러싸며 따랐다. 사랑채 정원 그늘에 얼음 띄운 수박 화채 동이가 놓였다. 여종이 큼지막한 사발로 떠서 대령하자 최항이 벌컥벌컥 소리 내 마신다. 모두가 배부르게 마시고 땀을 식히는데 달마대사처럼 험상궂은 중 하나가 거드름 피우는 걸음걸이로 나타난다.

"형님!"

최항이 벌떡 일어나 그 중을 끌어안는다. 단속사에서 막 올라온 만종이다. 형제는 악수도 하고 다시 포옹도 하면서 각별한 애정을 표했다. 한 배에서 난 형제는 이제껏 고락을 함께해왔다. 기생 서련방을 어미로 한 이 천출 형제는 그 어미가 죽자 더 애틋하게 서로를 아꼈다. 아우 최항이 형 만종에게 측근들을 소개했다.

"재주가 많은 사람이로군."

유경의 상을 본 만종이 의미심장하게 말한다.

"소장파 문사 가운데 으뜸이지요."

"나는 재주 많은 사람보다 충성도 높은 사람이 더 좋아."

"우리 유공은 제 장자방인걸요."

최항은 만종에게 저택을 구경시켜주다가, 해가 이울자 아버지 집으로 건너간다. 최씨 삼부자는 잠자리 날개처럼 투명한 사라 홑옷 차림 무희들이 추는 현란한 보살춤을 감상하며 술을 마셨다. 젖가슴과 치골이 훤히 비쳐 나체나 다름없는 무희들의 춤은 뇌쇄적이었다. 누마루 곳곳에 밝힌 휘황한 황촉 불빛이 바람에 어른거리자, 무희들의 자태는 한층 관능적으로 보였다. 세상에 부러울 게 없는 최씨 삼부자는 누마루와 멍석 깐 마당을 오르내리며 대취했다.

젊어서는 떠들고 놀았는데

파리해진 오늘에 와서

옛날의 좋던 풍채 생각하니 넋이 녹는 듯하구나

환락하던 지나간 일 회상하니

구름과 파도에 가로막혀 끝없이 아득하고

후일의 기약조차 앞날이 요원하다

  최이가 거문고에 맞춰 〈임강선臨江仙〉을 부른다. 송나라에서 들어온 노래로 교방에서 기녀들과 함께 즐기는 사악이었다. 교방은 가무를 관장하는 기관이었다. 흔한 노래지만 열사흗날 달밤에 늙은 최이가 부르니 자못 애잔했다. 그는 젊어서 권좌에 올라 남부러울 것 없는 향락을 누려왔지만 늙고 병드니 모두 부질없다는 생각이 들었다.

  최이는 만월을 바라보며 연거푸 술잔을 기울였다. 의원은 간이 부었다며 술을 삼가라 했다. 그래도 멀리서 온 큰자식과 상봉한 오늘 같은 날 안 마시면 언제 마시랴. 인생, 그거 별거 없다. 이렇게 즐겁게 먹고 마시고 잘 싸면 그 또한 행복이 아니겠는가. 그거면 됐는데 충족되지 않는 물욕에 늘 허덕이고 멈출 수 없는 성욕에 사로잡혀 산다. 숨통 끊어지면 다 놓고 가야 하는 것을.

  정권을 내려놓으면 세상 사람들의 원성도 사라지겠지. 황제에게 권력을 돌려주면 나약한 문신들과 함께 구워 먹든 찜 쪄 먹든 알아서 할 거였다. 나 때문에 강도에 붙잡혀 와 갇혀 산다고 생각하는 황제는 당장 출륙하리라. 수도를 다시 개경으로 옮기고 몽골에게 투항, 부마국이 되겠지. 백성들에겐 그 편이 차라리 더 나을 수도 있었다.

멀거니 달을 바라보던 최이가 고개를 가로젓는다. 잠시 감상적으로 흐르던 자신의 마음을 다잡는다.

"만종 스님!"

최이가 스님의 예를 갖춰 큰아들의 법명을 부른다.

"예, 아버님!"

"애비를 위해서 그동안 경전 판각불사를 주선해온 거 잘 알아요. 나랏일 하다보면 피치 못하게 죄도 짓게 되지요. 그래도 애비는 우리 만종 스님 원력으로 지옥 신세는 면할 거요."

"지옥이라니요. 아버님께서 어디 개인의 영달을 위해 일하셨던가요. 누군가는 짊어져야 할 시대적 과업을 대신 짊어지신 거잖습니까. 부처님을 지극히 섬긴 아버님은 극락에 가시고도 남습니다."

"고맙습니다. 우리 만종 스님은 부디 힘 있을 때 불도 열심히 닦으세요. 이 애비처럼 늙고 병들면 자꾸 나약한 생각만 든답니다. 이래가지고는 아무짝에도 쓸모가 없어요."

"이 난세에 이 나라가 이만큼 안정된 건 아버님이 계셔서입니다. 낙동강 칠백 리가 모두 금강산 그늘이지요."

"항아!"

최이는 만종의 손을 부여잡은 채로 작은아들 이름을 부른다. 주안상 맞은편에서 아버지의 애첩이 떠준 안주를 먹던 최항이 우물거리며 대답한다.

"저 달이 차고 기울기를 반복하니 참으로 부질없다는 생각이 들지 않느냐?"

"그렇지요."

최항은 건성으로 달을 쳐다본다.

"그렇게 생각한다면 너는 하수다!"

화기 넘치던 누마루 위에 냉기가 흘렀다.

"기울면 다시 채우고 기울면 다시 채우는 천도天道를 인사人事에 응용할 줄 알아야 고수야."

같은 달이라도 정반대로 볼 수 있다는 얘기였다. 최항은 아버지의 집념에 새삼 놀랐다.

"움켜쥐었던 권력을 내주면 말로가 괴롭고 후손이 고달파지는 게야. 지금 이 고려에서 우리가 권력을 놔주면 문약한 벼슬아치들이 나라를 곧바로 몽골놈들에게 갖다 바칠 거다. 그러니 약속해다오. 어떤 일이 있어도 내 뒤를 이었다가 네 아들에게 잘 물려주겠다고."

침침하던 최이의 눈이 갑자기 맹수처럼 이글거렸다.

"맹세합니다, 아버님!"

"애비는 한평생 누구보다도 지극정성으로 부처님을 섬겨왔느니. 이 전쟁통에도 대장경 판각불사를 한다면 말 다했지. 하여 내가 어쩔 수 없이 지은 죄는 부처님께서 모두 용서해주실 게다. 그럼! 부처님은 나를 용서하시고말고. 그러나 만일 네가 실권한다면 나는 절대로 널 용서치 않으리라. 분명히 말했다. 부처님은 너를 용서해도 나는 널 용서치 않겠단 말이다. 죽어서도 눈 시퍼렇게 뜨고 지켜볼 참이야."

최이 자신만의 권력이 아니었다. 그와 생사를 함께했던 모든 무신들의 권력이기도 했다. 자신은 누릴 만큼 누렸다고 그만 놔버리는 건 따르던 무리를 배반하는 무책임한 일이었다. 그들 가운데 권력을 되찾자고 칼을 드는 자가 얼마든지 나올 수 있었다. 이래서 끝까지 놓을 수 없는 것이다. 현실은 이처럼 냉엄하고 치열했다.

최항은 아버지 최이와 형 만종의 잠자리를 돌봐주고서 자기 집으로 건너왔다. 대취한 그가 찾아든 곳은 심경의 별채였다. 심경의 침소는 늘 이국적인 향기로 그윽했다. 그 향기는 밤낮이 달랐고 맑은 날과 흐린 날이 달랐다. 기분이 좋을 때나 기분이 상했을 때 또한 달랐다. 분명한 건 어느 때고 그 향기가 사람 마음을 편안하게 위무해준다는 사실이었다.

"부인, 아까 낮에는 왜 그랬소?"

최항이 죄인들을 방면한 일을 따지고 들었다. 실권하면 용서치 않겠다던 아버지의 으름장을 흉내 내기라도 하듯 엄포가 섞였다.

"어휴, 술 냄새! 양치질부터 하세요."

심경은 최항의 저고리를 벗겨 대나무 횃대에 건다. 청자상감 합을 열어 죽염과 송진가루로 만든 치약을 손바닥에 덜어낸다. 최항을 수반 앞에 쪼그려 앉히고 이와 혀를 닦아준다. 엄포 놓던 호랑이가 아이처럼 다소곳해져서 꾸르륵꾸르륵 입을 헹군다.

"어이, 개운하다."

"이거 털어넣고 물 드세요. 속이 한결 편안해질 거예요."

심경이 수건으로 입을 닦는 최항에게 가루약과 물잔을 건넨다.

"임자는 상약국 시의라니까."

상약국은 왕실의 의약을 맡은 관청이다. 심경이 그곳 의원이라면 자신은 왕족이 되는 셈이다. 최항은 잘록한 심경의 허리를 끌어안으며 입을 맞춘다. 낮에 허락도 받지 않고 죄인들을 방면해준 일을 따지려 들었다가 그 일은 까마득히 잊고 달콤한 꿀단지 속으로 빠져든다.

몸을 가진 존재는 늘 그 무게만큼 짓눌린다. 유정물이건 무정물이건 다 그렇다. 허공을 나는 나비, 들판에 부유하는 모래 먼지도 자신의 무게가 버거울 때면 가장 낮은 자세로 침잠한다. 고요한 밤이면 더 그렇다. 최항은 매일매일 제 몸뚱어리의 무게, 삶의 찌꺼기를 모았다가 심경의 품속에 온전히 실었다. 그러면 이 향기롭고 신비한 여인은 그것들을 녹여서 환희로 바꾸어버렸다. 일상의 피로 역시 깨끗이 날아가버렸다. 하지만 사랑의 목마름은 갈수록 커져 그는 심경의 품에서 좀처럼 헤어나지 못했다.

"임자, 부탁이 있소."

침상에 눈을 감고 누운 최항이 입을 뗐다.

"뭔데 그렇게 진지하세요?"

"내가 내린 명령을 중간에서 좀 가로채지 마시오. 아까 낮에는 화가 머리꼭지까지 치밀어올랐었소. 대체 무슨 까닭으로 그런 짓을 한 게요?"

"서방님을 위해서였답니다."

"내 명을 틀어놓고 어찌 나를 위해서라는 거요? 처첩까지도 우습게 본다고 사람들이 나를 놀릴 것 아니오?"

최항이 불퉁거린다.

"아직 집정 지위에 오르기도 전인데 벌써부터 원성을 사서야 쓰겠어요? 서방님은 서슬 퍼런 위엄을 보여주셨으니 됐고, 저는 민심을 얻었으니 우리 내외가 모두 승자가 된 거예요. 되도록 살인만큼은 하시지 말아야 해요. 비구니 출신인 저와 살면서 살생이라니요."

심경은 아이 대하듯 최항의 볼을 쓰다듬는다. 듣고 보니 일리가 있었다.

"나도 살생하고 싶어서 하는 게 아니오. 안 죽이면 우리가 죽으니까 그러는 거지. 아무튼 자제해보리다. 그나저나 임자 마음은 꽃잎보다 더 곱구려."

최항은 벙시레 웃으며 다시 심경의 품속으로 파고든다. 이런 애착은 믿음으로 이어진다. 이 사내는 나를 믿고 있다. 이제 차츰 손을 쓸 때가 되었다. 조용히 쓴웃음을 짓던 심경은 나전칠기의 화려한 문양을 응시한다. 옷장 안에는 잡화점 대식국 사내에게 전해 받은 약제 보따리가 들어 있었다.

이튿날 아침 최항이 등청하자, 심경은 나전칠기 옷장을 열었다. 대식국 사내가 전해준 약제 상자에는 여러 가지 차와 향, 정력제 따위가 들어 있었다. 심경은 그 가운데서 한지로 겹겹이 싼 약제를 골라 펼쳤다. 밀가루를 바른 밤톨만 한 크기의 약 덩어리가 나왔다. 그 약에 손가락이 닿지 않게끔 칼날로 조심스레 밀가루를 걷어냈다. 갱엿처럼 보였다. 심경은 칼끝으로 한 조각을 떼어내 분합에 넣고는 남은 약 덩어리를 도로 쌌다. 환약으로 된 정력제도 몇 줌 덜어내 찻종지에 담았다. 약제 상자를 보자기로 묶은 다음 옷장 깊숙이 넣고 자물쇠를 채웠다.

분합에 넣어둔 약 조각을 더 잘게 쪼개 깨알 크기로 만들었다. 그 분합을 다기들 틈에 놓았다. 연근과 연잎을 차로 우려낼 때 아주 조금씩 섞어 쓸 거였다.

부엌으로 나온 심경은 아랫것들에게 숯불을 피우라고 일렀다. 약탕기에 환약을 넣고 물을 부어 끓였다. 수저로 으깨고 젓자 곧 걸쭉한 상태로 풀어졌다. 조금 더 끓이자 묵처럼 변했다. 은제 수반에 옮겨 꿀을 섞었다. 끈적끈적한 점성이 생겼다. 손으로 비벼

서 길쭉한 작두콩 크기로 빚었다. 밀가루를 묻혀 서로 달라붙지
않게 한 다음 그늘에 널어 말렸다.

4

최항의 집 낙성식 날이 밝았다. 강도의 문무대신들과 고승대덕들은 물론이고 고려 오도양계(서해도·교주도·양광도·전라도·경상도, 북계·동계)의 수령들과 지방관들이 거의 다 참석했다. 그야말로 떡 벌어진 낙성식이었다. 태자비 김씨의 외삼촌인 최항 지주사가 오늘의 주인공이었다.

황제와 태자의 초요연이 차일이 쳐진 낙성식장 마당에 도착했다. 낙성식장에 아악이 연주되기 시작했다. 궁중에서 악사들까지 불려나왔던 것이다. 집정 부자와 손자, 판각불사를 주관하는 선원사 주지 진명국사, 수기 도승통, 만조백관이 자리에서 일어나 예를 갖췄다. 그 가운데는 전전승지 김준과 정방 소속 문인 유경도 보였다. 최이 집정 부자의 끄나풀이지만 태자가 포섭하려고 점찍어둔 인물들이었다.

성대한 낙성식 내내 태자는 독초의 화려함에 놀랐다. 화분에 심어놓으면 못된 풀도 화초라 한다. 떡 벌어지게 구색을 갖추고 기품을 떨지만 본색은 숨길 수 없는 악의 꽃이다. 그 꽃은 자못 화려하고 향기 또한 진하다. 하지만 꽃이 지고 열매를 맺으면 추악한 본질이 드러나게 돼 있다. 불경에 일렀던가. 악의 열매가 익기 전에는 악한 사람도 복을 만난다. 악의 열매가 익은 뒤에는 악한 사람은 죄를 받는다. 선의 열매가 익기 전에는 착한 사람도 화를 만난다. 선의 열매가 익은 뒤에는 착한 사람은 복을 받는다. 만일 그렇지 않다면 붓다가 틀렸다. 세상을 잘못 본 것이다.

며칠 뒤, 태자와 창 왕자는 미복微服 차림으로 궁궐을 나섰다. 내시 하나만을 대동하고서였다. 그들은 평민처럼 삼베철릭을 입었다. 셋은 따로따로 궁에서 걸어 나와 격구장 앞에서 만났다. 우장도 갖추지 않았는데 갑자기 장대비가 쏟아졌다. 그들은 비를 흠뻑 맞으며 남문 쪽으로 잰걸음을 했다. 그들이 들어간 곳은 놀랍게도 유경의 집이었다. 유경은 최항의 심복이자 정방의 실세가 아니던가.

"고뿔 들겠습니다. 어서 옷부터 갈아입으소서."

대기하고 서 있던 유경이 태자와 왕자에게 수건을 건네며 사랑채로 안내한다.

"하늘이 이렇게 우릴 돕는구려. 감시하는 밀정들 눈을 따돌릴 수 있잖소."

태자가 모처럼 환하게 웃었다. 유경이 좁은 마당 너머 대문 쪽을 쳐다본다. 빗줄기만 요란할 뿐 쥐새끼 그림자 하나 보이지 않는다. 미리 와 있던 좌상시와 부사가 삼베철릭을 벗는 태자 일행을 도와준다. 철릭은 빗물에 젖어 몸에 착 달라붙었다. 태자와 왕자는 유경이 꺼내온 허름한 철릭으로 갈아입고 아랫방으로 내려온다. 서방 소속 문사 둘이 머리를 숙이고 서 있었다.

"자, 어서 앉읍시다."

태자는 옹색한 방에서 그들과 무릎을 맞대고 앉았다. 그들은 날이 어두워질 때까지 유경의 사랑채에서 머리를 맞댔다. 비는 그때까지도 줄기차게 내렸다.

최이 집정의 저택.

"내 혹시나 해서 너를 예의주시해왔느니. 왜 이런 게 너의 나전 칠기 장 속에 들어 있는 게냐?"

최이가 심경을 불러다놓고 겁박했다. 궁궐 상약국 상늙은이 봉의奉醫가 불려와 무릎을 꿇은 가운데 약제 상자가 펼쳐져 있었다. 심경이 장 속 깊숙이 넣고 잠가두었던 것이었다. 언제 이 약제 상자를 꺼내와 검사까지 마친 걸까. 방금 불려나올 때까지도 나전 칠기 장에는 자물쇠가 채워져 있었다. 최이 집정이 의심이 많다는 건 이미 알고 있었지만 정보력과 일 처리의 기민함에 심경은 혀를 내두르지 않을 수 없었다. 입이 바싹 타들어갔다.

"왜 대답을 못 하지? 이 맹독성 약으로 누굴 죽일 셈이었느냐!"

최이는 푸르죽죽한 얼굴을 사납게 일그러뜨리며 침을 튀겼다.

"아버님, 진정하셔요. 불제자인 비구니 출신이온데 누굴 해치겠사옵니까?"

심경은 애써 담담하게 합장했다.

"하면 왜 이런 걸 구해서 숨겨두었지?"

"숨겨둔 게 아니라 깊숙이 갈무리해두었던 거랍니다."

"대체 왜 이런 독극물을 지니고 있느냔 말이다."

"아버님, 그 약은 제가 먹는 것이에요. 생활이 바뀌면서 지독한 변비가 생겼거든요. 극미량으로 설사를 일으키는 효과가 있답니다."

"변비약으로 독을 써?"

최이는 봉의와 눈을 맞추었다가 다시 심경을 노려본다.

"이독제독이지요. 마팔국에서 들여온 명약이에요. 향료와 차는 지주사 나리와 제가 쓰는 것이고 환약은 아버님 약으로 아주 어렵게 지어온 특별한 정력제이옵니다."

"특별한 정력제?"

최이는 미심쩍어하면서도 관심을 보였다.

"아버님께서는 그동안 정력제용 탕약을 너무 많이 드셨사옵니다. 과로에 과음까지 겹쳐 간에 심한 부담을 주었지요. 그래서 병이 깊어지신 거랍니다. 무엇보다도 간이 편안해야 안색도 좋아지고 몸이 가뿐해지십니다."

심경은 막힘없이 아뢰었다. 최이는 봉의에게 확인했다. 동그란 환약 한 알을 혀로 녹여본 봉의는 심경의 말이 옳은 것 같다고 확인해주었다.

"그런데 왜 여태까지 이 환약을 내게 전해주지 않았더냐? 네가 잡화점에서 이 약제 상자를 가져온 건 엿새 전이 아니었던고?"

귀신은 속여도 이 늙은이는 속일 수 없다는 듯이 최이가 정확히 되짚었다. 너의 일거수일투족이 내 손바닥 안에서 노닐고 있다는 뜻이었다. 심경은 전혀 놀라는 기색을 보이지 않았다. 놀라면 지는 것이다. 응당 밀정을 시켜서 자신의 뒤를 밟고 있으려니 했었다. 더 뒤를 밟지 못하게끔 이런 통과의례는 한번쯤 꼭 필요했다.

"이 역시 탁월한 정력제이긴 하오나……"

"하오나?"

"간에 부담을 주는 건 마찬가지지요."

"그런 걸 왜 주문해왔다는 게냐?"

"궁하면 통한다고 묘안이 떠올랐답니다."

심경이 밝게 웃었다. 활짝 핀 백련이 향기를 뿜는 것처럼 방 안이 환해졌다. 최이는 속으로 민망한 생각을 품었다. 천하의 절색이 바로 이 아이로구나. 아들 놈 첩만 아니라면 칼부림을 해서라도 빼앗고픈 미색이었다.

"어, 어떤 묘안?"

심경의 화사한 볼과 입술에 빠져 있던 최이가 말을 더듬었다.

"밖에 언년이 있느냐?"

얼굴이 얽둑얽둑한 여종이 대발 너머에서 예, 하고 답했다.

"엊그제 새로 빚었던 아버님 좌약을 냉큼 가지고 오너라."

심경은 이런 불상사를 예상했던 사람처럼 차근차근 일을 진행시켰다. 최이는 늙고 병든 자신의 신세가 한탄스러웠다. 이 아이보다는 못하더라도 열 명이 넘는 첩 가운데 미색은 많았다. 그 미색들에게 독수공방살이를 시켰다. 양기가 급속도로 쇠해버렸기 때문이다. 탕약을 먹으면 양기가 조금 살아났지만 몸이 붓고 몸살이 나버렸다. 하룻밤 즐기자고 저승 문턱을 달려 넘어갈 수는 없는 노릇이었다.

여종이 약을 대령했다. 새끼손가락 한 마디 크기의 길쭉한 약이 수십 알이나 되었다. 심경은 그중 하나를 집어서 절반을 잘라 깨물어 먹어 보이며 나머지 절반을 봉의 영감에게 건넸다. 앞니가 다 빠져버린 봉의 영감은 심경이 약을 꿀꺽 삼키는 걸 보고서야 비로소 입에 넣고 오물거렸다. 신중히 음미하더니 품평을 했다.

"저 환약과 같은 약제입니다."

"이렇게 길쭉하게 만들면 목에 넘기기만 고역이지. 환약을 공연히 길쭉하게 빚을 건 또 뭐냐."

"아버님, 이건 제가 생각해낸 건데요."

"답답하구나. 그렇게 빚은 이유가 뭐냐고?"

최이가 재촉하자 심경은 낯을 붉히며 주저했다.

"외람되오나 여쭙겠나이다. 대변을 언제 보시는지요?"

"그런 건 왜 물어. 아침에 본다."

"그럼 내일 아침, 밑을 닦으시고 나서 이 좌약 한 알을 항문에 밀어넣어보셔요. 다음날 새벽까지 하루 동안 직장에서 녹아 약성이 흡수될 것이옵니다. 그러면 간에 부담을 주지 않으면서 양기를 돋울 것으로 사려되옵니다."

"무어라? 좌약으로 바꿔봤다고? 어떤가, 봉의 생각은?"

최이가 좌약 한 알을 들어 보이며 묻는다.

"놀라운 발상이옵니다. 소생은 그런 묘법이 있을 줄은 꿈에도 몰랐나이다."

봉의 영감이 눈을 크게 뜨며 고했다.

"흐흠! 모양새가 좀 사납지만 지금 당장 넣어보지 뭘. 너의 깊은 효심 잘 알았으니 이 약제 상자 가지고 그만 나가보거라. 내가 공연히 널 의심했느니. 좌약들은 거기 놔두고."

심경이 물러나오자 최이는 봉의 영감 앞에서 엉덩이를 까고 좌약을 넣는 것이었다.

"이녁도 하나 넣어보게나."

약이 아까웠지만 효과를 같이 시험해보자는 셈으로 한 알을 건
네준다. 봉의 영감은 좌약을 챙겨서 괴춤에 넣으려고 했다.

"허허, 딱하긴. 같이 넣어봐야 효과를 입증할 거 아니오."

최이의 채근에 봉의 영감도 허리끈을 풀고 엉거주춤 앉아서 하
초에 좌약을 찔러넣는다. 뜰에서 가만가만 발걸음을 옮기던 심경
의 입가로 미소가 흐른다.

5

　그날 밤부터 최이의 몸에 뚜렷한 변화가 찾아왔다. 속이 편안한 상태에서도 양기가 불끈불끈 솟아났던 것이다. 오랜만에 젊은 애첩의 방을 찾은 그는 질펀한 밤을 보냈다. 그리고 다음날 이른 아침에도 뒷간에서 침을 듬뿍 바른 좌약 한 알을 하초에 밀어넣었다. 그렇게 기분 좋은 하루가 시작되었다.

　조반 수저를 놓기 바쁘게 봉의 영감이 찾아왔다. 두 노인은 밝은 표정으로 마주 앉았다.

　"소생은 오늘에야 회춘의 진정한 의미를 깨달았답니다."

　"여부가 있겠소. 고목나무에 꽃이 피었는걸. 허허허."

　최이의 말에 봉의 영감이 박장대소를 한다. 그 사품에 복두가 벗겨질 뻔했다. 회춘이란 천도에 반하는 말이다. 봄·여름·가을·겨울처럼 인생의 청춘과 노년은 아주 자연스러운 순리다. 늙은 수컷의 양물 발동을 회춘이라고 하는 건 욕망의 미화에 지나지 않는다.

"며느님의 지혜가 이인異人에 가깝습니다."

"그렇지. 일찍이 화타, 편작도 생각지 못한 일이야."

"노년의 홍복이십니다. 그 신통한 영약 몇 알만 더 얻을 수 있겠는지요?"

봉의 영감의 목소리와 표정이 은근하게 뒤바뀐다.

"영감 낯도 어지간히 철면피요. 산삼 녹용을 구해다 바쳐도 모자랄 양반이 어디다 손을 벌리는 거요? 약은 나눠서 쓰면 효과가 반감되는 거라지 않소. 그나저나 그 독극물 성분은 알아냈소?"

그 약을 나눠 쓰자고 군침을 흘리느니 차라리 권력을 나눠 먹자고 요구하는 편이 나을 지경이었다.

"아 예, 그 뭣이냐. 그게 워낙 생소해놔서요. 반하半夏도 아니고 비소도 아니고 도대체 알 수가 없었나이다. 그런 마팔국 약재는 여태 써보질 못했으니까요."

무안해진 봉의가 옹색한 변명거리를 늘어놓았다.

"참으로 딱하시오. 상약국 최고 책임자가 그걸 모른다는 게 말이 되오?"

"끄음, 그게 뭣이냐. 몽골과의 전쟁이 벌어진 이래 마팔국과는 교역이 뜸해져서요."

"어제 그 약 조각을 잘 간수하고 있다가 꼭 알아내시오."

최이는 봉의 영감을 물리고 도방에 들러서 사병들을 점검한 다음, 정방과 서방에서 시무를 처리했다. 천기 스님이 남녘 부인사와 해인사 장경판전 실태를 조사하고 복명했다는 소식이다. 아직 만종이 떠나기 전이었으므로 최이는 그와 함께 선원사에 행차하기로 했다. 그는 큰아들 만종 스님과 나란히 타고 갈 쌍두마차를 준비시켰다.

최이와 만종이 탄 마차가 중성을 빠져나가고 있을 때, 정방을 나온 최항은 자신의 집으로 건너와 심경의 처소에 들렀다. 입내나는 사내들 틈에 섞여서 쟁론을 벌이다가 아리따운 심경을 대하자 눈이 환해졌다. 방 안을 채운 그으한 향기는 격조를 더했다.

"날도 더운데 굳이 차를 끓여 마실 필요가 뭐 있소. 냉수나 주시구려."

그는 연근차를 우려내려는 심경을 말린다. 아버지와 봉의 영감한테서 들은 말이 있어서 꺼려하는 것이었다.

"날이 더울수록 더운 차를 마셔야 몸에 좋아요."

심경은 마다하는데도 굳이 연근차를 우려내 디밀었다. 최항이 주저하는 기미를 알아챈 심경의 눈빛이 서늘하게 바뀌었다.

처음부터 이런 순간을 염두에 뒀었다. 세상에 대가 없이 얻는 건 없으니까. 자신은 온전한 채로 상대를 꺾을 수는 없다. 상대가 당대 최고의 실세인데 그렇게 호락호락하겠는가. 결단의 순간이

왔다. 지금부터는 동행해야 한다. 원수와도 맹독과도 기꺼이 동행해야 한다. 그래야 목적을 이룰 수 있다. 나 자신이 먼저 독배를 마시고 죽어가야만 저쪽도 함께 죽어간다. 얼마나 공평한 일인가. 아무리 원수라도 남의 목숨을 꺾는 일인데 같이 죽어줘야만 공평한 일 아닌가. 내 일찍이 저녁 달빛에 서린 삶의 비의悲意에 사무쳐 슬픔을 양식으로 자랐느니. 그리하여 죽음으로 가는 길목에서의 서성거림이 인생임을 진작 알았느니. 슬픔은 내가 세상 살아가는 근원적인 힘이다. 새삼 죽음을 결정하는 일이라고 주저할 까닭이 없다. 하므로 달게 마시련다. 이 향기로운 독배를 달게 마시고 저이의 손을 그러잡고 한 발 한 발 시퍼런 저승의 강물로 걸어 들어가리라.

심경은 스스럼없이 그 잔을 가져다가 후루룩 마셔버린다. 그런 다음 그 잔에 다시 연근차를 따라 최항에게 올린다. 군더더기 없는 동작이었다. 기품 어린 여인의 얼굴에 연꽃 미소가 번진다. 시간을 두고 야금야금 죽음을 받아들이기로 한 이 여인! 심경의 얼굴에는 원한도 미움도 벗어놓은 처연함 같은 게 묻어 있다. 최항은 사랑에 겨운 여인이 들이마신 차가 담긴 잔이 독배이리라고는 전혀 생각할 수 없다. 그는 잔을 가져다 혀끝을 적신다. 구수한 맛이 돈다. 연향을 음미하며 마저 털어넣는다.

"서방님, 소첩은 제 모든 걸 서방님께 바치기로 한 여인이랍니다. 제가 못 먹는 건 절대로 서방님께 올리지 않아요."

다소곳한 심경이 최항을 물끄러미 쳐다본다. 속내를 들킨 최항은 다시 찻잔을 비운다.

"난 임자를 믿어. 아버님께서도 임자 칭찬이 자자했거든."

"아버님이 산신제 만수받이를 제게 지시하셨어요. 흑련 어머니께 함께 가시지 않겠습니까? 수레 석 대는 움직여야 한답니다."

"알았소. 내 임자 시키는 대로 하리라. 하하하."

두 손을 흔들어 보인 최항은 거침없이 한 번 더 찻잔을 비운다. 미량의 맹독성 유도화 추출물이 녹아 있는 이 차는 사람을 홀리는 애욕의 독이라고 할 수 있었다. 애욕에 섞은 이 맹독을 피할 세속 인간은 아무도 없다. 심지어 독을 만든 심경 자신조차도.

최항과 심경의 마차는 집을 나서서 도성 서문 쪽으로 향했다. 마차 안에서 원앙새처럼 다정히 앉은 둘은 줄곧 손을 잡고 있었다. 잠시도 떨어져 있기 싫다는 듯이. 심경이 고려산 밑 흑련의 집에 최항을 대동하고 가는 건 믿음을 쌓기 위함이었다. 아버지 최이가 각별히 아끼는 무당이 흑련이다. 그런 흑련이 심경을 수양딸로 삼고 깊은 속정을 주는 걸 옆에서 목격하면 남은 의심이 말끔히 사라질 거였다.

최이와 만종이 탄 쌍두마차가 선원사 앞에 당도했다. 진명국사와 수기, 천기를 비롯한 대장도감 소속 승려들과 대중 이백여 명이 화려한 가사장삼을 걸치고 나와 환영했다. 선원사는 최이가 세운 그의 원찰이었다.

"오, 천기 스님! 험로에 얼마나 노고가 많으시었소이까?"

최이는 천기 승록의 두 손을 부여잡고 치하했다. 그사이 만종도 진명국사와 수기 도승통의 환대를 받았다. 진명국사와 만종의 장삼은 모인 스님들 가운데 화려함으로 쌍벽을 이루었다. 홍포에 금실로 연화문과 모란문, 국화문 등을 수놓아 눈이 부셨다. 반면에 수기의 먹물 들인 가사장삼은 낡고 빛이 바랬다.

완만한 산중턱 금당에 들어가 부처님을 뵌 최이가 금당 뜰에서 앞을 조망하고 섰다. 바닷물이 들어오는 갯골 너머 안산案山이 옥대를 풀어놓은 형국으로 정상이 일자 모양, 이른바 일자문성一字文星이다. 이런 안산을 갖춘 명당 자리에서는 높은 벼슬이 끊이지 않는다. 정성스레 판각한 경판도 모시고 자손들 벼슬길도 도모할 수 있다면 그만 아닌가. 최이는 저절로 흡족한 웃음이 배어나왔다.

나지막한 산과 들, 바다가 가슴에 안겨 들어왔다. 편안하면서도 천하를 얻은 듯 포만감을 주었다. 금당 앞에서 주변 풍광을 둘러보던 최이는 안내하는 일행을 따라 금당 뒤로 돌아서 판당으로 들어갔다.

"경판이 이렇게 뒤틀려간답니다."

수기가 시렁에서 경판 한 장을 꺼내 보였다. 최이가 씨무룩한 얼굴로 뒤틀린 경판을 살펴보았다. 수기가 다른 경판들을 더 빼냈다. 뒤틀린 경판이 여러 장이다.

"심각하군. 모서리마다 이렇게 구리판으로 마구리까지 만들어 박아도 소용이 없을 정도니."

"그렇습니다. 역시 바닷물이 가깝고 안개가 많이 끼는 관계로…… 그래도 판당이 통풍을 잘 시키는 구조로 지어져서 이만하지요."

선원사 주지 진명국사다. 그는 판당 남쪽과 북쪽 벽에 뚫린 통풍구를 가리켰다. 위아래 통풍구 크기가 서로 달랐다. 바람을 잘 순환시켜 습도를 조절하는 기능을 했다.

"남해 분사도감 판당에도 뒤틀림 현상이 생긴다고 합니다. 얼마 전 지밀 승정이 단속사를 거쳐 가면서 일러주더군요."

이번에는 만종이 나섰다.

"아 참, 그 지밀이라는 승정과 인보 스님은 언제 올라오오?"

최이가 수기에게 물었다.

"남녘 공방들을 쭉 둘러보러 갔으니까 좀 더 걸릴 겁니다. 늦어도 열흘 안에는 귀환하지 않을까 싶군요."

수기의 어조는 태연했다. 인보가 최이의 끄나풀이라는 사실을 지레짐작하고 있는 수기였다. 돌아와서 저간의 사정을 속속들이 고할 테지만 미리부터 경교 사건을 흘려 분란을 일으킬 필요는 없었다. 지밀의 말을 들어본 다음, 경중을 따져서 보고해도 될 일이었다.

"지밀 승정이 워낙 깐깐해서 조사야 잘하고 오겠지요. 어쨌든 판당 지을 터를 잡아서 이운移運해야 한다는 건 확실합니다, 아버님."

이제껏 듣고만 있던 만종이 오늘 모인 목적을 말했다.

"천기 스님의 고견부터 들어봐야 옳겠군."

최이가 앞장서 판당을 나섰다.

"주지 스님 방에 가 계십시오. 준비된 지도와 도면들을 가지고 곧 올라가겠나이다."

호리호리한 천기 승록이 대장도감 사무소 쪽으로 잰걸음을 옮겼다. 사무소에서 둘둘 말아놓은 자료 뭉치들을 챙긴 그는 따라 나서려는 시자를 물리치고 주지 방으로 간다.

다과 시간이 끝나자, 천기 승록이 지도 한 장을 펼쳤다. 불꽃이 이글거리는 형국의 첩첩산중에 용의 눈처럼 생긴 절터가 나타났다.

"우리 고려국에 이런 데가 있었던고?"

말려 올라가는 지도 모서리를 손바닥으로 누르며 최이가 놀란다.

"삼재三災가 들지 않는다는 천하명당 가야산 해인사입니다."

천기는 지도 오른쪽 하단 사하촌 각사마을을 짚어 보인 다음 설명을 이어나갔다.

"이곳 계곡 입구에서 수십, 수백 번 산자락이 휘감고 있지요. 병란이 닥치더라도 막아내기에 끄떡없어요. 소수의 승병만으로 능히 봉쇄할 수 있으니까요. 대적광전大寂光殿 바로 위쪽에 널찍한 터가 있사온데 판전 후보지로는 이만한 곳이 없다고 봅니다."

천기는 대구 공산 부인사 사정도 자세히 일렀다. 공산보다 가

야산이 훨씬 수승한 보장지처保障之處임을 알 수 있었노라고 강조
했다.

"대사님들 의견은 어떻습니까?"

최이가 수기와 진명국사를 번갈아가며 보았다.

"전쟁통에 이처럼 어렵게 새긴 경판을 좀과 습기에 내줄 수는
없지요. 하루바삐 해인사에 장경판전을 짓고 일목요연하게 진장
珍藏하는 것이 옳다고 봅니다."

대장도감 최고 책임자인 수기는 이미 천기와 뜻을 모은 처지였다.

"빈도는 반대요!"

진명국사가 단호하게 외쳤다. 너무 단호해서 좌중이 모두 놀라
고 말았다.

"……가야산 해인사가 아니라 수미산 바위동굴 속이라도 안
됩니다!"

진명국사가 다시 한 번 못을 박았다. 수기와 천기, 만종은 어리
둥절해했고 최이는 알 듯 모를 듯 엷은 미소를 지었다.

"……임진년의 악몽을 되풀이하지 않기 위함이오."

그는 눈을 가늘게 뜨며 옛날 일을 회상하는 듯했다. 임진년의
악몽이란 고려인 모두가 아는 참화였다. 대구 공산 부인사에 모
셔두었던 초조대장경을 몽골군이 불태워버려서 그 원한이 산천
을 뒤흔들었다.

감히 붓다의 말씀을 새긴 경판을 불태우다니! 개망나니만도 못

한 놈들이다!

그 울분과 원한의 힘으로 재조대장경 불사가 시작됐고 바야흐로 완성 단계에 와 있었다. 전쟁통에 굶주리고 헐벗은 채 매달려온 집념의 세월이었다. 깊은 산중과 섬에 숨어서 진리의 말씀을 새겨온 세월이 어언 십 년을 훌쩍 넘었다.

"……하여 새로 새긴 대장경 전부를 한 장소에 모시면 절대 안 됩니다. 예기치 못한 사고는 늘 일어날 수 있기 때문이오."

"그래도 거룩한 대장경 경판 전체를 한곳에 모셔야 불력이 생기지 않겠습니까? 현종 때 거란군이 물러간 것처럼."

천기가 이백여 년 전, 기적 같았던 일을 상기시켰다. 거란이 쳐들어왔을 때, 온 백성이 힘을 합쳐 대장경을 새기자 거란군이 물러갔다고 역사는 전한다. 초조대장경 조성 때의 일이다.

"그래요. 부처님의 가피란 참으로 불가사의하지요. 문제는 한곳에 모셨을 때 안전성을 보장할 수 없다는 점이오."

진명국사의 우려는 천기를 고심하게 만들었다.

"그럼 다른 대안을 찾아봐야겠군요. 임진년 참화 후, 아버님께서 금속활자를 만들었던 것처럼 획기적인 대안 말입니다."

만종은 최이가 《상정고금예문詳定古今禮文》 50권 28부를 금속활자로 인출한 사실을 거론했다. 구리와 쇠, 납을 섞어 만든 금속활자는 습기의 영향을 받지 않는다. 불에 강하기로는 나무에 비할바 아니었다. 인쇄할 때 활판에 심어 쓰다가 평소에는 해체해서 보관할 수 있었고 목판보다 훨씬 양이 적어서 옮기기도 쉬웠다. 획기적인 발명품이었다. 힘을 몰아 쓸 수 있는 무신정권이기에 가능한 문화 창도였다. 모순이지만 사실이 그랬다.

"대장경 경판은 그 자체로 세상 사람들이 경배하는 성물입니다. 기능성과 편리함만으로 대신할 수 없는 게 있어요."

대장도감 최고 책임자 수기였다.

"그렇소. 진리의 말씀이 담긴 대장경판은 든든한 신물信物이자 문명국의 상징이오. 이제 이곳 강도는 고려의 도경이 아닙니까? 그래서 당연히 경판을 이곳에 모셔둬야 한다는 거요. 야만인들로 부터 도경과 경판을 함께 지켜낸다는 명분도 있고요."

진명국사의 논조는 돌을 쪼개듯 분명했다.

"국사의 말씀이 백번 옳아요. 이곳 선원사 판당 경판은 강도에 그대로 두는 게 좋겠소이다. 습기가 덜한 서문 밖 고려산 기슭에 새 판당을 지어 옮깁시다. 훼손된 경판은 선원사에서 수시로 조성해 보충하면 될 것이오. 남해 분사도감 판당이나 그 밖의 절집과 공방에 있는 경판들만 우선 해인사에 모십시다. 그랬다가 꼭 필요하면 여기 경판을 옮겨가든지 한 벌 더 새기면 될 것 아니오."

최이가 나서서 깔끔하게 정리했다. 권력과 재물을 모두 가진 최이 집정이었다. 그의 말이 지닌 힘은 진명국사나 수기 도승통의 힘에 비할 바가 아니었다. 이제 해인사에 장경판전을 세워 경판들을 옮기는 일이 남았다. 그 일은 해인사 주지와 각 종단을 대표하는 스님들을 불러 모아서 결정하기로 했다.

최이는 선원사 대중을 위해 잔치를 열었다. 몇 대의 마차에 바리바리 싣고 온 떡과 두부, 과일로 대중은 포식을 했다. 선원사에 올 때마다 늘 해온 일이었다. 선원사가 그의 원찰이므로 결국은 제 식구 챙기기였다.

그는 해가 이울기 직전까지 잔치를 즐기다가 아들 만종과 함께 귀로에 올랐다. 중성 동문을 통해 진양부로 가기로 했다.

"아버님, 수기나 천기는 참 믿을 만한 스님들이네요. 임진년 참화의 내막을 소상히 알면서도 대장경 경판에 대한 숭배가 지고지순하기만 합니다."

만종은 절집에서 눈치껏 얻어 마신 술로 얼굴에 때 이른 단풍이 든 상태였다.

"그래요? 진명국사는요, 스님?"

흔들리는 마차 위에서 최이가 아들 만종에게 물었다.

"아주 정치적이지요. 경판을 분산해서 모시자는 발상부터가 정략적인 계산을 하는 거 아니겠습니까? 임진년의 악몽이라고 말할 때 표정도 그랬습니다. 은근히 그때 일을 비웃는 것 같았거든요."

만종은 자기 나름대로 파악한 승려들의 경향을 아버지 최이 집정에게 일렀다.

"그때 일은 기억에서 지워버려요!"

최이의 표정이 굳어졌다.

"……정치적인 거야 세 스님이 다 똑같지요. 종단을 대표하는 분들인데 어떻게 정치적이지 않을 수 있겠어요. 같은 사굴산문闍崛山門 문중이면서 진명국사를 미심쩍어하다니요. 오히려 수기 스님을 주의 깊게 보세요."

수선사·선원사·쌍봉사·단속사는 모두 같은 사굴산문에 속했다. 선원사 주지인 진명국사는 조계산 수선사 출신이었고 만종은 쌍봉사로 출가했다가 지금은 단속사 주지로 있었다.

"수기나 천기도 다 같이 화엄종단 균여 스님 계열 아닙니까?"

"그렇지요. 스님은 같은 종단 스님보다 다른 종단 스님을 더 믿겠단 말이로군요. 그게 그렇지가 않아요. 구색 맞추기로 화엄종과 유가종, 천태종, 가지산문을 동원했지만 판각사업은 어디까지나 우리 사굴산문 중심으로 하는 겁니다. 수기와 천기 스님은 머리를 빌리는 것뿐이지요."

"같은 화엄종단이라도 해인사와 부인사는 또 다르잖습니까? 해인사는 균여 스님 계열이고 부인사는 의천 스님 계열이니까요."

종단의 문제가 아니라 승려 개개인의 문제라는 게 만종의 생각이었다.

"……남해 분사도감에서는 가지산문 출신 선승 일연을 참여시키고 있다 합니다."

"그야 내 처남 정안이 끌어들인 거고요. 그 사람 한번 올라오라는데도 꼼짝하지 않네, 거참. 사람이 그렇게 의심이 많아서야 원······"

남해로 낙향한 이래 좀처럼 도성 나들이를 하지 않는 정안이었다. 정안은 최이가 잃어버린 측근 가운데 최측근이었다. 최이의 독재를 말리다가 미움을 사자, 고향으로 달아나 목숨을 구한 자였다. 하지만 미워할 수 없는 것이 판각불사를 제 일처럼 돕기 때문이었다.

"제가 그자를 길 좀 들여서 올려보낼까요?"

만종이 큼지막한 주먹을 쥐었다. 아버지의 처남이지만 정실이 아닌 기생첩에서 난 자신과는 남남이었다.

"아, 아닙니다, 스님. 내가 알아서 합니다."

기생첩실 아들 형제의 성정을 너무도 잘 아는 최이는 고개를 저었다.

"아버님께서는 그런 자를 감싸시고 수기 도승통 같은 실력자는 왜 의심하세요?"

"수기는 이규보 상국이 천거한 스님이지만 좀처럼 속내를 안 드러내니까 별별 생각이 다 듭니다."

"말이 없어야 진짜 중이지요."

"그런가요?"

세속 최고 권력자 아버지와 승단의 숨은 실세 아들을 태운 쌍두마차는 무사들의 호위를 받으며 어둠이 깔리기 시작하는 도성 안으로 들어섰다. 낮 동안의 더위는 저녁 바닷바람에 꺾였고 하늘에는 금강석 조각 같은 별들이 하나둘 돋아나기 시작했다. 큰 길가 기와지붕을 인 누각의 처마 곳곳에 노란 등롱이 밝혀졌다. 밥 짓는 냄새와 거문고 뜯는 소리가 기막히게 달콤한 초저녁이었다. 전쟁에 밀려 숨어들어온 도성이라고 할 수 없을 정도로 평화로운 풍경이었다.

슈슈슈잉!

날카로운 금속성이 바람을 갈랐다.

"어이쿠!"

최이의 비명 소리가 터진 건 그 직후였다.

"아버님!"

마차 위에서 어깨를 감싸고 엎드린 최이를 만종이 몸으로 덮었다. 호위무사들이 화살 날아온 방향을 찾느라 허둥지둥 부산을 떨 때, 고막을 찢을 듯 폭음이 울렸다.

지지직 펑!

자욱한 연기와 함께 시뻘건 번갯불이 일어났다. 마차 기둥이 우지끈 부러지고 말들이 날뛰기 시작했다. 마차는 호위무사들 몇을 후려치고서 그대로 뒤집어지고 말았다. 최이와 만종이 길바닥에 사정없이 내동댕이쳐졌다.

"기습이다! 놈들을 찾아라! 쥐새끼 한 마리도 못 달아나게 주변을 봉쇄하라!"

호위무사들을 지휘하던 상장군이 외쳤다. 무사들이 최이 부자

를 겹겹이 둘러싼 한편 다른 패들이 큰길과 골목길들을 뒤지기
시작했다.

"왼쪽 누각 지붕이다!"

"저놈들 잡아라!"

시커먼 그림자들이 누각의 지붕에서 몸을 날렸다. 길바닥으로
기와가 떨어져 산산이 부서졌다. 누각을 벗어난 그림자는 즐비한
초가지붕 위를 경중경중 건너 검푸른 어스름 속으로 가무려졌다.
무사들이 사라진 그림자를 쫓느라 누각 주변으로 몰려들었다. 컹
컹 개 짖는 소리가 빈 공중에 울려퍼졌다.

"어서 수레를!"

부상당한 최이와 만종을 두 대의 수레에 싣고 진양부로 내달렸
다. 최항은 즉시 도성 안에 계엄령을 내렸다. 도방 정예부대원을
풀어서 괴한들을 색출하느라 난리법석을 떨었다.

왼쪽 어깨에 화살을 맞은 최이 집정은 허리까지 크게 다쳤고
만종은 팔이 부러졌다. 만종은 말들이 날뛰어서 부상이 더 커졌
다며 당장 목을 쳐버리리라고 으르렁댔다. 두 필의 말이 피를 뿌
렸다.

"믿을 수 없어요. 오늘같이 맑은 하늘에서 번갯불이 떨어지다
니요."

상장군이 반쯤 얼이 빠져 주억거렸다. 그도 곧 목이 떨어질 판
이었다.

"무슨 헛소리를 하는 게냐!"

최항은 칼을 빼 들고 책임을 물으려 했다.

"저, 정말입니다요. 별장들에게 물어보십시오."

"지주사 나리, 사실입니다. 지지직 쾅 소리가 나면서 번쩍하는 섬광이 일어났어요."

"그렇습니다요. 연기도 자욱이 피어올랐습니다."

별장들이 입을 모아 증언했다.

"맞네. 나도 벼락이 치는 줄 알았어."

만종이 그들의 말을 확인해주었다. 아마도 화약 덩어리가 터진 것 같다고 판단한 건 도방의 한 장군이었다. 황과 숯, 초석硝石을 섞어서 만든 그 폭발물질은 중국에서 주로 불꽃놀이에 사용되는데 전쟁터에도 이따금씩 등장한다고 했다. 하지만 고려국에서는 처음 있는 일이었다.

"그렇다면 외국 무역상에게서 그 물건을 구했다는 얘기가 아닌가! 저잣거리를 이 잡듯이 뒤져 화약 취급하는 놈들을 모조리 붙잡아 들이라!"

최항은 첩보원들을 동원해 포구 객관에 머무는 외국 상인들까지 밤샘조사를 시켰다. 하지만 범인들을 찾아내기는커녕 단서조차 잡아내지 못하자 초조해지기 시작했다. 그러기는 줄곧 신음을 내는 최이나 만종 또한 마찬가지였다. 어깨뼈를 부러뜨려버린 화살을 뽑아내고 응급치료를 하자 최이는 다리에 감각이 없다고 호소했다. 허리 부상이 불러온 하반신 마비였다. 팔다리를 거의 쓸 수 없게 된 그에 비해 만종의 부상은 가벼운 편이었다. 부러진 오른팔 뼈만 붙으면 되었기 때문이다.

누가 보낸 자객들일까. 이쪽 목숨을 노리는 자들이 누군지 모르지만 화약이라는 신무기까지 쓴 걸 보면 만만찮은 상대임에는 틀림없었다. 체제전복 세력일 수도 있었다. 등잔 밑이 어둡다고 이쪽이 모르는 사이 불순한 세력이 위협적으로 자라 있었다. 저들은 선원사에서 돌아오는 길목에 매복해 있다가 급습하고서 감쪽같이 사라져버렸다. 이쪽 사정을 손바닥 들여다보듯 훤히 파악하고서 주도면밀하게 일을 도모한 것이다. 소수지만 그만큼 조직화됐다는 얘기다. 그 조직이 더 커지기 전에 뿌리를 캐내버려야 하는데 꼬리가 잡히지 않고 있었다. 성대한 낙성식 이후 진양부에는 고심이 깊어만 갔다.

6

　도성 안의 민심이 흉흉한 가운데 폭염이 계속되었다. 갯마을이 낮잠에 빠진 여름날 오후, 어부 행색으로 변장한 태자는 내시 하나만을 데리고 강화도 서쪽 창후리 포구로 나갔다. 후방이라 경계가 느슨했다. 둘은 미리 대기시켜둔 고기잡이배에 올랐다. 해안가 지리에 밝은 어부 하나가 타고 있었다. 그물과 낚시는 물론 물동이와 먹을 것까지 완벽하게 갖춘 그 배는 강화도와 교동도 사이 바다를 빠져나가 북쪽으로 유유히 미끄러져 올라갔다. 작은 고깃배를 검수하는 수군들은 없었다.

　'태자 저하, 꼭 바다를 건너세요.'

　피폐해진 벽란도를 바라보면서 태자는 지밀 승정의 말을 떠올렸다. 갸름한 얼굴, 생각 많은 지밀 승정의 눈이 어른거렸다. 지밀 승정에게는 이 모순 덩어리 세상을 똑바로 돌려놓으려는 의지가 넘쳐났다.

황실과 무신들의 안위를 위해 이 섬 안에서 버티는 건 사특하다. 소수자들만을 위한 평화가 바로 악의 축인 것이다. 백성 없는 나라는 나라가 아니다. 따라서 백성을 내팽개치는 정치는 더 이상 정치일 수 없다. 나라의 기틀을 바로잡아야 한다. 그러자면 제대로 된 정치가 펼쳐져야 한다. 오늘 그 한 방법을 모색하려고 한다.

태자는 옛 수도 개경 시내로 잠입했다. 드넓고 화려하던 거리는 두엄자리와 쓰레기 더미가 가로막고 있었다. 금으로 치장한 수레가 달리던 길을 퀴퀴한 시궁쥐가 차지하고서 쓰레기 더미를 뒤지고 다녔다. 이따금씩 흐느적거리는 사람들 그림자가 나타났다 사라졌다. 섬에 숨어든 무인정권에 의해 버려진 사람들이었다. 세계적인 대제국 몽골 황제의 백성이 된 지가 십 년이 넘었건만 몰골들이 말이 아니었다. 누더기 차림에 누렇게 뜬 얼굴, 퀭한 눈들은 유령이나 다름없어 보였다.

내딛는 발걸음마다 푸석푸석하게 부서져가는 허물 같은 도시였다. 태자는 두 눈을 똑바로 뜨고서, 흐느적거리는 그림자들을 노려보았다. 화가 치밀었다. 왜 이렇게 살고 있는 것인가. 왜 이렇게 하염없이 죽어가고 있는 것인가. 떨쳐 일어날 수는 없었는가. 산발적인 반란 말고 세상을 뒤엎고 다시 일으켜 세우는 혁명 말이다. 역시 지도자가 있어야 가능한 일이었다. 백성의 무리는 저절로 뭉쳐지지 않는다. 지도자가 없으면 한낱 콩가루처럼 흩날리다가 사라질 뿐이다.

삼백만 명쯤 되는 저 먼지 같은 본토 백성들을 누가 하나로 모아 엮을 것인가. 고려 조정과 무인들은 이미 저들을 포기했다. 냉정히 말해서 지금 고려는 강도에 있는 삼십만의 섬나라에 지나지 않는다. 그보다 더 많은 사람들이 몽골군에 의해 죽거나 잡혀갔지만 속수무책이었다. 누가 본토에 남은 저들의 밥이 되어줄 것인가. 누가 저들의 옷이 되어주고 집이 되어줄 것인가. 지도자라면 마땅히 그래야 하거늘.

진실로 나는 바란다. 황제가 아니라도 좋다. 강도 삼십만 백성의 왕이 아니라 고려 모든 백성들의 왕이 되기를. 무인정권은 내가 부왕의 뒤를 잇는 걸 굳이 반대하지 않는다. 하지만 강화도와 본토의 백성들을 전부 아우르는 왕이 되겠다고 하면 사정이 달라진다. 몽골과의 관계정립이 문제되기 때문이다. 항복이냐, 정면승부냐? 둘 중 하나를 택해야 한다. 전쟁은 늘 선택을 강요하는 법이니까.

나는 안다. 몽골과의 정면승부는 곧 멸망이라는 사실을. 그걸 아는 이가 어디 나뿐이겠는가. 국제정세와 현실정치에 눈이 밝은 이라면 누구라도 안다. 그래서 항복하려 한다. 자존감도 없느냐고? 없다. 자존감 더 붙들고 있다간 나라가 죄다 결딴나게 생겼다. 이제 적개심 따위도 더는 갖지 않으려고 한다. 몽골군도 무인 정권 실세들도 내가 어떻게 맞서볼 상대가 아니다. 기회를 봐가며 최종 승자가 될 쪽에 빌붙는 게 상책이다. 나는 지금 그 승자에게 빌붙으려고 잠행하는 중이다.

역참을 겸한 주막집에서 내시는 말라비틀어진 말 두 필을 빌렸다. 역관 출신인 이 내시는 꽤 건장한 편이었는데, 그가 잔등에 오르자 말이 후들후들 다리를 떨었다. 그는 아랑곳하지 않고 사정없이 말을 몰았다. 얼마 전에 그 혼자서 이미 답사한 적이 있는 길이었다.

달리다 쉬다, 한 시진을 넘겼을까. 무장한 몽골군이 이중 삼중으로 경계 서고 있는 관청 앞에 다다랐다. 짤막한 몇 마디 몽골말로 통과의례를 마쳤다. 관청 마당에 둥그런 흰색 천막집 몇 채가 보였다. 해체해서 말에 싣고 다니기도 하는 몽골 전통가옥 '게르'라 했다. 걷어 올린 포장 사이로 조잡한 침상과 가재도구가 보였다. 참으로 볼품없는 야만인들의 집이었다. 화려하게 단청한 고려의 이층 기와집에 비할 바가 아니었다.

우스꽝스러운 뾰족 모자에 비단두루마기 차림의 다루가치가 대청마루에 앉아서 죄인들을 심문하다가 태자를 맞았다. 태자와 내시를 보고 내심 깜짝 놀랐으면서도 천연덕스레 심문을 마쳤다. 다루가치는 죄인들에게 먹을 것과 옷가지를 챙겨주었다. 노인 내외와 손녀딸로 보였는데 열서너 살쯤으로 보이는 손녀의 배가 유난히 불룩했다. 병을 앓고 있는 듯 얼굴에 풀기가 없었다.

"정말 오셨구려. 어려운 걸음을 하셨습니다. 대몽골제국 지방
장관 토야올시다."

키가 장대같이 커다란 다루가치가 구릿빛 얼굴에 웃음을 머금
었다. 야만인치고는 선한 인상이었다. 태자는 목례를 했다.

토야 다루가치는 태자와 내시를 천막집으로 안내했다. 시중드
는 고려 여인이 말젖과 육포를 내왔다. 태자는 목이 마르던 참이
라 말젖을 입에 댔는데 가히 즐길 만한 게 못 되었다. 언젠가 먹
어본 양젖과 달리 비위가 상했다. 다루가치는 누런 이를 드러내
며 껄껄 웃더니 차를 내오라고 했다.

"사람은 고기를 먹어야 합니다. 그래야 힘이 세져서 우리처럼
승리자가 되는 겁니다. 고기는 동물이 풀을 뜯어 먹어서 살찌운 영
양식이 아닙니까. 고기를 먹으면 풀을 먹은 거나 다름없지요. 풀을
직접 씹어 먹거나 우려먹는 건 동물들이나 하는 짓입니다."

그는 한 손에는 육포를, 다른 손에는 말젖이 담긴 사발을 들고
서 시범을 보였다. 왼손 검지에서 은가락지가 빛을 발했다.

"무엇을 어떻게 도와드릴까요?"

토야 다루가치는 정리가 잘된 사람이었다. 사전에 이미 내시와
만나 의견을 조율한 바가 있으므로 너절한 얘기는 잘라버렸다.

"강화도로 파천하면서 이렇게 오랫동안 섬에 갇혀 살게 될 줄
은 몰랐습니다. 최이 집정의 강박으로 마지못해 천도하게 된 부

왕께서는 몇 년 버틸 요량이셨지요. 이 전쟁은 고려 쪽 승산이 전혀 없습니다. 전쟁을 빨리 종식시키고 개경으로 환도하는 길을 묻습니다."

태자의 말을 내시가 통역했다. 토야 다루가치의 답변은 몽골 역관이 고려말로 떠듬떠듬 통역했다.

"고려 조정이 출륙하면 되오. 육지로 나와 조공을 잘 바치면 전쟁은 종식되오."

토야는 원칙을 분명히 했다.

"아시겠지만 결정권자가 최이 집정입니다. 그는 절대 출륙하지도 조공을 바치지도 않으려 합니다."

"그럼 방법이 없지요. 자객을 보내 최이란 자를 제거할 생각도 했지만 제2, 제3의 최이가 출현할 텐데요 뭘."

"그럼 엊그제 화약으로 급습한 자들이?"

태자가 놀라며 물었다.

"무슨 얘기요?"

내시는 최이 부자의 수레가 폭파된 일을 자세히 일렀다. 다루가치는 그 일을 까맣게 모르고 있었다.

"반군이 또 최이 집정을 기습했나보군요. 우리 관청도 몇 번이나 당했답니다. 고려인들 참 용맹스럽더이다. 내 동료 다루가치수십 명이 반군에게 잡혀 죽었어요. 땅이나 파먹던 백정들이 어떻게 그렇게 병장기를 잘 다룰 수 있는지 놀랍습니다. 뛰어난 지도자만 있었더라도 우리 몽골이 넘볼 수 없었을 겁니다. 하긴 아주 옛날, 바이칼 호숫가에 살던 때는 우리가 모두 같은 코리족이었지요. 우린 한 형제올시다."

토야가 까마득한 부족국가 시절의 역사를 들춰냈다. 그가 얘기한 백정이란 고려의 일반 농민을 가리켰다. 가축 잡는 이들은 화척禾尺이나 양수척楊水尺으로 불렸다. 불교 국가인 고려는 육식을 잘 하지 않아서 도축하는 직업이 따로 없었다. 여진족 포로나 거란족 귀화인이 그 일을 도맡았다. 그런데 몽골 침략으로 고려인 사이에서도 육식을 좋아하는 사람이 늘었다.

"형제 나라를 침략하고 무리한 조공을 요구하는 건 또 무슨 경우요?"

태자는 따져 묻지 않을 수 없었다.

"위대한 칭기즈칸은 이 반지에 힘이 정의라고 새겼소."

그는 왼손 중지에 낀 은반지를 들이댄 다음 말을 이어갔다.

"……왜인지 아시오? 공중을 나는 새는 먹이를 가지고 다투지 않소. 하늘 아래 모든 생명이 공평하게 똑같이 나눠 먹는다면 음식은 무진장할 거요. 그런데 탐욕스러운 권세가들이 물건을 독점하고 권력을 부당하게 행사하니까 세상이 팍팍해지는 거요. 위대한 칭기즈칸께서도 숱하게 굶주려봤고 시련도 당해봤소. 몽골어로 '강'이라고 하는 늦여름 가뭄이나 '조드'라고 하는 겨울 가뭄이 휩쓸면 대륙은 생지옥이 돼버리오. 양들은 흙을 파먹다 죽고,

소들은 살아 있는 말의 꼬리를 잘라 먹소. 사람인들 온전하겠소? 이웃 나라에 도움을 청하지만 어림도 없지. 약탈할 수밖에 없는 이유요. 위대한 칭기즈칸께서는 생존을 위한 약탈을 넘어 참다운 힘이 뭔가를 보여주게 된 거요. 분연히 떨쳐 일어나 공존의 법칙을 만천하에 알리려 한 거요. 우리는 세상의 모든 경계선을 무너뜨리고 천하가 당당한 힘의 정의 아래 하나가 될 때까지 싸울 것이오. 하늘 아래 모든 종족을 하나의 공동체로 만들면 서로 자유롭게 오가며 편리한 생활을 할 수 있을 것이오. 아시겠지만 이 세상에는 비겁한 힘이 너무 많소. 고려의 무신들이 대표적이오. 내가 겪어본 고려의 생민들은 대부분 그 비겁한 무신들보다 차라리 우리 몽골군이 낫다고 했소. 그게 엄연한 현실이라는 걸 똑바로 아시오."

"그래도 이 정복전쟁은 어쨌든 폭력이고 약탈입니다."

태자가 천하통일 전쟁의 본질을 지적했다.

"우리는 공존의 법칙에 동조하고 항복하면 살생하지 않소."

"과중한 공물은 뭡니까?"

"국가가 조세를 걷듯 제국으로서 조공을 받는 것뿐이오. 지금은 그것이 천하의 법이오. 대륙 정복전쟁이 끝나면 조공은 많이 감해질 것이오. 당분간 공물이 부담스럽겠지만 고려가 불교 행사에 지나치게 재물을 쓰지 않는다면 충분히 감당할 수 있는 양이오. 놀고먹는 중들에게 왜 재물을 낭비하는 거요?"

태자는 대꾸할 말이 없었다. 그래서 화제를 돌렸다.

"몽골과 화친할 수는 없겠습니까? 백성들의 고생이 말이 아닙니다."

"백성들의 고생?"

토야가 어이없다는 표정을 지었다. 그대들이 백성들 겪는 고생을 알기나 하느냐는 투였다. 토야는 길게 이야기를 늘어놓았고 내시가 통역했다. 충격적인 얘기였다.

아까 다녀간 노부부와 어린 여자애는 배가 너무 고파서 인육을 먹은 자들이라고 했다. 소나무 속껍질을 벗겨 먹고 흙까지 파먹었지만 주린 배는 채워지지 않았다. 먹는 흙이 있긴 했지만 곡물과 적당히 섞어서 먹어야지 흙만 파먹다가는 속을 버리고 말았다. 그래서 손댄 것이 굶주려 죽은 사람 시신이었다. 시신을 가마솥에 넣고 삶아서 곰탕으로 만들어 먹었다. 그렇게 먹은 시신이 이미 여럿이었다.

"난 중국놈들이 인육을 먹는단 얘기는 들어봤어도 고려인들이 인육 먹는다는 건 처음 들었소이다. 이렇게 맑은 하늘빛 청자를 만들어 사용하고 불경을 외며 사는 문명인이 사람을 먹다니요. 하도 신기해서 그들을 불러오라 했소. 사정을 들어보니 딱했지요. 그 꼬마 여자애가 글쎄 임신을 했는데 오죽이나 배가 고팠겠소. 부모는 나이가 마흔밖에 안 되었는데 고생을 너무 많이 해서 폭삭 늙어버린 거였소. 당신들이 버린 그들에게 나는 몽골 옷 한

벌씩에 말고기 몇 근을 주었단 말이오."

토야는 머리를 가로저으며 청자 물병을 더듬었다. 태자는 낯을
들 수가 없었다. 야만인도 구제하는 고려 백성을 고려 조정은 버
렸다.

"그래서, 그래서 내가……"

태자가 호흡을 고른 다음 어렵게 입을 열었다.

"……항복하기로 결심한 것입니다! 나를 몽골 황제께 데려다
주세요."

거의 외침에 가까웠다. 그만큼 힘들게 한 결심이었다. 그런데
토야 다루가치의 반응이 뜻밖이었다.

"하하하, 왕세자 하나가 항복한다고 해결될 건 아무것도 없소
이다."

토야 다루가치는 한껏 거드름을 피웠다. 그는 태자를 왕세자로
격하시켜 불렀다. 천하에 황제국은 오직 몽골뿐이라는 뜻이 담겨
있었다. 태자는 한없이 왜소하고 무기력한 자신을 절감했다. 설
령 부왕이 항복한다 해도 백성들이 편안해질 수 없었다. 최이 집
정이 항복하고 개경으로 돌아와야 뭐가 돼도 되는 일이었다. 그
래야 전쟁이 종식되는 것이다.

"그럼 내가 어찌 해야 하겠습니까?"

태자는 애원하듯 물었다.

"나는 빛의 종교, 경교를 믿는 사람이오. 토야라는 이름 자체가

우리 몽골말로 빛을 뜻하오. 왕세자에게 한 가닥 빛의 실마리를 주리다."

토야 다루가치가 반지를 가리켰다. 동그라미 안에 십자가 돋을 새김이 또렷했다. 태자가 처음 접하는 십자가였다. 빛의 종교, 경교라는 용어만큼이나 생급스러웠다.

"어떤?"

"최이란 자를 설득하시오!"

"그는 절대로 내 말을 듣지 않소. 부왕 말씀도, 그 어떤 대신의 말도."

실망한 태자는 냉수를 달라 해서 마셨다. 곱고 새하얀 손이 눈부셨다.

"최이는 교활한 자요. 정권 유지를 위해서 강화 천도네, 판각불사네, 온갖 구실과 명분을 끌어대는 그자에게 고려인들이 왜 찍소리도 못하고 복종만 하는 건지 모르겠소. 문신들이야 그렇다 쳐도 불교계는 왜 그러는 거요?"

"최이 집정은 독실한 불잡니다. 유력한 스님들 상당수가 집정의 도움을 받고 있다오."

"그래서 권력화된 종교는 가짜인 거요. 중생의 소망과 너무 멀어져버리니까. 각 사찰의 승군만 모아도 수만 명일 텐데 우리 몽골군이나 무인들과 맞서 싸울 생각은 하지 않고 엉뚱하게 경판을 새기면서 우리가 물러가기를 바라다니요. 웃음도 안 나오. 앙증

맞은 조각칼로 나무 속살만 파낼 게 아니라 창으로 우리 몽골군 가슴팍을 찌르란 말이오. 우리는 절대 안 물러가오. 대장경을 두 벌 세 벌 새기더라도 끄떡 안 할 거요. 그러니 고려가 총력을 기울여 하는 판각불사가 얼마나 어리석은 짓이오. 개나 닭이 웃을 일 아닌가 말이오."

토야는 노골적으로 비웃었다.

"고려는 불국토요. 살생의 칼 대신 진리의 경판을 택한 건 부처님 가르침과도 딱 들어맞소. 그대는 문명국 고려인들을 야만인 취급하지 마시오. 칼은 우선 당장은 힘이 세 보이지만 절대로 진리의 말씀을 이기지 못하오! 칼은 부러지고 녹슬어도 진리의 말씀은 천년만년 가도 더욱더 빛나오. 전쟁에 맞선 진리의 표상으로 말이오."

승군이 판각불사를 핑계로 거병하지 않는 건 불만이었지만 태자는 토야 다루가치 앞에서 당당하게 나갔다.

"당신들이 그토록 부처의 가르침을 잘 따르고 있다면 내 하나 묻겠소. 임진년 대구 부인사 대장경 경판, 누가 태운 거요?"

토야가 진지하게 물었다. 태자는 쓴웃음을 지었다. 그야말로 적반하장이었기 때문이다. 몽골군 별동대가 대구까지 쳐내려가 부인사 대장경 경판에 불 지른 건 귀에 딱지가 앉도록 듣고 입이 부르트도록 성토해온 만행이었다.

"당신들 몽골군이 태웠지 않았습니까? 수십 년간 만백성이 공들인 그 성물을 한순간에 잿더미로 만들었잖습니까?"

태자는 준엄하게 따졌다. 그러자 토야가 코웃음을 치며 말했다.

"그때 경상도 쪽으로 별동대를 이끌고 내려간 장수가 바로 나요. 새재를 넘기 직전, 살리타 총사령관의 전사 소식을 들은 나는 곧바로 철수할 수밖에 없었소. 총사령관은 처인성(용인) 전투에서 당했던 거요. 결론적으로 말하자면 2차 거병 당시, 우리 몽골군은 대구에 가보지도 못했소. 그런데 무슨 수로 부인사 대장경판을 우리 몽골군이 불태워요? 별동대를 이끈 장수인 내가 모르는 일이거늘 당신들 맘대로 덮어씌우고 꼭두각시놀음을 하느라 생난리니 정말 우스꽝스럽소이다. 몇 년 뒤 3차 거병 때, 비로소 대구를 거쳐 경주까지 밀고 내려가 황룡사 탑을 불태웠던 거요."

태자는 혼란스러웠다. 토야가 거짓말하는 걸로는 보이지 않았다. 태자가 머뭇거리자 토야가 자리에서 벌떡 일어났다.

"정신 차리시오! 맹세컨대 우리 몽골군은 그때 대구에 내려가지도 못했소. 설령 대구까지 갔다고 해도 경판을 왜 태우겠소. 우리 몽골도 불교 국가요. 나처럼 경교를 믿는 이들도 더러 있긴 하지만 경교는 불교와 아주 유사한 종교요. 무엇 때문에 경판을 불태우겠소? 승군과 싸우다가 절집 자체를 불태울 수는 있겠지만 일부러 산속까지 쳐들어가서 경판을 불사를 이유가 없소!"

토야는 얼굴이 창백해진 태자를 안쓰러워하며 쳐다보았다.

"말도 안 되오. 말도 안 돼. 뭐가 뭔지 난 도무지 모르겠소."

정신을 수습한 태자가 두 손으로 머리를 감싸며 두런댔다.

"지금 이 나라에 말이 되는 일이 얼마나 있다고 보오?"

천막 안을 서성이던 토야 다루가치는 손바닥으로 탁자를 내리쳤다. 통역하던 내시가 뜨악한 표정을 지었다. 아무리 승전국 지방 장관이라지만 태자 앞이 아니던가.

"하긴 그래요. 다 전쟁 때문이오. 전쟁은 세상을 일그러뜨리는 거니까요."

주눅 든 태자가 기어들어가는 소리로 읊조리자 토야는 고함을 치고 나왔다.

"모르는 소리 마오! 전쟁은 복잡한 세상을 간단히 정리하는 거요! 승자와 패자로 말이오! 승자는 얻고 패자는 복종하면 그뿐이오. 그런데 고려인들 참으로 징글징글하오. 앞에서는 항복하고 뒤에 가서는 저항하고. 처음 약속대로 우리 몽골 대제국에 조공 잘 바치고 세계가 하나 되는 데 힘을 보태야지. 왜 쥐새끼들처럼 섬에 숨어들어가서 엉뚱한 대장경 경판을 새기며 버티기로 나오는 거요! 당장 대군을 파병해 섬이고 뭐고 박살내버리면 고려인은 멸종이오, 멸종!"

화가 치민 토야는 얼굴이 벌겋게 달아올랐다. 쥐새끼들이라는 표현에 태자는 심한 모멸감을 느꼈다.

"……아까도 말했듯 당신들과 우리는 멀리 보면 한 종족이나 다름없소. 옛 조선이나 고구려 때는 당신들 중심으로 하나의 제국을 이뤘듯 지금은 우리 몽골 중심으로 하나가 되려는 것뿐이오. 당신들이 하면 되고 우리가 하면 안 되는 거요?"

토야는 다시 자리에 앉았다. 고개 숙인 태자는 이규보 재상이 남긴 대서사시 《동명왕편東明王篇》을 속으로 되뇌었다. 천하를 호령하던 고구려인들의 말발굽 소리가 아련히 들리는 듯하였다. 웅혼한 그 기상이 어디 고구려 때만의 일이던가. 고려 초에도 동아시아 최강자였던 요나라와 단독으로 싸워 십만 거란군을 괴멸시킨 역사가 있었다. 강감찬 장군이 활약한 귀주대첩이었다. 불과 이백 년 지난 오늘날, 고작 일만 몽골 기마군단에게 본토를 내주고 이런 능멸을 당하다니 가슴이 미어터졌다. 그것도 무인정권 천하에서.

"……우리의 공격 목표는 솔롱고스(무지개)의 나라인 고려가 아니라 중국과 서역, 그리고 당신들이 대진국이라 부르는 로마요. 우리와 친연관계가 있는 문명국 고려가 이 위대한 정복전쟁을 돕는다면 대몽골제국 황제께서는 그에 합당한 지위를 줄 것이오."

토야는 태자를 어르기 시작했다.

"그대가 알다시피 내겐 아무런 실권이 없습니다."

"돌아가서 부왕과 최이 집정을 설득하시오. 그리고 다시 와서 나와 뒷일을 상의하도록 하오. 필요하면 황제를 알현할 기회를 만들어보겠소."

그 말을 듣고 태자는 눈이 번쩍 뜨였다.

"정말 그래주시겠습니까?"

"고려 왕실의 뜻이 무조건 항복이라는 것만 확실하다면!"

"알겠습니다."

태자의 낯빛이 밝아졌다.

"한 가지 물어봅시다. 부인사 대장경 경판은 누가 태웠다고 보십니까?"

"난들 알겠소? 왕세자가 속 시원히 밝혀보시오"

천막 밖으로 해가 이울어 어스레한 땅거미가 밀려오고 있었다. 토야 다루가치는 연회를 준비시켰다. 천막 안팎으로 밝은 등불이 내걸렸다. 등불은 유리로 된 투명한 갓을 씌워서 바람이 불어도 꺼지지 않았다. 대식국 장인들이 만든 등이라고 했다. 푸짐한 잔 칫상이 차려지고 짙게 화장한 무희들이 춤을 추었다. 속이 훤히 비치는 항라 차림의 무희들은 몽골군 위안부 노릇까지 겸하는 고려 여인이었다. 악공들 몇이 조잡한 마두금과 뿔피리로 무당 푸닥거리할 때나 어울리는 악기 소리를 냈다. 소리가 뜨고 단조로워 귀에 거슬렸다. 음악을 들어보면 그 나라의 문화 수준을 알 수 있다던가. 섬세함과 깊이가 없는 야만인 음악이 명백했다. 그런데도 다루가치와 몽골군 장교들은 흥에 겨운 나머지 몸을 흔들어가며 독한 아르히를 마셔댔다. 아르히는 그네들이 이 땅에 들여온 투명한 소주였다.

무력과 문화는 별반 상관이 없구나.

소주를 마시며 태자는 속으로 그렇게 생각했다. 하지만 톡 쏘는 소주의 깔끔한 맛만큼은 천하일품이었다.

"어떻소? 〈양치기의 노래〉와 〈씨름 응원가〉라오. 이번에는 고려의 거문고 연주를 들어봅시다. 이 나라 사대부라면 능히 거문고를 뜯을 줄 안다던데 왕세자는 오죽하겠소?"

거문고가 나왔다. 태자는 오른쪽 무릎에 거문고를 얹고서 눈을 감았다. 흥을 돋우는 속악은 많았다. 〈만전춘滿殿春〉이나 〈쌍화점雙花店〉 따위의 정분난 남녀 이야기, 〈동동動動〉 같은 농가월령가를 부를 자리가 아니었다. 고려인의 자부심과 기품이 넘치는 곡으로 골랐다.

"민간에서 널리 불리는 〈바람 타는 소나무〉를 병창해보겠소."

술대로 줄을 튕기며 짚자, 깊은 우물 속에서 올라오는 것 같은 울음소리가 일었다. 태자의 청아한 목청이 열렸다.

해동천자 우리 황제

부처와 하늘이 도우시니 교화가 널리 퍼져

세상 다스려지도다

……사해가 승평하고 유덕하여……

"고려는 참 묘한 나라요. 술 마시고 부르는 속악까지도 어찌 그리 품격이 높소."

노래가 끝나자, 토야는 아낌없는 박수를 쳤다. 노랫말 중에 담긴 사해四海, 곧 온 세상의 화평을 바라는 고려인의 염원을 이해하는 것 같지는 않았지만 비웃음은 거두었다. 곧 거나하게 취한 다루가치는 무희들을 끼고서 춤을 추었다.

흥이 날 리 없는 태자는 억지로 버티다가 밤이 늦어서야 옆 천막을 숙소로 배정받았다. 내시와 한 천막을 쓸 수밖에 없었다. 침상에 누웠으나 잠이 오지 않았다. 머릿속이 온통 대장경 생각뿐이었다.

부왕은 몽골군의 짓으로 알고 있었다. 그런데 몽골군이 태우지 않았다면 도대체 누가 태웠다는 것인가. 그처럼 중대한 일을 부왕과 내가 모르고 있었다는 건 말이 안 된다. 최이 집정이나 대장도감 수기 스님은 진상을 알고 있지 않을까. 무신 최고 권력자와 불교계 최고 실력자가 모를 리 없다. 둘 다 알고 있거나 어느 한쪽만은 분명 알고 있을 게다.

'지금 이 나라에 말이 되는 일이 얼마나 있다고 보오?'

토야의 비아냥거림이 맴돌았다. 뜬눈으로 지새우다시피 하고 아침을 맞았다. 날이 잔뜩 찌푸려 있었다.

"곧 다시 만납시다."

숙취로 얼굴이 통통 부은 토야가 배웅했다. 그는 선착장까지 호종할 기마병을 넷이나 붙여주었다.

도성을 벗어나자 캄캄해진 하늘에서 천둥이 울었다. 으스스한

바람이 불었다. 후두두 요란한 소리를 내며 하늘이 무너져내렸다. 우박이었다. 지천으로 쏟아져내리는 우박이었다. 모자를 썼는데도 머리가 아플 만큼 커다란 얼음 알갱이들이 앞을 분간할 수 없을 지경으로 퍼부었다. 우박은 길 위에서 어지럽게 튀며 쌓였다. 그 우박을 밟고 미끄러진 말이 울부짖었다. 말 한 필이 날뛰자 다른 말들도 덩달아 뛰기 시작했다. 자욱한 들판 속으로 들입다 질주가 시작되었다. 방향도 모르고 무작정 치달리는 말 위에 엎드려 있자니 태자는 혼이 뜰 지경이었다. 그러다가 거짓말처럼 우박이 멈추고 말들이 속력을 늦췄다.

"윽!"

앞에서 달리던 몽골군 하나가 갑자기 말에서 굴러떨어지는 것이었다. 말은 주인을 내팽개쳐두고 멀리 사라져버렸다. 얼핏 보니 말에서 떨어진 몽골군의 등에 화살이 꽂혀 있었다.

"태자 저하, 싸움판이 벌어졌습니다. 저를 따라오소서."

내시가 옆에 달라붙어서 외쳤다. 태자는 뒤를 돌아보았다. 우박이 흩뿌려진 들판에서 몽골군과 괴한들의 칼싸움판이 벌어지고 있었다.

"누구냐?"

"모르겠습니다. 초적들 같아 보이기도 합니다만."

둘은 들판 한가운데 밤나무 숲 쪽으로 황급히 말을 몰았다. 하지만 얼마 못 가서 따라잡히고 말았다. 달리는 마상에서 능숙하게 활을 쏘고 칼을 휘두르는 그들은 여럿이었다. 상당한 무술을 지닌 내시가 칼을 뽑아 맞서보았지만 상대가 되지 않았다. 몇 합 붙어보지도 못하고 사로잡혔다.

"웬 놈들이냐? 이 분은 이 나라 태자 저하시다."

무장해제당한 내시가 짐짓 위엄을 갖추고 외쳤다.

"하하하, 이 땅에서 왕이 사라진 지 오래인데 태자는 무슨! 이 자는 어젯밤 몽골 다루가치 놈 앞에서 노래를 불러 바친 자가 아니더냐? 한여름날에 우박 맞은 생쥐 꼴 하고는……"

어찌 된 영문인지 이쪽 사정을 죄다 꿰고 있는 고려인들이었다. 뒤이어 두 필의 말이 달려와 합류했다. 초적 무리의 향도嚮導로 보이는 자가 태자에게 칼을 빼들었다. 튀긴 피로 얼룩진 얼굴에는 살기가 넘쳤다.

"그대가 태자가 아니라면 나는 그대를 돌려보낼 참이오. 그러나, 그대가 정녕 태자라면 나는 오늘 그대 목을 벨 참이오. 왜냐? 우리 백성들을 버리고 강도에 숨어버린 죄, 황성을 되찾고자 갖은 고생하며 싸우는 우리를 위문하기는커녕 몽골 다루가치 놈을 만나 노래하고 작당이나 한 죄를 물어서 말이오. 어서 그대 입으로 말해보시오!"

향도의 눈빛이 날카롭게 빛났다. 내시가 손가락으로 태자의 옆구리를 표나지 않게 찔렀다. 부인하라는 주문이었다. 태자는 잠시 그대로 서 있다가 한숨을 쉬었다. 그러더니 그만 무너져내렸다. 무릎을 꿇은 것이었다.

"태자 맞소. 나를 죽여주시오."

태자는 눈을 감았다.

"태자 저하!"

내시 역시 바로 옆에서 무릎을 꿇으며 울부짖었다. 체통도 자존감도 모두 내려놓은 태자가 넋두리처럼 읊조렸다.

"내 나이 열세 살 때, 아무것도 모르고 떠나온 황성과 본토의 산하가 나는 늘 그리웠소. 처음에는 몰랐지만 세월이 흐르면서 나는 이 본토에 남아 고난의 짐을 진 백성들이 너무 가엾었소. 황도 개경을 버린 지 어언 십육 년, 나는 이제 스물아홉이나 되었소. 이건 아니오. 너무도 오랫동안 본토 백성들을 방치했소. 더이상 묵과하면 안 된다고 생각했소. 그래서 최이 집정의 끄나풀들 몰래 강도를 빠져나왔소. 내가 다루가치를 왜 만났는지 아오? 부왕과 내가 출륙하여 백성들을 돌볼 방도를 물었던 것이오."

"으하하하. 싸워 물리쳐야 할 적에게 방도를 물었다?"

"협상은 적이 아니라 귀신과도 할 수 있는 것이오."

"그럼 죽어서 귀신과 협상하시오."

칼날이 바람 가르는 소리를 냈다. 눈을 질끈 감았다 뜬 내시의 무릎 앞에 태자의 상투머리가 뚝 떨어져 굴렀다.

"잊지 마시오. 당신은 오늘 죽었소. 비겁한 황실과 무신들을 대표해서 죽었소. 조상이 물려준 강토를 어찌 그토록 쉽사리 오랑

캐들에게 넘겨줬더란 말이오. 우리는 몽골 오랑캐 놈들과 끝까지 싸울 거요. 최후의 일인이 남을지라도 끝까지 싸워 마침내 물리칠 거요."

그들은 초적이 아니었다. 약탈이나 일삼는 비루한 초적이 아니라 고려인의 기상과 의분을 지닌 의병이었다. 의병들은 바람처럼 자취를 감추었다. 들녘의 참상이 비로소 눈에 들어왔다. 우박 맞은 농작물들은 어지러이 쓰러지고 구멍이 숭숭 뚫려 있었다. 전쟁통에 어렵사리 지은 생민들의 농사가 한여름 우박에 의해 작살나버린 것이다. 생민들은 밥이 하늘이다. 그 하늘이 찢어지고 으깨져버렸다.

태자는 해사한 두 손으로 땅을 후벼 파서 흙을 움켜쥐고 통곡했다. 고개를 젖혀 원망 어린 눈으로 하늘을 응시했다. 낮게 내려온 먹장구름이 돌풍에 휩싸여 이리저리로 몰려다녔다.

7

나와 막역한 태자 저하가 그처럼 험악한 꼴을 당한 건 까마득히 모른 채, 나는 고려 제일의 각수장이 김승에게 홀려 있었다. 대장경 경판들이 불타는 현장을 똑똑히 지켜봤다니 어찌 안 그러겠는가. 눈멀었던 사흘간의 지옥 체험 직후라서 더 그랬을 게다.

"내 앞에 다시 열린 세상이 예전의 그 세상 맞소? 하늘과 땅이 뒤집히고 별자리가 틀어진 듯한 충격이오."

내 시선이 닿는 모든 게 새뜻하기만 했다. 의자에 앉아 있는 김승과 그의 혁명 동지들이 저승세계 사람들처럼 비현실적으로 보였다. 하지만 분명코 현실이었다. 심한 화상으로 온몸이 문드러지다시피 한 김승의 몸이 그걸 증명했다. 그의 충격적인 폭로가 사실인지 날조인지를 분별해내는 일은 감찰인 내 몫이었다.

'수행자는 그 어떤 경계선에서도 감상적이어서는 안 되느니.'

지난봄, 강화도에서 벽란도로 향하는 뱃전에서 수기 스승이 일러준 말씀이 되살아났다.

"진실을 알지 못하던 때와 알게 된 이후의 세상은, 겉모양이 같아 보일지라도 사뭇 다른 것이오."

김승은 옷매무새를 고쳐서 흉측한 상흔을 덮었다. 용케 화상을 빗겨간 준수한 얼굴은 사람을 사로잡고 조복시키는 기운으로 넘쳐났다. 큰 인물들이 갖추고 있는 압인지기壓人之氣였다. 삭발한 머리의 이마는 높았고 눈빛은 강렬했다. 경교승들이 입는 흰 가사 장삼이 썩 잘 어울리는 풍모였다.

"촌장의 말을 곧이곧대로 믿을 수 없소. 무엇이 진실인지는 더 따져봐야 하오."

"나도 그걸 원하오. 그래야 나를 진심으로 이해하게 될 테니까 말이오."

"우선은 내가 데려왔던 인보 스님의 주검부터 봐야겠소."

최이 집정의 간자노릇을 해왔다는 말이 사실일지라도 그는 수기 스승의 시자였고 나의 길동무였다.

"당연히 그게 우선이지. 아침 먹고서 안내하리다."

곧 전 장군의 기별이 왔다. 우리는 부엌 식탁에 모였다. 탁연, 쌍둥이 형제, 거지왕초는 물론 가온과 전 장군 내외까지 한 식구처럼 기다란 식탁에 둘러앉았다.

"한 방울의 물에도 세존의 은혜가 스며 있고 한 톨의 곡식에도 만인의 땀이 배어 있습니다. 이 밥이 우리의 생명을 살리듯 우리도 세상의 밥이 되어 세상을 살리게 하소서."

가온이 그렇게 기도했다. 좌중은 두 손을 가지런히 모으고 눈을 감았다. 불가에서도 이와 흡사한 식사기도가 있었다. 다만 이들이 말하는 세상에서 가장 존귀한 자, 세존은 석가모니 붓다가 아니라 예수를 가리킨다는 점이 달랐다. 동굴 예배소에서 들었던 찬송가 가사처럼 이들이 말하는 세존이 정말로 왕 중의 왕이며 여러 세존 가운데서도 진리의 황제인지는 차차 검증해봐야 할 일이었다.

인보의 주검이 있다는 의원 영감의 집은 바로 윗집이었다. 바위벼랑 아래 초가집으로 우리가 찾아갔을 때, 의원 영감은 입원해 있는 환자들을 회진하고 있었다. 팔다리가 잘리거나 화살에 맞아 곪아 터진 환자들이었다. 전쟁과 노역에 동원됐다 입은 상처였다.

"소군마마, 조반 자셨습니까?"

김숭이 의원 영감에게 머리를 조아린다. 나는 호칭이 거슬렸다. 소군은 대군과 배가 다른 황족으로 승려가 된 왕자를 가리켰다. 이 변방의 바닷가 산중에서 소군이 살 리 없으니 분에 넘치는 짓이었다.

"그럼요. 깐깐한 승정께서도 오셨구려. 어젯밤에 그 짜증을 내고 생난리를 치더니 어느새 눈까지 말끔히 떠서."

그가 아이 대하듯 너그러운 미소를 지었다. 백발과 수염이 학처럼 날리는 의원 영감은 도골선풍道骨仙風이었다. 나이를 분간할 수 없을 정도로 팽팽한 얼굴은 기품이 넘쳐났다.

"지밀 승정, 선사 소군께 정식으로 인사 올리시오. 내 일을 발 벗고 나서서 돕고 계신 어른이시오."

무슨 말을 하고 있는 건가. 정말 소군마마라고? 이 의원 영감이 정말로 선사 소군이라면 명종황제의 서자로 금상의 작은아버지뻘이다. 고종의 아버지이자 선대왕이었던 강종은 선사 소군의 배 다른 형이 되는 것이다. 황족인 소군들은 승려가 돼서도 머리를 기르고 황궁을 출입하며 온갖 권력과 호사를 다 누렸다. 그러나 최이 집정의 아버지 최충헌은 소군 십여 명을 모조리 절집으로 내쫓았다. 명종을 폐위한 뒤에는 소군들을 모조리 섬에 유배 보내버렸다. 선사 소군의 유배지가 이곳 변산일 리는 없다. 어쩌다 이곳까지 흘러들어와 의원노릇을 하게 되었는지 모르지만 최씨 무인정권 세력들과는 원수지간이었다. 적의 적과는 친구라던가. 김승과 자연스럽게 동지가 된 이유일 터다.

"정말로 선사 소군마마시라면 소승이 몰라뵈었나이다."

나는 저간의 무례를 용서해달라는 뜻으로 합장했다.

"허허허. 눈이 안 보였으니 몰라볼 수밖에요."

그는 당혹스러워하는 나를 그렇게 눙쳤다. 나는 얼굴을 붉혔다. 시골 늙다리 의원이라는 선입감 때문에 그만 진면목을 헤아릴 생각조차 하지 않았다. 첫날 그가 '도인은 남에게 제 몸을 맡기지 않는다'는 말을 했을 때 예사로이 들어넘기지 말았어야 했다. 하지만 나는 그런 그를 원 없이 모독했다. 인보더러 약값을 후하게 쳐줘 보내라고 일렀으니까. 그의 대꾸는 당돌했다. 자신은 돈 받고 병 고쳐주는 장사꾼 의원이 아니라고. 나는 촌 늙은이에게 능욕을 당했다고 여겼다. 그런데 오늘 보니 능욕은 내가 아니라 그가 당한 꼴이었다. 명색이 수행자인 내가 편견에 사로잡혔던 것이다.

"막말까지 한 저를 용서해주십시오."

"아니오. 우리 마을 사람들은 서로 신분을 따지지 않는 형제자매들이니 괘념치 마오. 숭정은 제법 의연하게 그 역경을 견뎌내시었소."

그의 하심下心은 전혀 가식적으로 보이지 않았다. 내가 며칠 동안 겪었던 그는 영락없는 시골 의원 영감이었으니까. 절집과 황궁을 넘나들며 호사를 누렸던 지난날의 습이 남아 있다면 이런 마을에서 인술을 펼칠 수 없었다. 그는 높은 지위를 가지고도 스스로 낮아져 생민들과 스스럼없이 어울려 살고 있었다.

그가 내게 바투 다가와 내 눈꺼풀을 손으로 벌려보았다.

"씻은 듯이 나았구려. 그런데 이걸 어쩐다? 그 스님 주검은 아직 염장하지 못했는걸."

그랬다. 인보의 주검이 있었다. 엊저녁만 해도 나는 날이 밝는 대로 인보의 관을 수레에 싣고 이 지옥을 벗어날 참이었다. 그래서 인보의 주검을 소금에 절여달라고 했었다. 하지만 지금은 아니다.

"안 하시길 잘하셨습니다."

선사 소군을 따라 뒤란으로 돌아가자 석굴이 나타났다. 관솔불을 밝힌 석굴 안은 냉기가 돌았다. 자연석굴 안에 여러 갈래의 인공석굴이 뚫려 있었고 진한 당귀 냄새가 풍겼다. 석굴 안에 약재들을 쟁여놓았던 것이다. 그중 제일 깊숙한 동굴 속에 관 하나가 놓여 있었다. 관 뚜껑을 열고 관솔불을 가까이 비췄다. 인보가 영면해 있었다. 핏기 가신 알몸뚱이로 편안히 누워서. 연근 우려낸 소주로 적셔두었기 때문인지 부패 기미는 보이지 않았다. 사반 얼룩이 더러 보일 뿐 중독된 입술까지도 멀쩡했다. 소주로 깨끗이 닦아낸 덕분이었다.

"강도로 실어 갈 테요? 그럼 염장을 합시다."

선사 소군은 곧 염장할 기세였다. 왕자의 신분으로 이 궁벽한 산골에서 의원노릇하는 것도 심한데 주검 만지는 일까지 하다니 민망했다.

"아닙니다. 사인만 확실하다면 다비해서 분골함에 담아 가겠습니다."

나는 인보의 주검에 다가가 입을 열어본다. 입술 안이 검다. 잘 모르지만 중독이 확실해 보인다.

"우리 마을에 이 스님을 독살할 사람은 아무도 없다오."

"여부가 있겠습니까? 지밀 승정, 이제 짐작할 테지만 내가 마리아와 예수 판화를 대장도감 수기 도승통 앞으로 보낸 건 처음부터 지밀 승정을 불러내릴 생각에서였소. 수기 도승통이 몸소 여기까지 올 리는 만무하고 당연히 승정과 인보 스님이 올 거라고 예상했소. 내가 아쉬워서 불러들여놓고 왜 해코지를 하겠소. 더구나 아무 죄 없는 철부지 승려를 말이오."

김승이 소군의 말을 이어받았다.

"인보에게 죄가 없다니요? 최이 집정이 심어놓은 간자였다면서."

나는 김승의 허점을 파고들었다.

"최이의 간자가 어디 한둘이오?"

"인보가 최이에게 이곳 실상을 낱낱이 보고하면 하루아침에 쑥대밭이 될 텐데?"

"그야 인보 스님뿐이겠소? 지밀 승정도 요주의 인물이긴 마찬가지지요. 오히려 승정이 더 위험한 인물이지요. 사실 인보 스님 같은 이를 매수하는 건 그리 어렵지 않은 일이오. 지밀 승정을 내 사람으로 만드는 일이 훨씬 더 어렵지요."

인보의 주검 앞에서 김승이 천연덕스레 웃었다.

"결국 인보는 유도화 향기에 취해서 그 꽃을 따 먹고 스스로 저 승길을 찾아갔다? 그대들이 쳐놓은 덫에 자연스레 걸려든 거로 군요."

"그거야 뭐……"

"그런데 이 손에 난 상처는 뭔가요? 화상을 입은 것 같은데."

나는 인보의 오른손 살갗이 그을려 있음을 발견하고 따져 물었다.

"약초골 공방에는 대장간 화덕도 있고 실험실도 있소. 필요하 다면 다시 가보시오. 그곳에 있는 내 쪽방에서 편지를 꼬불쳤을 테니까 말이오."

그렇지 않아도 궁금했던 게 편지였다. 그런데 김승이 먼저 그 편지 얘기를 꺼냈다. 감추고 꺼리는 것 없이 모든 걸 공개하겠다 는 뜻 같았다. 나는 당장 그 공방으로 다시 가고 싶었다.

"이 관은 당분간 이대로 두지요."

동굴을 나온 나는 김승과 함께 말을 타고서 약초골로 향했다. 가까이서 보고 느끼는 마을은 평화롭기 그지없었다. 팽나무 그늘 아래 모정에서는 노인들이 바둑을 뒀고 공터 마당에서는 아이들 이 공기놀이나 제기차기를 하고 있었다. 협착한 산골치고는 제법 넓은 논과 밭도 풀어져 있었다. 거기서 자라나는 나락과 감자, 콩, 수수는 튼실해 보였다.

삼거리 주막집, 도장바위가 있는 실상사 골짜기를 지나 연못에 다다랐다. 인보의 시신이 발견된 현장에는 연꽃이 흐드러지게 피어나 그윽한 향기를 뿜어냈다. 향기보다 더 마음을 사로잡는 게 빛이었다. 약초골 산 빛깔, 하늘 빛깔, 연꽃 빛깔 위로 쏟아져내리는 찬란한 빛이었다.

뛰어들고 싶었다. 나라도 당장 연못 속에 뛰어들고 싶었다. 새벽안개가 스멀스멀 피어나는 가운데 찬란한 빛다발들이 동시에 뻗치기 시작하는 순간과 만났다면 더 그랬을 게다. 게다가 인보는 유도화 향기에 취한 상태였다. 숨어 있던 본능을 흔들어 깨우는 치명적인 그 향기를 나도 체험했다. 꽃잎과 닿는 손끝에서 눈이 열리고 천상의 음악 소리가 피어났다. 나체의 선녀들이 내려와 향기로 목욕하는 무릉도원이었다. 관 속 인보는 편안해 보였다. 타살이거나 고통스럽게 죽었다면 절대 그런 표정이 나올 수 없다. 인보는 왜 이 연꽃밭에서 숨을 멈춘 것인가. 어차피 이승에서 죽음은 흔해빠진 일이다. 전쟁통에 삶과 죽음은 뒤섞여 발아래 채여 뒹굴고, 불안은 먹장구름처럼 온 세상을 뒤덮었다. 의미없는 맹목적인 생을 무작정 연장하는 것만이 옳은 일일까. 맹물처럼 싱겁고 무료한 일상에서 극도의 쾌락과 절정의 아름다움을 만났다면 그 순간 삶을 정지시키고 싶지 않을까. 열락에 빠진 절정의 순간, 문득 고통 없이 숨을 멈춘다면 그게 곧 열반에 드는 것이 아니겠는가. 그렇다면 홍련과 백련이 흐드러진 이 연꽃밭이야말로 다비장이다. 그렇다. 저 연꽃들은 이글거리는 불꽃을 닮았다.

나는 태어나서 처음으로 아름다운 자살이 있을 수 있다고 생각했다. 따지고 보면 모든 생명활동이란 정점에 다다른 이후부터는 시나브로 죽어가는 것이 아니던가. 가장 빛나는 생의 한가운데서 문득 숨을 멈추고 영원한 안식을 취할 수만 있다면, 자살은 충분히 합리적인 결단일 수가 있다. 비도덕적인 행위라고 주변 사람들의 비난이야 받겠지만 말이다.

둥그런 성채 모양으로 된 공방은 부산했다. 김승은 나를 공방들 틈에 낀 쪽방으로 안내했다.

앞이 열린 작은 사물함들과 작은 침상이 놓인 쪽방은 반듯하고 정갈했다. 사물함에는 공예품 물목이나 설계도, 제작주문서 따위가 빼곡히 꽂혀 있었다. 들창 밖으로는 둥그런 마당과 공방들이 보였다.

"왜 그 귀한 편지를 이곳에 두었던 거요?"

"그것도 문제가 되오? 나는 이 쪽방에서 머무는 시간이 많소."

어쩌다 편지를 손에 넣은 인보는 공명심에 사로잡혀 자못 흥분했을 터였다. 최이에게 아니, 어쩌면 내게 전해주려고 했을지도 모른다.

"그 편지 어딨소?"

내가 묻자, 김승은 주머니에서 편지를 꺼내 주었다. 무인천하에서 고려 문인의 자존심이었던 백부 유승단의 묵적이 내 눈앞에 펼쳐졌다. 세필로 휘갈겨 쓴 간찰 말미에 백부의 착명이 또렷했다. 백부가 살아 돌아오신 것처럼 반가웠다.

"그 편지 가지시오."

그가 내 눈을 똑바로 쳐다보며 말했다.

"……그리고 이것도!"

그가 내민 건 상아로 된 호신불이었다. 백부께서 편지 서두에 '저승 갈 때 무덤에 넣어달라 할 참'이라 했던 바로 그 호신불이었다. 무덤 속에 있어야 할 작은 불상이 왜 여기 있는 걸까. 금동 호신불은 더러 봐왔지만 상아를 조각한 호신불은 처음이다. 백부가 김승의 조각 기술을 극찬했던 바로 그 호신불은 무덤 속에 있어야 옳았다.

"놀랄 것 없다오. 유승단 어른께서 내게 되돌려보낸 거요."

"백부의 장례식에 참석했었습니다. 조촐한 장례식이었지요. 그때 이 호신불 얘기는 전혀 없었던 걸로 기억합니다."

나는 십육 년 전 기억을 더듬었다.

"그럴밖에요. 첫 번째 편지를 내고 며칠 있다 바로 이 호신불을 돌려보내셨으니까요. 자품이 참 깔끔한 분이셨습니다."

김승은 주머니에서 다른 편지 한 장을 더 꺼내 보여주었다.

화상 김승 다시 보시게.

아무리 생각해봐도 저승길에 호신불을 가지고 가는 건 내가 살아온 삶과 맞지가 않네. 한평생 무인 세력에 빌붙지 않았듯 부처에게도 기대지 않는 게 옳네. 죽어서도 나는 당당한 나로 남기를 바라네. 그렇게 마음먹으니, 무엇이건 내 몸 밖에 있는 건 본래 내 것이 아니었다네. 하여 호신불을 그대에게 돌려보내네. 그대는 이미 해인사로 돌아왔다지만 내 조카는 아직 부인사에 있을 것이네. 나와 내 아우가 너무 빳빳해 어쩔 수 없이 머리를 깎은 조카자식이라네. 죽기 전에 기별하여 곧 만나볼 요량이네만 그대도 내 조카의 생사를 알아봐주시게. 법명이 지밀일세.

끝으로 한 번 더 당부하네. 그대가 본 것이 사실일지라도 경거망동하지 말고 때를 기다리게. 불교의 인연법이 옳다면 그 못된 무리는 언제고 첫값을 받지 않겠나. 세월은 가장 확실한 심판자라네. 그릇된 것을 마멸시키고 진실을 드러내지.

백부는 당당한 고려 문인의 모범이 아닐 수 없었다. 무인정권에 빌붙거나 불가에 의지해야만 살아남는 시대가 아니던가.

"실은 말이오. 편지를 받자마자 부인사 암자로 달려갔소. 그 암자는 가까스로 화마에서 비껴나 있었지만 지밀 스님은 이미 강도로 떠나고 없더이다."

"그랬군요. 급히 달려간 강도에서 백부의 임종을 봤지요. 백부께서는 후학들이 간행하려 했던 문집 출간을 작파하게 했답니다. 시대를 바로잡지 못한 글 쪼가리들이 오래 남아 돌아다닐까 부끄럽다면서요. 이규보 상국과는 기질이 아주 달랐지요."

"그래서 아직까지도 문집이 없군요. 최충헌을 찾아가 충성맹세를 했던 이규보 상국의 문집이 벌써 여러 해 전에 간행된 것과 대조적으로. 하긴 그 양반이야 최이 집정과도 잘 지내며 호의호식하다 갔으니까요."

김승은 백부 유승단과 친구 사이였던 이규보 상국을 은근히 조롱했다. 이규보 상국은 수기 스승의 사촌매형이기도 했다. 꼭 그래서가 아니라 나는 대문장가 이규보 상국을 폄하하고 싶지는 않다. 아무리 무도한 무인정권 천하라도 누군가는 가까이서 도와야 나라 꼴이 그럭저럭 돌아간다. 백부 유승단이 세상을 버린 뒤, 나라의 외교문서며 중대사 기록을 이규보 상국이 도맡았다. 주역철학에 밝았던 그가 도리를 모르고 때를 몰라서 무인정권에 협력했다고는 보지 않는다. 술과 거문고, 시 짓기를 병적으로 좋아했던 그는 우주가 좁다고 여긴 풍류남아였다. 수기 스승의 말에 따르면 성격이 소탈했고 집에는 식량이 자주 떨어져 끼니를 잇지 못할 때도 있었다고 한다. 그런 이규보 상국마저 백부처럼 빳빳하게 굴었다면 그보다 훨씬 격이 떨어지는 문인이 그의 자리를 꿰차고 앉아서 나라를 더 그르쳐놓고 말았을 것이다.

김승은 걸터앉았던 침상에서 일어나 마당으로 나섰다. 나도 그의 뒤를 따라나섰다. 둥그런 마당을 중심으로 수십 개의 공방이 구절판처럼 나뉘어 붙어 있었다. 다양한 물건을 만드는 공방 풍경이 한눈에 들어왔다. 김승과 눈길이 마주친 장인 몇몇이 고개 숙여 인사했다. 김승은 손을 들어올리는 것으로 대답을 대신했다.

"여기서 만드는 공예품들은 강도나 서경, 남경뿐 아니라 멀리 중국과 일본 등지로 팔려가오. 아주 비싼 값으로."

"병장기도 만들더군요."

나는 아까 오면서 포착했던 공방을 주시했다.

"물론이오. 필요하면 무엇이건 만들 수 있지요."

그때 고막이 째질 만큼 큰 폭발음이 가까이서 터졌다. 약초골이 쩌렁쩌렁 울렸다. 나는 김승의 매서운 눈을 주시했다.

"화약 실험하는 거요."

"화약?"

"송나라에서 들여온 신무기요. 아직은 약한데 강력한 폭발물로 개발해서 백성을 핍박하는 놈들을 깨끗이 쓸어버릴 참이오."

김승이 차갑게 말했다.

"내가 봐야겠소."

나는 폭발음이 났던 데로 달려갔다. 김승은 나를 제지하지 않고 뒤따라왔다. 나는 보루처럼 굳건한 화강석으로 둘러쳐진 작업장 안으로 들어갔다. 철갑옷으로 무장한 기술자들이 유황과 숯, 초석을 버무려 조롱박에 채워넣고 있었다. 나는 바투 다가가 화약 채운 조롱박 하나를 집어들었다. 조롱박 옆구리에 창호지로 만 심지가 한 뼘가량 늘어져 있었다.

"함부로 손대면 안 되는 폭발물이오!"

얼굴이 험악한 장인이 나를 제압하려 들었다.

"괜찮다."

뒤따라온 김승이 그를 안심시킨 뒤, 내게 일렀다.

"심지 끝에 불을 붙여 재빨리 투척하는 거요. 공격 대상을 향해."

저만치 화덕이 보였다. 그리 다가간 나는 조롱박째로 심지에 불을 붙이려고 들이밀었다.

"위험하오! 터지면 치명상을 입어요!"

김승이 달려들어 조롱박을 빼앗았다. 그는 겨릅대 하나에 불을 붙인 다음, 심지 끝을 지졌다. 지지지 소리를 내며 심지가 타들어 갔다. 삼분지 일쯤 남자, 둥그런 돌널 속 커다란 나무통에 던져 넣었다. 번쩍하는 불꽃과 함께 천둥소리가 울리면서 나무통이 박살나버렸다. 혼비백산할 지경이었다.

"벼락 때리는 거로군요! 하늘의 날벼락을 조롱박 속에 가두어 공격한다? 무서운 신무기입니다."

나는 난생처음 보는 가공의 신무기에 흥분을 감추지 못했다.

"안에 작은 쇠구슬을 섞어 쟁여넣으면 숱한 인마人馬를 살상할 수 있소. 최씨 무인들의 별초군이건 몽골군이건 박살낼 수가 있단 말씀이오."

김승은 위풍당당했다. 혁명가다운 면모였다.

"인보 스님의 손에 입은 화상, 바로 이 화약 때문 아니오?"

나는 김승과 공방 장인들을 번갈아 보았다.

"그래요. 그 스님, 강도서 감찰 나왔다면서 막무가내로 화약을 만지다가 화상을 입었지요. 가벼운 화상이었어요. 화상 입고서는 이내 촌장님 쪽방으로 들어갔지요."

장인의 말대로 인보는 쪽방을 뒤졌던 듯하다. 거기서 문제의 편지 한 통을 보게 됐고 그걸 챙겼다. 가온은 그 직후에 만났고 엿을 건네받았다. 그리고 유도화 향에 홀렸다.

내가 거기까지 추정했을 때, 공중에서 새 한 마리가 날아왔다. 수지니였다. 길들인 그 매는 김승의 어깨 위에 내려앉았다. 어제 날이 저물 무렵 가온과 통신했던 바로 그 매 같았다. 김승은 매의 발목에 매달린 쪽지를 풀어 읽더니 쪽방 안으로 들어가서 답서를 썼다. 답서를 매단 매는 왔던 방향으로 다시 날아올랐다.

"검모포(곰소항)에 기다리던 배가 막 들어왔다는군요. 가봐야 하는데 동행하시겠소?"

물론이었다. 김승은 향 한 자루를 꺼내 옆 공방에서 불을 붙여 왔다. 그러고는 향 자루를 침상 머리맡에 모신 불상의 정수리에 꽂는 거였다. 가부좌한 한 뼘 크기의 투박한 불상이었다. 눈을 내리깐 앉은뱅이 불상의 표정은 칙칙했다. 보는 이를 불쾌하게 만드는 괴이한 형상이었다. 잘못 빚어서 찌그러진 불상 같았다. 그래서 향 피우는 받침대로 쓰는 듯했다. 거기서 나는 또 보았다. 목 부위에 장식으로 새긴 십자가를. 그렇다면 미륵불처럼 생긴 이 인물상은 불상이 아니라 예수상이 아니겠는가. 이들이 말하는 세존 말이다.

"잘 보시오. 이 세존상 뭘로 만든 거 같소?"

향이 탄 재가 엉겨 붙은 세존상은 잿빛이었다. 금속이나 나무, 흙이 일반적으로 쓰이는 재료였다.

"흙 아닌가요?"

"……"

그의 얼굴에 엷은 미소가 떴다 사라졌다. 세존상의 표정만큼이나 칙칙하고 싸늘한 얼굴이었다. 내가 멋쩍게 서 있자 그는 쪽방을 나가버렸다. 뒤따라 나가자 그가 문을 닫았다. 잠금장치가 없는 나무문이었다. 공방 입구 오른쪽 산등성이는 한창 불이 붙었다. 그 화사한 유도화 꽃밭에서 고혹적인 향기가 흘러나왔다. 어제 저물녘 나를 유혹했던 그 향기였다. 산등성이 너머 폭포 계곡에 가온의 어머니가 사는 산막이 있다. 인보 스님은 그 산막에서 밤을 보내지 않았을까. 아니면 유도화 꽃향기에 밤새도록 취했는지도 모르겠다.

말을 타고 검모포로 가면서 김승은 오래 묵은 속내를 내게 풀어놓았다.

8

전쟁은 꼬리를 물고 이어졌다. 하나의 전쟁이 다른 전쟁을 불러들였고 그 전쟁은 서로 꼬이고 뒤얽혔다. 그 시작과 끝에 몽골이 있었다. 몽골군에 밀려 쫓겨난 거란군 오천 명이 고려의 국경을 침입해왔다. 고려는 그들을 막아냈다. 패퇴한 거란군은 북쪽에서 몽골군과 맞닥뜨렸다. 그들은 다시 남하할 수밖에 없었다. 고려가 다시 반격했다. 거란군은 서경 근처 강동성에서 오도 가도 못하는 신세가 되었다. 고려는 몽골, 동진과 연합작전을 펼쳤다. 연합군은 강동성의 거란군을 섬멸했다. 몽골은 고려를 구해줬다며 강압적으로 형제관계를 맺고 과도한 공물을 요구했다. 고려로서는 심히 못마땅한 노릇이었다. 을유년(1225), 압록강 근처에서 몽골 사신 저고여가 피살되는 사건이 벌어졌다. 몽골은 그 책임을 고려에게 물었다. 고려는 고려인 복장을 가장한 여진족 소행이라고 떠넘겼다. 몽골은 고려와 국교를 단절하고 신묘년 (1231)에 1차 침입을 단행했다. 몽골이 황도 개경을 포위하자 고려는 몽골의 요구를 받아들일 수밖에 없었다.

이듬해 고려의 강화 천도는 몽골의 재침을 불러왔다.

그때 대구 부인사에는 초조대장경 경판이 모셔져 있었다. 십여 여 년 전, 거란 침입 직후 개경에서 옮겨온 것이었다. 개경에 뒀다가는 언제고 병화를 당할 위험에 노출돼 있었다. 멀리 옮겨온 경판들은 손상이 컸다. 새긴 지 백 년이 넘은데다 서둘러 옮기면서 글자들이 많이 떨어져나갔다. 부인사 장경판전에서는 경판 번각飜刻(한 번 새긴 경판을 본보기로 삼아 다시 새김) 작업이 이어졌다. 동화사와 파계사를 비롯한 주변 사찰 소속 각수들이 참여했다. 해인사 각수장이 승려 김승도 그 가운데 하나였다. 김승은 사하촌 각사마을의 명인을 데려와 함께 일하고 있었다.

"딸내미 눈에 밟히지?"

용수천을 따라 포행布行하고 돌아온 김승이 서씨에게 묻는다. 판각 명인 서씨는 공방 작업대 앞에서 새김작업에 열중하고 있었다. 나무망치로 조각칼 머리 두드리는 소리가 경쾌하다.

"그렇죠 뭐."

무던한 서씨는 좀처럼 표정을 드러낼 줄 모른다.

"흐흐흐. 밤낮 나무거울 보며 도 닦는 중처럼 사는 사람이 언제 여인네는 봐가지고…… 어떤 여인이었느뇨?"

김승은 입이 가볍고 실없는 중이었다. 잘생긴 얼굴값을 전혀 못하는 축이었다. 조각칼 쓰는 솜씨도 서씨만 못했다.

"애 엄마가 누구냐고?"

"왜 그런 걸 자꾸 물어싸요? 선녀라고 했잖아요, 스님."

서씨가 망치질을 계속하며 벌로 대답한다.

"애만 낳아주고 올라가버린 선녀가 어딨어? 애 데리고 올라가야 선녀지. 서 처사가 나무꾼인 것 맞구면. 매양 나무만 파고 있으니까. 딸애를 보면 애 엄마 꽤 이뻤던 모양이야. 크큭."

김승은 삐쩍 마른 서씨의 얼굴을 바라보다 늘어지게 하품을 했다. 서씨는 조각칼질을 하면서 만다라꽃비 향이 진동하던 그날 새벽녘으로 빨려 들어갔다. 자신을 빼닮은 아기를 문 앞에 놓고 간 비구니는 끝내 다시 나타나지 않았다. 그가 할 수 있는 건 죽는 날까지 그날 새벽 달빛에 젖은 향기를 그 느낌 그대로 고스란히 간직하고 기억하는 일이었다. 다른 인연을 또 지어 그날의 향기에 덧씌우기는 싫었다. 의미 있는 순간에서 영원성을 찾지 못한다면 영원한 건 세상 그 어디에도 없다. 나무에 새긴 글씨와 그림도 천 년을 간다. 마음에 새긴 만다라꽃비 향은 만 년인들 못 가랴. 가슴이 훈훈해진다. 몇 가닥의 선이 살아나면서 달빛에 젖은 비구니의 얼굴이 경판 위에 뜬다. 분홍빛 어리연꽃 같은 심경이의 얼굴이 겹친다. 서씨의 얼굴이 밝아지면서 미소가 활짝 피어난다. 마음 심心자를 새길 차례다. 불과 네 획밖에 안 되는 이 심자 새길 때가 제일 신중해진다. 칼날이 조금만 빗나가도 마음을 다칠 것만 같다.

"이 고을 백정들은 대가 너무 세. 절집에서 하라는 대로 하면 그뿐이지 뭐 그리 요구사항이 많은지 원. 우리 해인사 사하촌 백정들은 양반이야, 양반."

김승이 망치질을 하면서 투덜댄다. 서씨는 조각칼을 돌려가며 묵묵히 마음 심자를 새긴다.

"……아까 주막집에 몰려 있던 백정들을 보니까 덜컥 겁이 나더라고. 날 힐끔 노려보는데 간담이 서늘하데. 낫이라도 들고 절로 쳐들어올 기세더라니까. 제까짓 것들이 절집서 땅 내주니까 그거 부쳐먹으며 배 안 곯고 사는 거지. 막말로 소작권 빼앗아버리면 어쩔 겨."

그렇게 험담을 하면서도 김승은 곧잘 글자를 새겨낸다. 장인의 솜씨와 마음가짐은 별개다. 기능이 우선인 것이다. 두 사람은 저녁예불 시간 바로 직전에 공방에서 나와 공양간으로 향한다. 예불은 참석해도 그만 안 해도 그만이었다. 하지만 서씨는 꼬박꼬박 참석했다.

밤이 되어 숙소에 모인 각수장이들이 골패로 노름판을 벌였다. 메밀묵에 막걸리 내기였다. 내기 골패를 하다가 곧잘 싸움판으로 번져 드잡이하기 일쑤였다. 김승은 밑달기건 쑤시기건 빈번히 장원을 독차지하는 골패꾼이었다. 서씨는 노름을 전혀 할 줄 몰라서 멀찌감치 떨어져 구경하다 이내 목침을 베고 누웠다.

"반타작이 웬 횡포냐! 배고파 못 살겠다!"

"못 살겠다! 못 살겠다!"

"삼칠제가 살 길이다! 반타작은 물러라! 물러라! 물러라!"

밖에서 우렁찬 구호와 함성이 울렸다. 창호에 횃불 빛과 그림자가 어른거렸다.

"밖에 난리 났나벼. 이 판 무효다, 무효!"

각수장이 하나가 판을 뒤엎고 일어서며 방문을 열어젖혔다.

"썩을 것! 왜 판을 깨고 지랄이야! 아무리 난리가 났더라도 진건 진 거고 셈할 건 셈해야지. 씹어갈 놈!"

승려의 체통이라고는 찾아볼 수 없는 김승이 처사 각수장이들 틈에서 욕지거리를 날린다. 그러거나 말거나 각수장이들은 우르르 밖으로 몰려나간다. 요사채 마당에 횃불을 치켜든 수십 명의 백정과 승려 무리가 대치하고 있었다.

"이 무슨 개수작들이냐? 대낮에 와서 조용히 청원해도 어림없는 일을 밤중에 떼거리로 몰려와서 어쩌겠다는 거야!"

절집 살림꾼 직세승이 절구통 같은 팔뚝을 걷어붙이고서 으름장을 놓았다.

"배고파서 못 살겠소. 이번 가을걷이부터는 삼칠제로 바로잡아주시오. 그간 대낮에 누차 찾아왔소만 번번이 묵살했잖소. 마름에게 통사정도 해봤지만 소용없었소."

머리에 수건을 동여맨 사하촌 동산마을 소작인 대표가 앞으로 나서며 말했다. 그는 횃불도 낫도 아닌 문서 두루마리를 손에 말아 쥐고 있었다.

"안 된다는데도 왜 자꾸 들먹거리느냐?"

직세승은 미간을 찌푸리며 귀찮다는 내색을 했다.

"오늘은 어떤 일이 있어도 담판을 짓고 내려가겠소."

"어리석은 것들! 땅이나 파먹고 사는 백정 주제에 무슨 글을 안다고 문서까지 들고서 지청구를 떨어."

"무식하지만 이름 석 자는 쓸 수 있고 하늘 아래 떳떳한 도리가 무엇인지는 아오. 지금 이 나라에서 소출의 반을 강탈해가는 데는 절집밖에 없소. 공전은 1할만 걷어가고 사전도 3할이오. 한데 절집은 반타작이나 해가니 천부당만부당하오. 당장 삼칠제로 고쳐주시오."

소작인 대표는 문서를 펼쳐서 직세승 앞에 들이밀었다.

"옳거니. 소출의 절반으로도 배들이 충분히 불렀구먼. 농사짓기 싫으면 관둬라. 서로 짓겠다고 줄서는 소작인들은 쌔고 쌨으니깐."

"말이 절반 남는 거지 봄에 빌려 먹은 장리쌀 갚고 나면 남는 게 하나도 없소. 가을걷이 하자마자 다시 장리쌀을 얻어야 할 판이오."

"그러게 왜 비싼 장리쌀을 얻어 처먹고 여기 와서 지랄들이야, 지랄들은!"

직세승은 옷과 손을 털고서 돌아섰다.

"누가 장리쌀 먹고 싶어서 먹는 거요? 굶어 죽지 않으려고 그런 거지! 안 되겠소. 주지를 만나야겠소."

백정 무리가 외친다.

"뭣이! 네깟 것들이 지엄하신 주지 스님을 만나겠다고? 장경도량藏經道場 부인사 주지가 그리 호락호락한 지원 줄 아느냐? 부처님과 대장경 경판을 모신 신성한 절집이야. 어디라고 감히 쳐들어와서 행패냐. 당장 안 물러가면 모두 물고를 내주련다."

직세승은 대중에게 어서 내쫓으라 이르고 자리를 떴다.

"대화로 풀자는데 이러면 못쓰지!"

소작인 대표가 직세승의 장삼자락을 움켜잡았다.

"잡것이 감히 어디다 손을 대!"

직세승은 우람한 손으로 소작인 대표의 팔목을 잡고 비틀었다. 옆에 섰던 대중이 달려들어 그를 자빠뜨린 다음 발로 짓밟기 시작했다. 구릿빛 얼굴을 한 백정들이 동요했다. 때맞춰 나타난 수십 명의 승군이 활을 쏘고 칼을 휘둘렀다. 농민들은 수적으로나 무예로나 승군의 상대가 되지 못했다.

"모두 무릎을 꿇어라!"

호위신장처럼 보이는 승군 장수의 불호령에 백정들은 순한 소의 모습으로 바뀌어 있었다. 코뚜레 고삐 잡힌 소들 눈에 눈물이 솟구쳤다. 승군 하나가 차례차례 귀싸대기를 때렸다.

"그만둬라! 도량에서 이 무슨 무자비한 작태냐!"

흰 수염을 늘어뜨린 스님이 나타나 매질하던 대중을 제지했다. 장경판전 경판 수리 책임을 맡고 있는 효여대사였다. 그는 주지와 직세승의 사형이기도 했다.

"사형께서 나서실 일이 아닙니다."

직세승이 강단 있게 외쳤다.

"어서 백정들을 치료해서 돌려보내라. 소같이 일만 하던 이들이 오죽했으면 이 밤중에 올라와 이럴꼬?"

효여대사는 농사꾼들을 감싸고 들었다.

"모두가 대장경 경판 잘 관리하려고 세금을 걷다 생긴 일입니다, 스님."

직세승은 분통을 터뜨렸다.

"부처님 경전도 사람이 있고 나서지, 사람이 없으면 경전도 경판도 빈껍데기야. 화살이 있으면 전장에 나가서 몽골군을 쏠 일이지 백정들을 쏴서야 되는고?"

효여대사는 화살 맞은 백정들을 직접 응급처치를 했다. 두어 식경 뒤, 백정들은 피범벅이 돼 널브러진 동료들을 둘러업고 절집을 내려갔다. 차가운 가을밤 공산의 산바람이 피비린내를 싣고 사하촌 마을들로 번져갔다. 그 산바람은 대구까지 내려가 흉흉한 소문을 키우며 돌아다녔다. 가을걷이 전에 세상이 뒤집히는 난리가 나고야 말 거라는 얘기였다. 가뜩이나 재차 쳐들어온 몽골군이 남하하고 있다는 비보까지 날아들어서 공산 일대는 뒤숭숭하기만 했다.

"일이 커지게 생겼구나. 조짐이 심상치가 않아."

효여대사는 각수장이들이 묵는 방으로 건너와서 애를 태웠다.

"스님, 처음에는 저도 이쪽 백정들이 드세다고 생각했는데 오늘밤 일을 목격하고 나서 그 생각이 바뀌었습니다. 절집이 사전보다 더 많은 세금을 뜯어낸다는 건 옳지 못해요."

골패 노름으로 술이나 탐하던 무뢰승 김승이 모처럼 입바른 소리를 했다.

"안타깝구나. 말세를 만나 불법이 제대로 펼쳐지지 못하는 이 현실이. 어서 빨리 부처님 본래의 말씀으로 돌아가야 하거늘…… 우리가 경판을 수리하는 건 그저 무턱대고 숭배하기 위해서가 아니라 진리를 드러내기 위함이야."

효여는 법당으로 올라가 백팔배를 올리고 참회했다. 김승이 데려온 각수 서씨가 먼저 와서 백팔참회를 하고 있었다.

한편 몰매를 맞고 갈빗대가 부러진 소작인 대표는 피고름을 짜냈다. 똥물을 퍼 먹고 용케 기운을 차리는가 싶더니 장독이 올라 사경을 헤매기 시작했다. 소작인 대표는 찬물 한 사발을 들이켜고서 동료들을 불렀다. 각혈을 하고 피똥까지 싼 그는 며칠 사이 해골의 몰골을 하고 있었다.

"송사를 해보세. 마을 대표들을 소집해주게."

썩은 관청, 썩은 관리뿐인 세상, 해보나 마나라는 의견이 분분했지만 그 자리에서 연판장을 썼다.

우리는 부인사 사원전을 소작하는 백정들입니다. 우리가 농사짓고 있는 토지 대부분은 본래 공전이었습니다. 십여 년 전, 부인사에 대장경 경판을 옮겨와 모시게 되면서 그 공전들이 부인사 소유가 되었습니다. 나라에서 부인사에 분급해준 것입니다. 대장경 경판 관리 자금을 보전해주기 위한 조치였습니다. 우리 고을에 거룩한 부처님의 말씀을 새긴 경판을 모시게 된 건 더 없는 광영입니다. 하오나 우리 소작인들 입장에서는 경판이 도리어 재앙이 되고 말았습니다. 그전에 공전을 부쳐 먹을 적에는 소출의 1할만 세금으로 내면 되던 것이 사원전으로 바뀌면서는 5할이나 내야 하기 때문입니다.

대표가 손가락을 깨물어 연판장 말미에 피로 서명했다. 그야말로 혈판장이 되었다. 글을 아는 이들이 대신 써주며 이어간 혈서 서명자는 마을들을 도는 동안 수백, 수천으로 늘었다.

지게로 한 짐이나 되는 혈판장 두루마리를 접수한 호장戶長은 사태의 심각성을 깨닫고 부인사 주지와 직세승을 읍사邑司로 소환

했다. 주지는 불쾌하다는 반응을 보였다. 언감생심 누구를 오라 가라 하느냐는 것이었다. 호장은 대구 수령 바로 아래 직급이었지만 몸소 부인사로 행차했다.

"불한당 놈들이 따로 없지. 세금 적게 내려고 거룩한 스님들께 해코지를 해? 호장은 당장 그놈들을 색출해 옥에 가두시오. 안 그러면 황제 폐하께 주청하여 호장과 수령의 배임행위를 처벌하라 할 거요."

부인사 주지는 단단히 뿔이 나서 공갈협박을 늘어놓았다. 그가 걸친 가사장삼은 홍포에 금실로 모란꽃 문양을 수놓아 화려하기 그지없었다.

"사원전의 세금이 과했던 탓이오. 언제고 이런 때가 올 줄 알았소이다."

고을 사정을 어지간히 파악하고 있는 호장이었다.

"지금 폭도들 편을 드는 거요?"

직세승이 콧구멍을 벌렁거리며 씩씩거렸다.

"알았습니다. 주모자들을 조사해보겠습니다. 하오나 삼칠제는 수용하심이 옳아 보이오. 공전이나 사전을 짓는 이들과 형평성을 맞춰줘야지요."

호장은 주지와 직세승의 눈치를 봐가며 말했다.

"나라에서 우리 절집에 토지를 분급해줄 때는 우리더러 알아서 운영하라고 맡긴 거 아니오? 지방 관리가 어디다 대고 이래라저

래라 간섭하는 거요, 대체!"

주지가 눈썹을 추켜올렸다.

"이러다 민란이라도 일어나면 우리 읍사나 절집이나 좋을 게 없지요. 모쪼록 자비를 베푸시오."

"소작을 주는 거 자체가 부처님의 자비요."

직세승은 주지보다 더 꽉 막힌 벽창호였다.

"두 분 스님은 우리 고을의 지도층이십니다. 지도층이 생민들과 싸우는 건 하책下策입니다."

"쳇! 우릴 가르치려 드는군. 임자나 호장노릇 제대로 하시오."

주지의 그 말은 호장을 두 손 다 들게 만들었다. 향리로 돌아온 호장은 강도 황제에게 장계를 올렸다. 부인사의 소작쟁의가 일촉즉발의 위기이니 사전과 같은 세법을 적용하여 삼칠제로 조정해 달라는 내용이었다. 호장은 소작쟁의 주동자들을 불러들여 하루 동안 가뒀다가 방면했다. 함부로 준동하지 말라는 경고였다.

"씨팔, 차라리 몽골놈 새끼들이 쳐내려와서 쑥대밭이나 만들어 놨으면 좋겠어."

"돌아누운 부처는 섬길 필요가 없다고 봐. 수틀리면 불을 싸질러버리자구. 절집이고 장경판전 경판이고 모조리 태워 없애버리면 결국 땅만 남을 테니까 말이야."

옥방에서 풀려난 백정들이 악담을 했다.

"천벌 받을 소리들 작작하게. 중이 밉다고 절집을 태워?"

그중 신심 있는 불자가 그렇게 다독거렸다. 며칠 후, 사태를 악화시키는 일이 연거푸 터졌다. 부인사 직세승이 소작인들을 바꾸겠다고 통보했다. 불에 기름을 부은 꼴이었다. 장독이 도진 소작인 대표는 열불이 나 발악하다가 이내 숨통이 끊어져버렸다. 문상객이 구름처럼 몰려들었다. 장례식을 치르는 날 대대적인 봉기를 한다는 소문이 퍼졌다. 인근의 초적패가 가세한다고도 했다. 초적들은 민란이 일어난 곳만 찾아다니며 싸워주고 전리품을 톡톡히 챙겨 가는 용병이었다. 부인사도 대책을 세웠다. 병기 창고를 열어 활과 칼을 벼리고 승군 수백 명을 무장시켰다.

"외적이 쳐들어왔는데 식구들끼리 전쟁이라니!"

효여대사는 주지를 나무라고 사하촌 초상집을 찾아 문상했다. 김승이 동행했다. 말이 초상집이지 결사대 본부였다. 수십 리 밖에서 문상객들이 찾아와 대놓고 무기를 만들고 조직을 정비하고 있었다.

"이러면 안 되네. 부인사는 대장경 경판을 진장하고 있어. 대장경 경판을 보고 참소. 며칠 말미를 주면 내 기필코 주지를 설득하겠네."

효여대사는 합장한 손을 맞비비기까지 했다. 같은 부인사 소속 승려라지만 효여대사는 주지나 직세승과는 결이 달랐다. 옥신각신 끝에 사흘간의 말미가 주어졌다. 부인사로 돌아온 효여대사는 삼칠제로 바꿔주자고 주지를 설득했다. 씨알도 먹히지 않았다.

장경판전 경판 보수유지비가 빠듯하다는 이유를 들었다.

"우리가 덜 입고 적게 먹으면 되지 않겠는가."

효여대사는 주저 없이 무릎을 꿇었다.

"사형, 이러지 마시오. 백정들이 순진한 것 같지만 그 탐욕은 아귀와 같습니다. 호의가 계속되면 그게 당연한 권리인 줄 알거든요. 초장부터 야무지게 단속해야 합니다."

주지는 만약의 사태를 대비해 승군들을 점검해야 한다며 매몰차게 나가버렸다.

부인사 소작쟁의 장계를 받은 강도 교정도감.

천도한 지 몇 달 되지 않아서 아직 궁궐도 관청도 짓지 못한 채, 사저를 이용하고 있었다. 국정을 총괄하는 최고 정치기구의 수장 최이 집정은 전라도와 경상도에서 잇달아 올라오는 반군 봉기와 소작쟁의 장계로 골머리가 썩었다. 몽골군이 쳐내려온 상황이라 정국을 돌파할 묘책이 없었다.

"부인사가 또 말썽이로군. 대장경 경판을 그리 넘겨주는 게 아니었어."

최이가 이규보와 사위 김약선에게 말했다. 둘은 최이를 보필하는 최측근이었다.

"신종 때 경주 별초군 반란에 동조한 놈들이 바로 부인사 중놈들 아닙니까. 감히 최충헌 합하께 저항한 놈들을 우리 편으로 만들어보겠다고 대장경 경판을 내준 게 잘못이었습니다. 경판으로 돈벌이를 하게 만들어준 꼴 아닙니까?"

장익공 김약선이 부추기고 나섰다.

"그때는 그쪽으로 경판을 넘겨주는 게 좋은 구실이었소이다."

풍류문인 이규보는 정치적 사안에서만큼은 지극히 현실적이었다. 최충헌과 최이 부자가 대를 이어가며 이규보를 가까이 두고 쓰는 이유였다.

"이 상국, 그렇다고 당장 삼칠제로 하라고 황명을 내리게 할 수는 없잖겠소? 반타작하는 절집이 태반인 상황인걸."

"그렇습니다. 그리하면 다른 절집들이 벌떼처럼 들고일어날 테니까요."

최이와 이규보는 전전긍긍했다.

"소작쟁의가 초적들의 반란으로 번질 수 있습니다. 백정들과 절집, 어느 한쪽 편을 들 수 없다면 보승군을 동원해서 최악의 충돌사태를 막아내야 합니다."

김약선의 제안이었다.

"이거야 원! 몽골군이 남쪽으로 치고 내려가는 판에 엉뚱한 데서 사달이 났네그려."

최이는 손으로 콧수염을 쓸어올리며 곰곰이 생각했다. 이 나라 젊은이 가운데 상당수가 툭하면 머리 깎고 절집에 들어가버렸다. 절집에는 땅도 많고 노비도 많았다. 골치 아프게 벼슬 사는 것보다 중노릇이 편하고 좋았다. 절집은 세금 면제였다. 무엇보다도 좋은 건 군역을 피할 수 있다는 점이었다. 변방에 수자리 나가지 않으려고 중노릇하는 젊은이가 많은 나라, 이런 나라가 제대로 돌아갈 리 없었다. 젊은 중들은 절집 자체적으로 승군을 조직했다. 그러나 승군은 나라가 아니라 절집 재산을 지키기 위해서 싸웠다. 상대가 소작 백정이건 무인정권이건 관계치 않았다.

십오 년 전, 거란군에 맞서 일어섰던 승군이 아버지 최충헌을 죽이려고 칼날을 들이댄 사건은 생각만 해도 끔찍했다. 고구려가 망한 지 언제인데 고구려 부흥운동인가. 승군은 고구려 부흥운동을 명분으로 무인정권을 몰아내려 했던 것이다. 최충헌은 기선을 제압하고 승군 팔백 명을 잡아 죽였다.

그 학살 이후로 불교계는 최씨 무인정권에 깊은 원한을 품게 되었다. 권력을 승계한 최이는 불교계와 화해하고자 온갖 노력을 다했다. 대형 불사를 일으키고 종파를 대표하는 사원에 토지를 나눠주었다. 개경 흥왕사 대장전에 모셨던 초조대장경 경판을 부인사로 이운하고 사원전을 내려준 것도 그래서였다. 부인사는 경주 일대에서 일어난 신라 부흥운동에 동조한 무인정권 반대세력이었다. 미운 놈에게 떡 하나 더 준다고 대장경 경판으로 유화책을 삼은 것이다. 그런데 그게 또 다른 문제를 야기했다. 가혹한 착취로 소작농민들과 소작쟁의가 벌어진 것이다.

"이 상국, 종파의 수장들인 종정들과 큰스님들을 불러모아주시오. 가부간에 결판을 내야겠소."

최이는 불교에 조예가 깊은 문인 이규보 재상을 활용했다. 그는 사위 김약선과 함께 수레를 타고 성 쌓는 공사 현장을 둘러보았다. 강화도 동쪽 염하로 행차했다. 수백 명의 사병이 겹겹이 호위했다.

"지금 강도 백성들은 이렇게 성을 쌓고 궁궐을 짓느라 여념이 없지만 승려들은 놀고먹기 일쑤입니다. 몽골군이 침입하지 않은 본토 남녘은 백성들이나 승려들 모두 한가합니다. 그래서 소작쟁의나 하는 겁니다. 그들의 노동력을 동원시켜야 합니다. 변방 수자리로 징집해도 곧잘 도망쳐버리고, 그들을 잡아들일 공권력이 턱없이 부족합니다. 몽골과 전면전을 피하는 우리로서는 그들에게 적당한 일거리를 찾아줘야만 합니다. 그래야 쓸데없는 생각을 할 겨를이 없지요."

김약선의 판단은 늘 정확했다.

"백성들보다 승려들이 문제야. 이 나라에는 팔자 좋게 놀고먹는 승려들이 너무나 많아."

최이는 흑단나무 지휘봉으로 왼손바닥을 탁탁 쳐댔다.

"놀고먹기 좋아하는 거야 승속僧俗을 가릴 게 없지요. 명분 있는 일을 찾아서 시키고 못 놀게 만들면 그뿐입니다. 승려들을 동원해 각 고을의 요충지에 산성과 토성을 쌓게 하지요. 몽골군을 막아내는 일인데 반발할 수 없을 겁니다."

"그런다고 우리 무신정권에 대한 반감을 없앨 수는 없지. 무지렁이 백성들이야 옥죄면 그만이지만 알 거 다 아는 승려들은 달라. 우리와 동등한 권력을 나눠달라고 요구한단 말이야. 우리가 몽골군과 안 싸우니까 승군도 싸울 생각이 없어. 교활한 무리들! 앉아서 극락이나 팔고 똥이나 만들면서……"

최이는 부처님을 독실하게 모시면서도 중들의 행태는 눈꼴시게 여겼다. 독식해온 권력에 수저를 꽂고 함께 먹자고 들이대니 그럴 수밖에 없었다.

"장인어른! 종교를 정당화의 수단으로 이용할 줄 알아야 큰 지도자입니다. 불교계와 절대로 맞서지 마세요. 어떻게 해서든 이용하셔야 합니다."

"허허허, 그런가? 자네가 한번 이용할 거리를 찾아보게나."

최이는 사위 김약선의 두뇌 회전이 참 빠르다고 생각했다. 이런 김약선을 최이는 일찌감치 후계자로 낙점해놓고 있었다.

며칠 뒤, 이규보의 주선으로 봉은사에서 불교계 실세들의 회합이 있었다. 봉은사는 국조 왕건의 진영이 모셔진 황실의 원당이었다. 최이가 봉은사를 회합 장소로 택한 건, 위기에 처한 나라를 구하기 위한 모임임을 강조하기 위해서였다. 돌장승 같은 무인들을 배석시켜 살벌한 분위기를 조장하던 평소 모임과 달리, 그날은 이규보를 비롯한 문인 몇몇과 김약선만 참석시켰다. 모두 삼십여 명 가운데 승려가 스무 명이 넘었다. 먼저 이규보가 나서서 화려한 언변으로 나라 형편이 몹시 어렵게 된 상황을 설명했다. 김약선은 지방에서 올라온 장계들을 일일이 거론했다. 태반이 절집에서 벌어진 소작쟁의였다.

"고승대덕들이시여! 부디 말썽 많은 사원전의 소작료를 일괄적으로 내려주사이다. 그 길만이 이 험난한 정국을 돌파할 유일한 방책입니다. 적들이 쳐들어왔는데 소작료 문제로 내분이 일어서야 쓰겠소이까? 중생이 배고프면 함께 나누는 게 보살도 아니겠소이까?"

최이는 어느 때보다 점잖게 읍소했다. 으르렁거리던 불곰이 너무도 얌전하게 나오자 종단 대표 스님들은 서로 눈치를 보며 머뭇거렸다.

"영공, 그래서 얼마로 하자는 것입니까?"

그중 한 노장이 물었다.

"아무리 따져봐도 삼칠제가 합당합니다."

최이가 삼칠제에 힘을 주었다.

"영공, 그건 아니 될 말씀이오. 사원에 딸린 식구들이 얼마나 많고 불사가 얼마나 많은지 잘 아시지 않소. 이 나라 그 많은 절집 살림이 결딴나면 그게 바로 국난이오. 한시적인 사륙제라면 어떻게 받아들일 수도 있겠소만……"

승려들 모두가 그 이상은 양보할 수 없노라고 한목소리를 냈다.

"절집에서 승시를 열고 밥장사, 술장사에 여관까지 다 하시면서 왜 재정이 어렵다는 거요? 초파일이다, 백중기도다, 그믐기도다, 천도제다 온갖 구실로 돈벌이를 하는 건 또 뭐고요? 정 이렇게 나오면 승군을 강제 징집해 몽골군에 대적하라 하겠소이다! 나라가 있고 나서 절집이 있는 거니까!"

최이는 참았던 본심을 노골적으로 드러내며 입에 거품을 물었다. 그런다고 콧대가 죽을 종단 대표들이 아니었다.

"좋도록 하시오. 강제 징집당한 승군이 초적과 연합하여 무슨 큰일을 저지른대도 우리가 알 바 아니오. 지금 뭍에는 강화 천도를 성토하는 불만 세력들이 들끓고 있소이다."

사마귀 떼려다 혹 붙이는 짓 하지 말라는 경고였다. 이들이 말하는 큰일이란 전에 최충헌의 목숨을 노렸던 반란행위 같은 걸 뜻했다. 수만 명의 승군이 초적 무리와 연합하면 나라를 들었다 놓을 수도 있는 막강한 세력이 되었다. 최이가 두려워할 수밖에 없었다.

"승군이 초적과 연합하다니요? 스님들은 우리 고려의 기둥이자 지배층입니다. 연합하려면 우리 무인들과 해야 옳지요. 그래야 황제 폐하를 잘 보필하여 위기에 처한 나라를 건져낼 거 아니겠소이까. 그럼 당분간만 사륙제로 하다가 몽골군이 완전히 물러가면 그때 가서 다시 늘리도록 하지요."

어느덧 최이의 어조에는 참기름이 잔뜩 발려 있었다.

봉은사 회합이 끝나자, 최이는 전국 사원전의 소작료를 한시적으로 내린다고 방을 붙였다. 당연히 황제의 이름을 빌렸다. 대구 부인사에는 특별히 파발마를 띄웠다.

치미는 화를 억누르다 고려산 밑 무당 흑련을 찾은 그는 꼭지가 돌도록 만취하여 흑련을 품었다. 몇 년 전, 개경에서 음양술의 참모로 썼던 주연지가 배신하고 자신을 죽이려 한 사건이 있고부터 최이는 흑련만 믿었다.

"강화도로 천도한 걸 사람들이 그렇게 싫어한다네. 짜장 그러한고?"

"섬생활이 뭐가 좋겠어요. 뭍에 남은 사람들은 그들대로 버려졌다고 여길 테고."

"임자도 날 따라온 걸 후회하누?"

"개경에 남았으면 밑 터진 가래바지 입고 짐승 같은 몽골놈들 몸뚱이 받아내기밖에 더 했겠어요?"

"예끼! 이 사람아, 무슨 그런 험악한 말을 해!"

"문사들 뒀다 어디 쓰려고 그래요?"

"무슨 말인가?"

"강화 천도 찬양하는 시를 쓰라고 하란 말씀예요."

"오, 그거 좋겠네."

턱을 괴고 비스듬히 누웠던 최이가 벌떡 일어나 앉았다.

"……천도 찬양 시회를 열어서 우수작을 낸 문사들을 승진시켜야겠어."

뭍에서는 전쟁이 한창이련만 최이는 천도의 정당성 확보에 더 관심을 기울였다. 뒤늦게라도 천도의 정당성을 얻어야 본토 생민들이 잠잠해지고 장기집권을 할 수 있었다.

그 시간, 대구 부인사 주지는 승군들을 무장시키고 직접 지휘했다. 공산 남쪽 자락 제법 너른 개활지 안에 사하촌인 국살마을, 동산마을이 들어서 있어서 방어진을 치기가 쉽지 않았다. 공산 자락과 거저산 자락 사이 계곡으로 용수천이 빠져나갔다. 그 용수동 입구를 막고 대치한다면 좋으련만, 상대해야 할 적은 계곡 안쪽에 들어와 사는 백정들이었다. 동산마을 초상집에는 이미 수백 명의 백정과 초적패가 준동할 때만을 기다리고 있었다.

그전에 주지는 황제와 최이 집정 앞으로 간절한 주청을 올렸다. 대장경 경판은 천하의 보배요, 나라의 자랑인데 멀리로 이운해 오면서 글자들이 많이 떨어져나가 수리하고 다시 새기는 비용이 실로 막대하다는 것. 무지렁이 백정들은 타들어가는 속을 알지도 못하고 다른 절집과 똑같이 받는 소작료를 무작정 내려달라고 생떼를 쓰니 바로잡아달라는 것. 저들의 생활이 그리 넉넉지 않다는 걸 모르는 바 아니나 소작료를 낮추면 장경판전 유지가 어렵다는 것. 불법을 숭앙하는 황제와 집정께서 특별히 은전을 베푸시어 토지 외에 금과 은병같이 값진 재물을 하사해주시면 최고의 경판으로 보완해 그 봉안奉安에 만전을 기하겠으며 세세토록 충성을 다 바치겠노라는 내용이었다.

사하촌 초상집은 애초 삼일장으로 치르려 했던 것이 오일장이 되고 칠일장이 되었다. 그러다 효여대사가 단식기도에 들어갔다는 소식이 전해졌다. 이제나저제나 기다리던 협상이 결렬돼버린 것이다.

"관에서 시신 썩은 물이 새어나오고 있소. 더는 못 기다려요. 내일 새벽, 예불이 시작되기 전에 급습하기로 합시다."

농민군에 합류한 초적패 두령이 마을 대표들을 모아놓고 작전을 짰다.

"도량을 새벽에 급습하는 건 옳지 않소. 밝은 대낮에 통보하고 올라갑시다."

망자 대신 새로 뽑힌 사하촌 동산마을 대표가 이의를 제기했다.

"상대는 실전 경험이 있는 승군 삼백 명이오. 급습하지 않으면 우리 쪽 승산이 적소. 솔직히 우리는 오합지졸 아니오. 우린 개죽음을 원치 않소."

초적패 두령은 불시에 급습하자고 고집했다.

"아니오. 우리는 내일 아침, 상여를 메고 절집에 올라갈 것이오. 상여시위로 재협상해보고 그래도 안 통하면 그때 가서 싸웁시다."

불자들이 대부분인 농민군은 초적패와 달리 싸우는 목적과 방법이 당당했다. 바람처럼 떠도는 초적패야 약탈과 방화가 목적이었으므로 수단과 방법을 가릴 필요가 없었지만 절집 밑에서 터 잡고 사는 농민군은 어떻게 해서든 개선책을 마련해야 했다. 싱거운 판이 돼버리자 초적패는 전의를 상실하고 술추렴이나 해댔다.

날이 밝자 꽃상여가 꾸려졌다. 상여는 임금이 타는 대형 가마, 안여安興처럼 크고 화려했다. 누구라도 저승길 갈 때 한 번만은 임금 부럽지 않게 행차한다. 울며불며 곡을 하고 눈물을 뿌리는 게 다를 뿐이다.

"여보게 이 사람아, 악한 세상 만나서 고생만 하다 가네. 부디 저승길 잘 가시게. 이다음에 환생하여 다시 오려거든 제발 좀 부인사 직세승이나 주지로 와서 우리 형편 좀 봐주시게나. 알았는가 이 사람아."

망자의 후임을 맡은 마을 대표가 관을 쓰다듬으며 주억거렸다. 그는 동료들이 멘 상여 앞에 올라타고서 농민군을 진두지휘했다. 만장 대신 병장기를 든 농민 수천 명이 상여를 따랐다. 술이 덜 깬 초적패 수십 명은 마지못해서 그 뒤에 달라붙었다. 마을 대표가 구슬픈 상여소리를 선창하자 뒤따르던 농민들이 후렴구를 넣었다. 그 소리가 우레처럼 계곡을 울렸다. 승군은 절집 일주문 밖에 목책을 설치해놓고 그 뒤에서 활을 겨누었다. 그걸 목격한 농민군의 상여소리가 구호로 돌변했다.

"사람 잡은 부인사 주지는 어서 나와 사죄하라! 고인의 소원대로 삼칠제를 시행하라!"

갑옷으로 무장한 승군 장수가 나와 경고했다.

"상여를 돌려라. 더 올라오면 화살을 퍼붓겠다!"

그런다고 멈출 상여가 아니었다. 쏠 테면 쏴보라며 물밀듯이 밀고 올라왔다. 당황한 쪽은 승군 장수였다.

농민들이 멘 상여는 목책 바로 앞까지 다다랐다. 뾰족하게 날을 세운 어른 키 높이의 목책이었다. 상두꾼들이 제자리에 서서 구호를 외치자 선봉에 선 농민군이 앞으로 몰려나와 목책을 제거하려 들었다.

"목책에 손대면 쏜다!"

승군 장수가 뒤로 물러서며 경고했다. 그래도 농민군이 목책을 치우려 들자, 승군 장수가 손을 번쩍 들었다. 승군이 활시위를 팽팽히 당겼다. 선봉대가 뒤로 주춤주춤 물러섰다.

"중놈들이 정말 사람을 겨누네."

맨 뒤에 있던 초적패가 그렇게 외쳤다. 농민군이 술렁거렸다.

"우리는 더 이상의 살생을 원치 않는다! 하지만 목책을 넘어오면 전 궁수가 무차별적으로 사격할 수밖에 없다!"

승군 장수는 단호했다. 하지만 수백 명이나 되는 농민군을 몰살할 수는 없었다. 농민군 후미에는 아녀자들까지 있었다. 선봉이 죽어 넘어지면 눈이 뒤집힌 아녀자들이 밀려들 것은 불 보듯 뻔했다. 그들까지 희생시키는 건 너무 부담이 컸다. 승군 장수는 내심 목책을 버팀목으로 시간을 끌다가 싸움이 흐지부지되기를 바랐다.

농기구나 죽창 따위로 변변찮게 무장한 농민군은 더 진격하지 못하고 구호를 외치며 버티기로 나왔다. 한낮이 되면서 그 구호가 관세음보살로 바뀌었다.

관세음보살! 관세음보살!

계곡은 관세음보살을 연호하는 소리로 넘쳐났다. 장엄한 그 소리는 부인사 경내를 진동하고 공산 자락을 타고 넘어 골골에 울려퍼졌다. 언제부턴가 농민군은 하나둘 농기구와 죽창을 버리고 합장하고 있었다. 훌쩍훌쩍 눈물을 뿌리는 이들도 있었다. 그들은 몰매 맞고 죽은 이를 생각하며 울었고 배고팠던 날들이 서러워 울었다.

목책 너머로 그 광경을 내려다보던 승군도 숙연해졌다. 어쨌든 초상 치르는 날이었다. 상여를 메고 올라온 농민들은 싸움을 원치 않았다. 억울하게 죽은 대표의 시신을 앞세워 주지와 담판을 지으려는 것뿐이었다. 승군 장수가 절집으로 올라갔다. 그는 주지에게 농민군의 동태를 보고했다.

"그들 가운데 상당수가 우리 절 신도들이야. 불자들은 절대 절집을 해코지하지 못하지. 오래 못 버티고 철수할 테니까 적당히 겁이나 주면서 목책 잘 지켜!"

주지는 매몰차게 원칙을 고수했다. 농민군과 협상할 뜻 같은 건 손톱만큼도 없어 보였다. 승군 장수는 머쓱해져서 터덜터덜 현장으로 되돌아왔다. 그는 상여 위에 올라서 있던 마을 대표에게 다가가 알아듣게 타일렀다. 이래봤자 아무 소용 없으니 그만 돌아가서 양지바른 데다 묻어주라고. 어딘가 낯이 익은 마을 대표는 비장했다. 망자의 죽음을 헛되이 하지 않기 위해서라도 그럴 수는 없노라고 잘라 말했다.

"난 저승사자노릇 하고 싶지 않다네."

승군 장수가 도리질을 쳤다. 상여에서 시체 썩는 냄새가 진동했다.

"굶어 죽으나 화살 맞아 죽으나 죽기는 매한가지외다."

어쩌다 신성한 절집 도량이 아수라장으로 변했더란 말인가. 도 닦자고 들어온 절집에서 중생을 몰살하는 악업을 지을 판이었다.

"썩어가는 시신이나 매장하고 보세."

"우리는 주지의 사죄를 받고 나서 매장할 거요."

"그건 어렵네. 더 버텨보든지. 목책만 안 넘어오면 공격하지 않겠네."

"어서 목책을 치워주오. 주지를 만나야겠소."

"도리 없군. 이녁과 개인적인 원한은 없으니 날 원망치는 마소."

"피장파장 이판사판이오."

서로 사정을 잘 아는 처지의 마을 대표와 승군 장수는 물과 기름처럼 겉도는 대화를 했다. 하늘을 올려다보며 한숨을 쉰 승군 장수는 목책 뒤로 몸을 뺐다.

곧 점심때가 되었다. 농민군은 주먹밥을 나눠 먹었고 승군은 몇 개 조로 나뉘어 차례차례 절집에 올라가 공양을 하고 왔다. 이제야 술이 깬 초적패 두령이 마을 대표를 붙들고 작전을 짰다. 고기도 먹어본 놈이 더 잘 먹고 싸움도 해본 놈이 더 잘하기 마련이었다. 마을 대표는 농민군 일부를 초적패 두령에게 배정해주었다. 초적패 두령은 제 부하들과 농민군 수십 명을 이끌고 동산마을로 내려갔다.

강도 진양부 최이의 저택에서는 김약선과 승려들 몇이서 비밀리에 다시 모였다. 승려들은 최이의 아낌없는 지원을 받아온 절집 출신이었는데 주로 균여대사 계열의 화엄종파였다. 같은 화엄종이라도 부인사 같은 절은 의천대사 계열이었다. 해인사도 본래는 의천 계열이었으나 최이가 영향력을 행사해 균여 계열 승려들로 바꿔 심고 있었다.

"경상도 전라도에서 일어나는 민란이 날로 심각해져갑니다. 지금 삼칠제 사륙제 소작료가 문제가 아닙니다. 민심이 이반되어 나라의 기틀이 무너져가고 있어요. 지방관도 승록사도 중앙의 통제망에서 하나둘 이탈해가고 말입니다. 당장 올가을 조세부터가 제대로 올라올지 장담할 수 없게 됐습니다. 강화 천도 후유증이 이렇게 클 줄 몰랐습니다. 정권 유지 차원에서 특단의 조치가 필요합니다."

김약선의 언사는 비장했다. 최이는 탁자 위에 수북이 쌓인 장계들을 펼쳐놓고서 한 손에 턱을 괴고 다른 손으로는 콧수염을 쓸어올렸다.

"몽골놈들이 재침한 판국에 어쩌면 좋으리까?"

봉은사 주지가 최이를 쳐다보았다.

"큰스님들! 많이 고민하고 드리는 말씀이올시다. 승군을 동원합시다."

최이가 무겁게 입을 열었다.

"그래서요?"

"거란의 십만 대군을 물리쳤을 때처럼 몽골군과 전면전을 치릅시다. 중앙군과 지방군, 승군을 합치면 삼십만은 되오. 나도 이참에 사병들을 다 내놓을 참이오. 죽기 살기로 대적하면 제아무리 무적의 몽골 기마군단이라도 물리칠 수 있을 것이오. 이번에 내려온 적들은 고작 삼천이라 하오."

최이는 주먹을 쥐며 입매를 야무지게 오므렸다.

"몽골 기마군단은 머릿수로 따질 게 아니오. 놈들은 일당백이라서 절대 당해낼 수 없으니 강화도로 천도하여 장기전을 벌이자고 한 분이 바로 영공이었소이다."

한 노장 스님이 천도 논쟁 때 최이가 했던 주장을 상기시켰다.

"천도하고서도 충분히 나라 기틀을 잡을 수 있다고 봤었소. 본토에서 잘 버텨줄 줄 알았단 말씀이오. 한데 당장 절집부터가 말성을 일으키고 있잖소이까? 부인사 그놈의 절집은 예나 지금이나 하는 짓이 숫제 초적 무리나 다름없소이다. 좌우간 승군을 동원해서 먼저 몽골군을 무찌른 다음 민란을 토벌합시다."

최이가 그렇게 나오자 승려들은 쩔쩔맸다. 살아 숨 쉬는 것들은 눈에 띄기만 하면 모조리 베어버린다는 미친 칼바람. 홀연히 일어났다 피를 뿌리고 연기처럼 사라져버린다는 저들이야말로 이승에서 지옥문을 여는 야차요, 염마졸이었다.

"왜 대답들이 없소이까? 나라가 있고 불교가 있는 거 아닙니까? 지금껏 내가 절집들을 건사했으니 이제 절집들이 나라를 위해 나서주시오."

최이는 애원조로 나왔다. 승려들은 더 불편해져서 어찌 할 바를 몰랐다. 그러자고 하는 순간 황천길이 열릴 터였다. 모두가 눈을 감고 염주나 굴리고 있었다. 지루한 시간이 흘러갔다. 그때 김약선이 나섰다.

"몽골과 전면전도 피하고 흩어진 민심도 추스르는 묘안이 하나 있소만……"

"장익공, 그게 무엇이오?"

승려들이 눈을 번쩍 뜨며 물었다. 최이는 가늘게 눈을 뜨고서 입가에 미소를 흘리고 있었다.

"거란군이 쳐들어왔을 때, 대장경을 새겨서 적들이 물러간 적이 있지요."

"나무석가모니불!"

"개경 흥왕사에 모셔뒀다가 지금 부인사로 이운한 바로 그 대 장경판입니다."

"한데요?"

"이참에 대장경을 다시 조성하는 겁니다. 새긴 지 이백 년이나 지나서 너무 낡았고 보완해야 할 내용도 많이 늘었지요. 황실과 문무대신, 불교계가 나서서 대장경을 재조한다면 불심 깊은 백성 들을 능히 하나로 모을 수 있을 것입니다. 당연히 몽골군이 물러 가길 바라고 하는 국책 판각사업임을 대대적으로 홍보해야겠지 요. 그럼 스님들이 전쟁터에 나가지 않아도 될 명분이 생깁니다. 판각작업을 주도해야 하니까요."

김약선은 손을 깍지 끼고서 눈알을 연방 굴렸다. 최이는 눈을 감고서 듣기만 했다.

"오호, 최상의 방책이시오. 순욱, 정욱을 뺨치는 지혜요."

봉은사 주지가 손뼉을 쳤다. 말이 지혜지 모사였다. 어쨌거나 전쟁도 피하고 불심도 키울 수 있는 구실인 건 분명했다.

"부인사 대장경이 온전한데 또 새긴다고 하면 백성들이 순순히 호응할까요?"

한 스님이 물었다.

"너무 낡아서 못쓰게 됐다고 하면 그만이지만 그건 동기가 좀 약하오. 만백성의 울분과 자발적 참여를 이끌어내야 하오."

그게 고민이었다. 김약선이 나섰다.

"말도 많고 탈도 많은 그놈의 부인사, 이참에 깡그리 불태워버리죠!"

"지금 무슨 소릴 하는 거요?

스님들이 발끈하고 일어섰다.

"몽골군 별동대를 그쪽으로 유인하면 됩니다. 부인사는 어차피 우리와 등 돌린 반대파들 아닙니까? 대장경 때문에 분급해준 토지를 국고로 돌리면 소작쟁의도 한순간에 해결될 테니 꿩 먹고 알 먹고지요."

김약선은 거침이 없었다.

"그래도 같은 불교 사원이고 부처님 말씀 담은 경판인데 그건 너무 심하오. 업보를 받을 일이란 말이오."

노장 스님이 반대를 하고 나왔다.

"먹물옷 입었다고 다 같은 스님인 줄 아시오? 그치들은 아귀나 다름없소. 모퉁이 하나 돌면 걸리는 게 절집인데 그깟 부인사 하나쯤 없앤다고 문제될 건 없어요. 내가 부인사보다 더 큰 절을 강도에 지어주겠소. 업보야 지금 우리 고려가 혹독하게 받고 있으니 더 받을까 두려워할 필요가 없지 않겠소이까?"

한동안 듣고만 있던 최이가 조목조목 가리를 탔다. 김약선과 사전에 입을 맞춰놓고 결론으로 내몰고 있는 최이였다. 그는 보다 큰 정치적 사업을 위해 종교를 정당화 수단으로 활용할 줄 아는 권력가였다. 그러기는 이미 권력과 재물 맛에 길들여진 사판 승들도 마찬가지였다.

"영공 말씀이 옳습니다. 소신공양으로 치지요. 우리 판각불사 떡 벌어지게 한번 제대로 해봅시다!"

얼굴에 기름기가 도는 승려들은 어렵지 않게 의견을 모았다.

"내가 사재를 털어 절반가량의 비용을 분담하리다."

최이가 배포 크게 나왔다.

"불은이오이다. 나무석가모니불!"

무슨 일이 있어도 단단히 입단속할 것을 맹약한 승려들이 돌아가자, 최이와 김약선은 곧바로 도방의 정예군을 소집했다. 기마술에 능한 야별초였다. 부인사 일대의 지리를 잘 아는 승병도 합류시켰다. 그들에게 몽골군 갑옷과 언월도가 지급되었다. 그것으로 무장하고 말에 오르면 그 순간 영락없는 몽골군 별동대였다. 그들은 즉시 포구로 나가서 두 척의 병선에 올랐다. 병선은 몽골군이 노략질하고 있는 육지를 피해서 서해를 돌아 남해 쪽으로 상륙할 계획이었다.

그 무렵 공산 자락 부인사는 다시 일촉즉발의 위기로 치닫고 있었다. 마을로 내려갔던 초적패와 농민군은 방패와 활 등을 준비해 가지고 올라왔다. 방패와 활을 보자, 농민군의 사기가 충천했다. 그들은 다시 구호를 외치기 시작했다. 이번에는 꽹과리와

징 소리까지 요란하게 울렸다. 전보다 훨씬 든든했다.

선봉대가 방패로 앞을 막고 들이밀자 몇몇이서 나무통에 담아 온 관솔기름을 목책에 뿌렸다.

"쏴라!"

승군이 쏜 화살이 농민군 선봉대 쪽으로 쏟아졌다. 겁을 주기 위해 목책에 가한 사격이었지만 농민군 서넛이 그 화살에 맞고 고꾸라졌다. 그 광경을 본 농민군의 눈이 뒤집혔다. 이제는 주지의 사죄나 삼칠제 소작료 문제가 아니었다. 소작인 대표의 주검을 땅에 채 묻기도 전에 또 다른 생목숨들이 꺾였다. 그것도 한 골짜기서 살면서 중생을 구제한다는 중들에게. 몽골군에게 잡혀 죽기 전에 여기서 몰살당할 판이었다.

초적패가 목책에 불을 붙였다. 목책은 삽시에 불길에 휩싸였다. 농민군도 응사했다. 승군이 하나둘 쓰러지고 드디어 목책도 무너져내렸다. 그 틈으로 성난 농민군이 함성을 지르며 봇물 터지듯 밀려들었다. 승군이 창과 칼을 뽑아 휘둘렀다. 농민군도 쇠스랑과 죽창으로 맞섰다. 승군의 창과 칼을 뺏어 든 농민군도 있었다. 피차간에 사상자가 늘어갔다. 싸움은 날이 어두워져서야 멈추었다. 시체들이 나뒹구는 골짜기는 곡소리, 비명 소리로 진동했다.

사태를 보고받고서 호장은 머리를 싸매고 누웠다. 몽골군이 남하하고 있어서 성을 보수하고 보승군을 훈련시키기도 벅찼다. 하필 이런 때 피 튀기는 소작쟁의인가. 호장은 농민들이 옳다고 여겼지만 그렇다고 편을 들어줄 수는 없었다. 탐욕스러운 부인사 편을 들 생각은 더 없었다. 섣불리 전쟁터로 들어가 중재에 나서지도 못했다. 협상안이라고 들고 갈 게 아무것도 없었기 때문이다. 인색한 주지의 옹고집 탓이었다.

농민군과 식솔들 수십 명이 죽고 다쳤다. 물론 승군도 사상자가 여럿이었다. 공산 남쪽 자락 부인사와 사하촌 일대는 송장이 넘쳐나는 죽음의 골짜기로 변해버렸다. 불귀의 객들은 말이 없었지만 그들 대신 피 냄새에 홀린 까막까치들이 날카롭게 울부짖었다. 살아남은 자들의 장송곡과 아미타경 독경 소리도 처연하게 울려퍼졌다.

"경판 수리는커녕 초상 치를 비용도 모자라게 생겼구나."

직세승과 함께 승군 사상자들을 파악한 주지의 한탄이었다. 결국 주지는 휴전을 선언하고 다비식부터 거행하기로 했다.

그러기는 마을 사정도 마찬가지였다. 사망자가 많아서 분묘를 꾸릴 처지가 못 되었다. 모두 화장하기로 했다. 호장은 성난 백정들의 민원을 해결하겠다고 약속했다. 등청하면 점심으로 뭘 먹을까를 고민하고 퇴청 시간만 기다리는 게 부패관료들이었다. 그래도 이 고을 호장은 제법 틀거지가 있었다. 장례 때 쓸 쌀과 삼베를 읍사에서 대주기로 했다. 소작농민들과 감정 사납게 된 부인사 주지를 속히 교체해달라는 청원서도 올렸다. 강도의 황제와 승록사 앞으로 보낸 것이었다. 그는 사하촌을 찾아서 그 사실을 알리고 민심을 달랬다. 그래도 쉽게 잦아들 원한이 아니었다. 언제고 다시 터지고 말 전쟁이었다.

부인사 산신각에서 단식하며 기도하던 효여대사가 마을로 내려와 아미타경을 읽어주었다. 마을 사람들은 중대가리만 봐도 경기를 일으켰지만 효여대사에게만큼은 관대했다. 효여대사는 집집마다 찾아다니며 목이 쉬어터질 때까지 독경했다. 사람 잡아놓고 독경하면 극락 가느냐며 구정물을 끼얹는 집도 있었지만 효여대사는 군말 없이 받아냈다.

그사이 초적패 두령과 백정 몇몇이서 일을 꾸몄다. 괜한 소작전쟁에 끼어들어 부하들만 희생시키고 전리품도 없이 물러갈 수 없다는 초적패 두령, 오만한 주지와 직세승의 사죄는 물론 생목숨 값을 받아내야만 한다는 백정들의 이해타산이 맞아떨어졌다. 날렵한 열 명의 괴한이 초상 치르느라 여념이 없는 마을을 빠져나왔다. 산길을 탄 그들은 경비가 허술한 부인사 장경판전 안으로 잠입했다. 각수장이 몇몇이 네모진 기둥과 칸막이로 된 시렁에서 수리할 경판을 골라내고 있었다. 그중에는 김승과 서씨도 있었다. 악귀 나찰처럼 험상궂게 생긴 초적패 두령이 시퍼런 칼을 뽑았다. 각수장이들은 그 자리에서 무릎을 꿇었다. 괴한들은 출입구 나무문짝에 빗장을 지르고 못을 쳤다. 그 앞에 몇 겹으로 경판을 쌓아놓았다. 사방 벽 곳곳에 뚫린 아래쪽 통풍구도 경판으로 막았다. 경판이 빼곡한 시렁과 시렁 사이 널찍한 통로에 솥단지를 걸었다. 그곳 통풍구만 그대로 두었다. 그래놓고 짐을 풀었다. 쌀과 딤채 따위의 부식거리가 나왔다. 물동이와 기름통, 이불까지 싸 짊어지고 왔다. 부싯돌로 불을 일궈 햇불을 치켜든 두령이 통풍구에 대고 외쳤다.

"주지는 어서 이 앞으로 나와라! 안 나오면 장경판전에 불을 싸지르겠다!"

부인사가 다시 발칵 뒤집혔다. 며칠간 휴전인가 싶었는데 예상치 못한 장경판전 점거농성이라니. 산 넘어 산이었다. 주지와 직세승이 부리나케 통풍구 앞으로 들이닥쳤다. 두령은 김승을 비롯한 네 명의 각수장이를 통풍구 앞에 꿇어앉혔다. 허튼수작 말라고 쳐놓은 인간 울타리였다.

"웬 놈들이냐? 거기가 어디라고 함부로 들어가 농성이냐?"

"너 같은 마구니 항복 받으러 천상에서 내려온 항마군이다. 어서 목을 디밀어 취모검을 받아라! 고통 없이 깃털처럼 목을 날려주마!"

장경판전이 떠나가라고 쩌렁쩌렁 울리는 악바리 두령의 으름장에 주지는 간담이 서늘했다. 건물 안 응달 속이라 두령의 모습은 잘 보이지 않았다. 그래서 더 위협적이었다.

"이날까지 죽기 살기로 장경판전을 지켜온 내게 무슨 죄가 있다고 그러시오?"

주지는 기가 질린 나머지 어투가 고분고분하게 바뀌었다.

"닥쳐라! 사람들을 배 곯리고 생목숨을 그렇게 많이 결딴내놓고도 무슨 죄를 지었는지도 모르는구나. 넌 사람 목숨이 중하냐, 경판이 중하냐?"

"사람 목숨도 중하지만 대장경 경판 일습은 세상 그 어느 것보다 우선인 보배요."

"쳇, 그놈 생긴 건 목탁같이 생겼어도 사명감 하나는 똑 떨어진다. 그래도 죽음은 면치 못하리라. 네놈이 죽어줘야 이 전쟁이 끝난다. 어서 목을 디밀어라!"

두령은 횃불을 휘둘러 보였다. 불꽃에서 크르릉, 크르릉 소리가 났다. 굶주린 그 불꽃은 무엇이건 집어삼킬 듯이 혀를 날름거렸다.

"멈춰라! 신성한 경판에 불을 지르려 하다니. 네놈들이야말로 마구니로다. 대중은 어서 장경판전으로 진입하라. 혹시 모르니 방화수를 대령하라."

주지는 호락호락하지 않았다. 스님들이 진입을 시도했지만 어림도 없었다. 통풍구마다 경판들이 산더미처럼 쌓여 있었고 출입문은 굳게 닫혀 있었다.

"출입문을 부숴라!"

"출입문에도 경판들을 쌓아놓았습니다."

"위쪽 통풍구들은 다 열렸지 않느냐. 사다리를 놓고서 그리로 들어가라."

주지는 공기 순환을 위해 벽채에 뚫어놓은 작은 통풍구를 가리켰다.

"오냐. 사다리 걸고 어서 들어와봐라. 다 함께 기름 뿌린 경판으로 다비식을 거행하자."

두령은 열린 통풍구 살대를 부수고 기름통을 확인시켰다. 기름통을 본 대중이 발을 동동 굴렀다.

"가증스러운 화상! 네놈 때문에 아무 죄 없는 수십 명의 선남선녀가 죽어 나자빠졌다. 주지 네놈 목숨은 아까운 게지? 너 하나만 죽어 속죄하면 수십 명의 원혼이 씻기거늘 정작 네 목 내놓으라니까 경판도 대수롭지 않은 모양이렷다. 너 같은 놈은 벼락을 맞아도 싸다. 어서 목을 디밀어라."

두령의 채근에도 주지가 버티기로 나오자 두령은 졸개들에게 천연덕스레 일렀다.

"저 호랑이 물어갈 주지 놈 여간해서 목 디밀 것 같지가 않구나. 솥단지를 걸고 불을 지펴라. 경판으로 불 지펴 밥부터 지어 먹고 보자."

부러 바깥 대중 들으라고 큰 소리로 외쳤다. 밖에서는 설마 하고서 통풍구를 통해 안을 들여다보았다. 초적패는 미리 씻어 온 쌀을 솥에 안친 다음 경판을 꺼내 불을 지피기 시작했다. 바싹 마른 경판은 활활 잘도 탔다.

"주지 스님! 저놈들이 정말 경판으로 불 때서 밥을 짓습니다. 어떡하면 좋아요?"

대중은 애가 탔다. 그들은 주지의 용기 있는 결단을 바라고 있었다. 주지는 꼿꼿하게 서 있을 뿐 아무런 말도 행동도 하지 못했다. 초적패와 농민들은 경판을 쌓아서 의자 삼아 빙 둘러앉았다.

"불경스럽소. 아무리 머리꼭지가 돌았대도 그렇지 어떻게 한 획 한 획 지극정성으로 새긴 경판을 땔나무와 깔개로 쓸 수가 있소! 이건 경우가 아니오!"

더 이상 참지 못하고 나선 이는 각수장이 서씨였다. 통풍구 앞에서 인간 울타리가 되어 무릎 꿇고 있던 그는 벌떡 얼어나 두령의 코앞에 꼿꼿이 맞섰다. 전혀 뜻밖이었다. 김승같이 맷집 좋고 걸걸한 중도 얌전히 무릎 꿇고 있는데 그 호리호리하고 조용하던 서씨가 두령과 드잡이할 기세로 덤볐던 것이다.

"가상하다. 그 심정 알 것도 같다만 얌전히 앉았거라. 각수장이 니가 나설 자리가 아니니라."

두령은 칼등으로 서씨의 어깨를 가만히 눌러 앉혔다. 서씨는 불현듯 해인사에 맡겨두고 온 어린 딸 심경이 아슴아슴 눈에 밟혔다. 그 순간 그만 오금이 딱 풀려버렸다.

곧 구수한 쌀밥이 끓어 넘쳤다. 밥솥단지를 놓고 빙 둘러앉은 그들은 딤채를 반찬으로 게걸스럽게 이른 저녁을 먹었다. 각수장이들은 차마 그 밥을 먹지 못했다. 초적패와 농민들은 숭늉까지

만들어 마시고 트림하는 여유를 보였다. 수만 장의 경판이 든든한 뒷배였다. 아가리가 찢어져라 밥숟가락을 밀어넣었던 초적 졸개 하나는 이제 똥이 마렵다고 야단이었다. 구석 아무데나 퍼지르라는 말이 나왔다. 그러다 이참에 널찍한 측간을 만들자는 쪽으로 가닥이 잡혔다. 어려울 게 하나도 없는 일이었다. 시렁에 그득그득한 경판을 꺼내 발 디딤판을 만들면 끝이었다. 경판으로 만든 간이측간에서 시원하게 일을 본 초적 놈이 이번에는 밑씻개가 없다고 고함을 질렀다. 통풍구로 지푸라기 몇 단이 들어왔다. 지푸라기를 비벼서 밑을 닦은 초적 졸개는 괴춤을 추스르고 허리끈을 묶으며 걸어왔다.

"그림까지 새겨진 경판이라서 영험이 있긴 하네그랴. 똥이 술술 나오지 뭐야."

시커멓게 썩은 이를 드러내며 헤벌쭉 웃었다. 장경판전 안에서는 껄껄껄 웃음이 터졌고 밖에서는 천불이 났다. 그림 얘기를 하는 걸 보니 수려한《어제비장전》경판이 분명했다.

"엉덩이에 벼락 떨어질 놈들!"

"벼락은 네깟 것들이 맞아야 옳지. 물동이가 비었구나. 어서 물을 채워 와라."

오가는 말이 사나운 가운데 통풍구로 빈 동이가 나왔다. 물을 주지 말아야 오래 못 버티고 나온다는 의견이 있었지만 찰랑찰랑 넘치는 물동이를 디밀어줄 수밖에 없었다. 거절하면 경판들이 불태워질 것이기 때문이었다.

"주지 네놈이 우선 한 바가지 떠 마셔봐라."

독이라도 탔을 줄 알고 두령이 물 인심을 썼다. 속이 타던 주지
는 바가지로 물을 퍼서 벌컥벌컥 소리 내 마셔 보였다. 초적패는
비로소 안심하고 물동이를 들였다.

"일개 각수도 당차게 나서보는데 그 주지 놈 참으로 비겁하구
나. 애당초 목숨 바쳐 속죄할 위인은 못 된다. 어서 네놈 머리통
만 한 금붙이를 가져오렴. 그럼 목숨은 보장하마."

두령이 드디어 시커먼 속내를 드러냈다. 잠입하기 전에 입 맞췄
던 것과 얘기가 달랐다. 농민들의 입이 튀어나왔다. 두령은 일단
금붙이부터 챙기고 나서 나중에 사죄를 받아내겠다고 둘러댔다.

방으로 돌아온 주지는 측근 사판승들과 의논했다. 용뻬는 재주
는 없었다. 저마다 꿍쳐놓았던 금붙이들을 내놓고 경판을 건져내
기로 했다. 호신불로 지녀온 한 뼘 크기의 금불상을 내주기로 한
주지의 눈빛은 번뇌로 가득했다.

한편 거제도 옥포만을 거쳐 진해만으로 들어온 병선은 항구에
정박했다. 별동대장은 수영水營의 지휘관인 장군에게 최이 집정의
사령장을 내 보였다. 장군이 친히 나서 길라잡이가 돼주었다. 특
공대는 쏜살같이 북상하여 수성군에 당도했다. 거기서 부인사 남
쪽 읍사까지는 한 참밖에 걸리지 않았다. 최이의 특명을 받아든

호장은 혼비백산했다. 하지만 어느 명이라고 거절하랴. 별동대를 배불리 먹이고 재우며 뒷배를 봐주었다. 별동대는 밤이 깊어지자 바람처럼 부인사로 잠입했다. 몽골군 군복과 투구, 병장기로 무장한 채로였다. 서녘 하늘 가장자리에 걸린 초승달이 마치 언월도로 날렵하게 도려낸 생채기 같았다. 가을밤 갈참나무 숲속에서 곤줄박이가 울어댔다.

"절집을 깨끗이 소각하고 한 놈도 남김없이 쓸어버려라!"

날아갈 듯한 전각들과 요사채가 불길에 휩싸였다. 경내가 대낮처럼 밝았다.

"급습이다! 몽골 기마군단이 쳐들어왔다!"

범종과 법고가 요란하게 울렸다. 깊은 잠을 자다 황망하게 밖으로 몰려나온 대중은 기마군단이 휘두르는 언월도의 칼날을 받고 추풍낙엽처럼 목이 떨어져나갔다. 농민군과 전쟁을 치른 뒤끝이라 승군은 무기력하기만 했다. 손에 무기를 제대로 쥐어보지도 못하고 고꾸라졌다. 순식간에 수십 명의 목이 달아났고 나머지는 줄행랑을 쳐버렸다. 날이 밝으면 내줘야 할 금불상을 품고서 막 눈을 붙였던 주지는 비상사태를 알아챘다. 그는 잽싸게 금불상만 끌어안은 채로 뒷문을 차고 나가 산속으로 몸을 숨겼다. 너무 급해서 버선도 신지 않은 맨발이었다. 맹감나무 가시덤불 속을 맨발로 짓쳐 들어가 바위 그루터기 뒤에서 불구덩이를 응시했다. 요사채에 불이 붙고, 항아리 배를 한 직세승이 뒤뚱거리며 도망치다가 말발굽에 짓밟혔다. 직세승은 이내 배가 터져 비통하게 울부짖었다.

"말도 많고 탈도 많은 장경판전이다. 문을 부수고 들어가 안에서부터 차근차근 불을 질러나와라! 켜켜이 쌓인 경판들이 타려면 며칠 갈 거다."

특공대장이 외치자, 횃불을 치켜든 대원들이 몸을 던져 나무문짝을 밀쳤다. 꿈쩍도 하지 않았다. 여럿이서 동시에 발로 찼다. 역시 열릴 줄 몰랐다.

"안에서 불빛이 새어나온다."

"통풍구로 불화살을 먹여라!"

"통풍구도 막혔습니다."

"기름을 뿌리고 불을 질러라!"

별동대는 빙 돌아가면서 통풍구마다 불을 붙였다. 굳게 잠긴 장경판전은 야금야금 파먹어 들어오는 불길에 몸을 내주었다.

한편 장경판전 안에서는 초적패와 백정들, 각수장이들이 독 안에 든 쥐들처럼 이러저리 쏘대며 어쩔 줄을 몰랐다. 경판을 쌓아 만든 침상에서 일찌감치 이불을 덮고 잠을 자던 두령은 번을 서던 부하가 흔들어 깨우자 버럭 성화를 냈다.

"급살 맞게 왜 벌써부터 잠을 깨우고 지랄이야!"

"몽골군이 습격했답니다. 절집이 화탕지옥으로 변해버렸어요. 장경판전도 밖에서부터 타들어오고 있다고요."

"뭣이!"

두령은 허둥지둥 일어나 통풍구로 머리를 내밀고 바깥 동정을 살폈다. 그때 언월도가 정확히 두령의 목을 내리쳤었다. 두령의 목이 떨어져 데굴데굴 굴렀다. 안에 남은 몸통이 꿈틀댔다. 잘린 목 부위에서 피가 솟구쳤다. 붉은 피는 사람들과 경판 시렁 쪽으로 흩뿌려졌다. 목이 달아나고 없어도 팔다리는 살아서 한참 동안 푸들푸들 떨기를 계속했다. 차마 눈뜨고 볼 수 없는 참상이었다. 그 광경을 지켜본 장경판전 안 사람들은 공포에 사로잡혔다. 나갈 수도 없고 안에서 버틸 수도 없는 한계 상황이었다. 각수장이들은 시렁에 쟁여진 경판들을 보며 관세음보살을 연호했다.

관세음보살.

관세음보살.

목불은 쉽게 불에 타지만 관세음보살은 화마 속에서도 절대 타지 않는다. 온화한 미소를 지으며 불구덩이 속에 들어와서 울부짖는 중생을 구제한다. 그 관세음보살이 나투길 염원하며 각수장이들은 무릎을 꿇고 합장했다. 불심 깊은 그들이 할 수 있는 유일한 행위였다.

반면에 초적패는 꽁지에 불붙은 족제비처럼 이리 뛰고 저리 뛰며 창광방자하기 짝이 없었다. 툭 튀어나온 눈에서 인광이 이글거리며 뿜어져나왔다. 광기가 뻗친 그들은 칼을 빼 들고 악을 쓰며 아무것이나 난도질을 해대기 시작했다. 그러다 자기들끼리 상해를 가하기도 했다. 백정 두엇이 그들에게 합류해 같이 날뛰었다. 두엇은 각수장이들 틈에 끼어 관세음보살을 찾았다.

열린 통풍구와 위쪽 통풍구를 통해 불화살이 쏟아져 들어왔다. 곳곳에서 불꽃이 일어났다. 이백 년 동안 바싹 마른 경판들은 이 순간을 기다려왔다는 듯 알몸으로 불꽃을 받아들였다. 장경판전 안은 삽시에 검은 연기로 그득했다. 초적패 가운데 하나가 통풍구로 뛰쳐나갔다. 대기하고 있던 기마군단에 의해 그 자리에서 난도질당했다. 남은 초적패는 불길과 연기를 피하느라 구석 자리를 두고 다투었다. 칼부림이 났고 몇몇이 쓰러졌다. 하지만 그 구석 자리라고 안전할 리가 없었다. 불길은 꿈틀꿈틀 뱀처럼 기어올라가 천장으로 옮겨붙었고 머리에서 불 부스러기들이 촛농처럼 뚝뚝 떨어져내리기 시작했다. 차라리 시렁 맨 밑바닥이 나았다.

"웃옷을 벗어서 물에 적시게. 그걸로 이렇게 얼굴을 감싸고 시렁 밑바닥에 엎드려. 안 그러면 곧 질식해서 죽고 말아."

김승은 젖은 옷으로 코를 틀어막고서 서씨를 일깨웠다. 각수장이 서씨는 꿈쩍도 하지 않고 관세음보살만 연호하고 있었다. 불타 죽는 순간까지 그 자세를 유지할 사람이었다. 아무리 신심이 깊어도 이런 상황에서 기도한다고 살아 나갈 수는 없는 노릇이었다. 제 목숨은 제가 챙겨야지 부처나 관세음보살이 대신 챙겨주지 않는다. 승려인 그도 잘 아는 일인데 이 답답한 중생은 순진하게 관세음보살만 찾고 있었다. 어리석기 짝이 없다고 생각한 김승은 서씨의 웃옷을 벗겨 물동이에 담갔다 꺼내어 얼추 짠 다음 얼굴을 싸매주었다. 그러고는 다짜고짜 시령 밑으로 잡아 이끌었다. 쥐똥들이 수북했다. 쥐들은 벌써 밖으로 달아나고 없었다. 이런 때 보면 사람이 쥐만도 못했다.

"저는 이렇게 죽어도 상관없지만 어린 딸애가 걸려요."

서씨가 넋두리를 흘렸다.

"왜 안 그러겠어? 우리 해인사에서 잘 키워줄 걸세."

"이렇게 몽골군이 들이닥쳐 모조리 불태워질 걸 왜 그처럼 농민들에게 인색하게 굴었을까요. 사람이 한 치 앞을 못 내다보고 살면서 욕심만 앞세우네요."

"그런 얘기는 하나 마나고. 자넨 저들이 몽골군으로 보이는가?"

"아까 몽골놈들의 급습을 알리는 고함 소리가 났잖아요."

"저들은 몽골군이 아니야. 대장 같아 보이는 자가 명령하는 말을 들었어. 저들은 고려인이야."

"그럴 리가요. 고려인이 어떻게 대장경 경판을 불태워요? 저런 매서운 말발굽 소리와 언월도 다루는 솜씨는 처음 봐요. 얼핏 본 복장도 이색적이었어요."

서씨의 입에서 단내가 확 풍겼다.

"경판으로 분탕질한 초적패와 농민들은 고려인 아닌가? 우리가 모르는 뭔가가 있네. 요즘 절집 안팎에서 벌어지는 일들이 수상적기만 하다고. 그나저나 이 화탕지옥에서 무슨 수로 살아 나가지? 난 이렇게 불타 죽고 싶지 않아."

김승은 숨을 헐떡이며 눈을 부릅떴다. 하지만 자욱한 연기 속에서 성큼성큼 다가오는 죽음의 그림자를 피할 재간은 없어 보였다. 우지끈, 불탄 시렁 넘어지는 소리가 저승사자의 으름장처럼 실내에 울렸다. 옆에 엎드려 있던 서씨가 몸을 빼내는가 싶더니 통로 쪽으로 달려나갔다. 김승이 고개를 내밀자 주먹만 한 불똥이 내리쳤다. 아찔했다. 젖은 옷을 두르고 있어서 화상은 입지 않았지만 목덜미가 끊어지는 것처럼 아팠다.

서씨가 새로 새긴 경판 하나를 끌어안고 시렁 밑으로 돌아왔을 때, 그는 온몸에 화상을 입고 있었다.

"그게 뭐라고 끄집어내 오다가 화상을 입누?"

"어차피 불구덩이 속입니다. 이 많은 대장경 경판 중에 단 한 장을 구한다면 《반야심경》 아니겠습니까."

260자로 된 이 경전은 현장법사가 번역한 것으로 경판 한쪽 면에 전부를 새길 수 있었다. 서씨는 지금 이 경전을 불구덩이 속에서 구해 와 가슴에 안았다. 김승의 뇌리에 퍼뜩하고 《어제비장전》 경판이 떠올랐다. 그는 간이측간으로 달려가 초적패는 발로 딛고 서서 오줌똥을 내갈긴 경판 몇 장을 챙겨 왔다. 이 빼어난 경판들이 똥을 뒤집어쓰는 건 막지 못했지만 화마로부터는 막아야 할 것 같았다. 아무리 막돼먹은 김승이라지만 그래도 부처님을 모시는 승려의 마지막 자존심 같은 거였다.

매캐한 연기 속에서 김승과 서씨가 경전을 암송했다. 그러다 시나브로 목소리가 잦아들었다. 둘은 그렇게 의식을 잃어갔다.

쿵!

벽채 무너지는 소리였다. 물줄기가 쏟아지면서 사람들의 통곡소리와 관세음보살을 연호하는 소리가 울렸다.

"곧 시렁이 무너져내린다. 어서 산 사람을 찾아봐."

효여대사였다. 시렁 밑에서 모기 울음만 한 신음이 새어나왔다.

"불은이로다! 물은 그만 퍼붓고 저곳을 헤쳐보라."

물에 적신 멍석을 둘러쓴 효여대사가 빈사상태의 김승을 발견했다. 곁에서 죽어 있던 서씨는 이미 등짝이 타버리고 없었다. 끌어안은 경판도 거의 다 타버리고 손바닥만 한 모서리만 남아 있었다. 효여대사가 찌그러든 시렁 밑에서 김승을 끌어냈다. 온몸에 치명적인 화상을 입은 김승은 그 와중에도 서씨가 끌어안은 경판 쪼가리를 가리키며 혼쭐을 놓아버렸다.

마을에서 부인사 화재 소식을 들은 효여대사는 황급히 장정들과 함께 올라왔다고 한다. 천지가 불꽃바다인 그곳에 별동대는 이미 사라져버리고 없었고, 뒷산으로 번진 불구덩이 속에서 얼핏 주지의 모습이 보였다. 맹감나무 숲에 숨어서 남의 일처럼 불구덩이를 응시하던 주지는 불길이 산 쪽으로 번지자 황망히 달아나기 시작했다. 그런데 불덩이 하나가 머리 위로 날아가 앞 덤불

숲에 옮겨붙었다. 여우의 짓이었을까. 댓바람이 부린 조화일 수
도 있었다. 주지는 재빨리 옆으로 방향을 틀었으나 거기서도 파
도 같은 불꽃이 휘몰아쳤다. 삽시에 불바다에 갇혀버린 주지는
금불상을 껴안고서 그대로 주저앉아버렸다. 불바다가 그를 홀홀
삼켜버리고 말았다.

　불타는 장경판전에서 김승을 가까스로 끌어낸 효여대사는 그
날 보았다. 불타는 부처, 땅바닥에 떨어져 잉걸불로 남은 부처의
말씀을! 진리를 새긴 경판들을 모아놓은 장경판전은 거대한 나무
도서관이었다. 그 도서관이 잿더미로 변하고 있었다. 허망했다.
소작농민들을 착취하고 심지어 목숨까지 빼앗아도 명분이 살아
있던 장경판전이었다. 그런데 그 속에는 부처도, 부처가 남긴 진
리의 말씀도 없었다. 어쩌면 처음부터 그곳에 없었는지도 모른
다. 오래 묵은 부처를 숭배하고 찬양하며 그걸로 편안히 먹고사
는 인간 족속의 화려한 껍데기들만 가득 차고 넘쳐서 미욱한 세
상 사람들을 홀렸던 것인지도 모른다.

　"신앙인은 각별히 경계해야겠더구나. 모든 신성은 찬양되는 그
순간이 곧 신성모독일 수 있음을 똑똑히 지켜봤으니까 말이다."

　찬물 한 사발을 김승에게 건네주며 효여대사가 읊조렸다. 사하
촌 침장이 집에 누워 감자즙을 덕지덕지 뒤집어쓰고 있다가 사흘
만에 정신이 돌아온 직후였다. 그때까지도 장경판전은 시뻘건 잉
걸불을 토해내고 있었다.

근심 없는 나무들

1

바디고개에 당도했다. 김승의 얘기가 워낙 엄청나서, 며칠 전 여기서 내가 겪은 변괴쯤은 아무것도 아닌 것이 돼버렸다. 신성한 경판들을 불사른, 그 짐승만도 못한 놈들이 몽골군이 아니라 이 나라 무신정권 지도자들이었다니. 게다가 이해타산이 맞아떨어진 종단 대표들의 묵인이 있었다니 천인공노할 일이다. 그 지옥 불구덩이에서 살아난 김승은 불사신처럼 보였다.

"장경판전 잿더미 나도 보았지요."

"그래요?"

당시 나는 공산의 깊은 암자에서 《중론中論》의 현란한 언어유희에 빠져 있었다. 모든 현상이 생겨나고 소멸하는 것은 본래부터 자성自性, 곧 불변하는 독자적 본성이 없기 때문이며 이는 공空으로 귀결된다. 그걸 말하기 위해서 말장난 같은 논리가 어지럽게 펼쳐진다. 자칫 글의 숲에서 길을 잃고 헤매기 십상이다. 스물세 살 그 무렵 나는 지적 탐구에 병적으로 집착하고 있었다. 말을 떠난 진리보다 말에 의존한 진리에 더 매력을 느끼던 때였다. 사실은 아직까지도 그렇다. 나는 지금도 논리적 사유를 버리고서 풀리지 않는 화두를 잡도리하는 참선에 그다지 큰 관심이 없다. 대각국사 의천 스님의 계보를 잇는 학승답다고나 할까.

그날 새벽, 내가 경전 공부를 하고 있던 암자까지 산불이 치달아왔다. 그야말로 불꽃바다였다. 나는 시봉하던 노스님을 모시고 멀리 돌아서 부인사 경내에 도착했다. 숯검댕이 얼굴로 살아남은 스님들 몇몇이서 넋을 놓고 주저앉아 있었다. 그들은 땅바닥에 머리를 찧어대면서 몽골군을 저주했다. 나 또한 만행을 저지르고 달아난 그들을 성토했다. 그들이 몽골군이 아니라는 생각은 털끝만큼도 하지 못했다.

"그랬군요. 암자에서 경전 읽기에 미쳐 있던 지밀 승정은 소작 농민들이 숱하게 희생당한 건 전혀 몰랐겠지요?"

"천일기도하듯이 용맹 독경에 빠졌으니까요."

내 시선은 산길을 내려가는 김승의 목덜미 흉터를 더듬고 있었다.

"강도에 돌아가시거든 수기 도승통께 물어보시오. 그가 부인사

전소 내막을 모른다고 부인하지는 못할 겁니다."

"우리 수기 스승께서도 아신다고요?"

내 목소리가 커질 수밖에 없었다.

"후훗! 재조대장경 판각불사 총책이 그걸 모를 리 있겠소? 더구나 최이 놈의 원찰 선원사에서 살면서요. 선원사는 최이가 부인사를 태우고 강화도에 대신 세운 절이오."

김승의 말이 여름 뙤약볕보다 더 따갑게 귓청을 때렸다. 기름 먹인 종이로 만든 갈모를 쓰고 있던 나는 숨이 턱턱 막혔다. 입때껏 수기 스승은 아무런 언질도 없었다. 대장도감 사무소에서 우리가 부인사 대장경을 태운 몽골군을 성토할 때도 듣기만 했었다. 워낙 말수가 적은 성정이라서 그렇거니 했었다. 그런데 김승은 수기 스승이 그 사실을 안다고 확신하고 있었다. 절대 그럴 리 없다. 김승의 말대로라면 당대의 학승 수기 스승은 음흉한 노장이 되는 셈이다.

수기 스승은 대장도감 일을 맡기 전에 이미 경·율·론 삼장을 두루 꿰뚫었다고 한다. 이백여 년 전에 처음 새겼던 초조대장경이 불타자, 스승은 논산 개태사에서 강화도로 불려 올라오셨다. 목재를 베어 말리고, 전국의 숙련된 각수장이들을 파악하고, 똑같은 서체로 경전을 베낄 필경사를 구해야 했다. 그러나 무엇보다도 더 급한 것이 재조대장경 목록 작성이었다. 그 방대한 목록을 작성하는 데 몇 년이 걸릴지 아무도 어림할 수 없었다. 그런데 수기 스승이 천연덕스럽게 짐 꾸러미를 열어 대장경 목록 초안을 꺼내놓았다. 이런 때가 올 줄 예견하고 대비해온 사람 같았다. 모두가 희유하고 경이로운 일이라고 찬탄했다. 하늘은 사람을 기다려 그에게 큰일을 맡긴다는 옛말은 스승 같은 이를 두고 하는 말이었다.

"우리 수기 스승은 내막을 전혀 모르실 거요. 촌장이 수기 큰스님의 인품을 몰라서 그런 말씀을 하는 거요."

나는 진심으로 숭경하는 스승을 두둔했다.

"허허허. 지밀 승정의 그 믿음이 지속되길 바라오. 아무리 영웅 같은 인사라도 시시콜콜 알고 보면 그저 그렇고 그런 중생일 뿐이오."

김승은 다분히 냉소적이었다. 그가 고결하신 우리 수기 스승을 한 번이라도 제대로 만나보았더라면 이러지 않을 거였다.

"아까 공방에서 봤던 잿빛 세존상은 그래서 뭘로 만들었지요?"

나는 김승이 향꽂이로 사용하는 칙칙한 인물상이 떠올라서 물었다.

"빈껍데기로 남은 부처의 혀, 부처의 뼈로 만들었소."

"예?"

실없이 말장난할 그가 아니었으므로 나는 그의 눈을 똑바로 쳐다보았다. 김승은 천연덕스럽게 나를 보며 말했다.

"바깥출입이 가능해지자, 나는 장경판전 잿더미 속에서 각수장이 서씨의 유골을 수습하려고 했다오. 하지만 찾아낼 수 없었지.

살아생전에 도적질을 해먹던 초적패나, 한 획 한 획 경전을 새기다가 죽음의 순간까지 관세음보살을 명호하던 각수장이 승려들과 지고지순했던 서씨, 땅 파먹던 무지렁이 농민들의 주검이 따로따로 구별되지 않더이다. 죄가 있건 없건 죽으면 모두가 지수화풍地水火風 사대四大로 돌아가고 마는 게 인생이오. 각자의 성품이나 인격, 돈이 많고 적음, 공부가 깊고 얕음을 가릴 것 없이 불구덩이 속에서 대장경판 재와 뒤섞여 모두 하나가 되어버렸으니까. 한 무더기의 잿더미에 불과했단 말씀이오."

"그래서 그 잿더미로 불상을 빚은 거로군요. 경판은 부처의 혀가 될 테고 서씨 같은 각수장이는 부처의 뼈인 셈이고."

나는 그렇게 말했지만 제대로 표현해냈다고는 할 수 없었다.

"지밀 승정, 그거 아오?"

"……"

뒤따르던 내가 아무런 반응도 하지 않자, 김승이 나를 돌아보았다.

"흔한 모래밭에 미량이나마 금 조각이 섞여 있으면 그 모래밭 전체가 소중해지는 거요. 지금처럼 세상이 온통 썩어 문드러졌어도 부처의 마음을 가진 단 한 사람, 예수의 마음을 가진 단 한 사람만 있으면 세상은 희망적이란 말씀이오. 짙은 어둠 속 한 줄기 빛과 같이 반갑지요. 그날 불타버린 부처의 장광설과 가지가지 행태를 보인 인간군상의 유해가 뒤섞인 잿더미 속에서 나는 보았소. 까마득히 먼 훗날, 어떤 소담한 열매를 맺게 될 씨앗이 담겨 있음을. 생명을 꽃피우는 세상의 무수한 씨앗들, 그 종자들 가운데 으뜸은 바로 향기로운 사람 아니겠소?"

"성인이 아니라 사람요?"

"아까 말했지 않았소이까. 그날 잿더미 속에는 부처도, 부처가 남긴 진리의 말씀도 없었다고. 승정께서도 그 잿더미 보았다면서요? 뭐가 있습디까?"

나는 답변할 말이 궁색했다. 그래서 그에게 질문을 던졌다.

"그럼 불상은 왜 빚었던 거요?"

"불상을 빚으려 했던 게 아니오. 난 그냥 그날 화염 속에서 살려고 버둥거렸던 나 자신을 표현하고 싶었을 뿐이오. 그런데 그 속에 각수장이 서씨와 초적패 두령, 농민들, 금불상을 껴안고 불타 죽은 주지, 효여대사 등의 잔영이 얼룩져버리더이다. 그래서 이도 저도 아닌 잡상雜像이 돼버렸지요."

김승의 안색에 쓸쓸한 기색이 감돌았다.

"아까 공방에서는 세존상이라고 했잖습니까?"

이런 순간에도 내 등잔불같이 환한 기억력과 유리 파편같이 날카로운 추론은 여지없이 상대의 허점을 파고들었다. 분명하게 변별하고 깊이 따져 묻는 것이야말로 세상에 넘쳐나는 얼치기들을 가려내는 기술이었다.

"나중에 그 목에다 십자가를 새겨넣었으니까요."

나는 그것 또한 놓치지 않았다.

"그 후로 촌장이 어쩌다 경교도가 됐는지 모르지만 붓다 같은 성인을 그렇게 찌그러지고 칙칙하게 만들어도 되는 거요? 더구나 향꽂이로 함부로 사용까지 하고 말이오."

"나는 성인의 우상보다 그 마음을 더 중시하오. 승정! 효여대사께서 찬물 한 사발을 건네주면서 내게 했던 말씀을 생각해보시오."

'신앙인은 각별히 경계해야겠더구나. 모든 신성은 찬양되는 그 순간이 곧 신성모독일 수 있음을 똑똑히 봤으니까 말이다.'

효여대사가 해주었다는 그 말이 내 귓전에 울리는 듯했다. 말세에 얼마 남지 않은 진짜 중이 바로 그분이었다. 나는 효여대사를 몇 번 본 적이 있었다. 부인사에서도 보았지만 십 년 전 강화도에서도 보았다. 대사는 그 무렵에 몸소 새긴《금강반야바라밀경金剛般若波羅蜜經》경판 여섯 장을 선원사 대장도감에 직접 가져왔었다. 오른쪽 변계선 밖 하단에 효여라는 법명을 음각한 경판이었다. 대사는 너무 노쇠하여 제대로 걷지도 못했다. 어느 처사의 등에 업혀 온 대사는 강화도성에 군생사群生寺라는 작은 토굴을 짓고 절 이름처럼 그야말로 세상 사람들과 무리 지어 살다 가셨다. 나는 그가 새긴 경판들을《대장목록》에 넣었고 각별히 보관토록했다. 따라서 앞으로도 길이길이 보전될 터이다. 강도로 돌아가면 그 경판들을 꺼내 이 위대한 수행자의 진화된 영혼을 느껴봐야 할 것 같다.

장경판전 전소사건 이후로 김승은 전혀 딴사람이 되었다고 한다. 그는 더 이상 실없이 지청구나 떨며 술이나 탐하는 무뢰승이 아니었다. 우선 입이 붙어버린 사람처럼 말을 하지 않았다. 해인사로 복귀하고서도, 만행을 다니면서도 좀처럼 입을 열지 않았다. 왜 안 그랬겠는가. 누구라도 그런 참사를 겪고 나면 말보다 생각을 더 많이 하게 되는 법이다.

고갯길을 다 내려와 저수지 근처에서 김승이 오른편 산 쪽에 대고 짝짝, 몇 차례 박수 소리를 냈다. 솔숲 사이로 거대한 코끼리 얼굴 같은 바위굴이 보였다. 도적들의 소굴처럼 보이는 굴이었다. 한참 만에 경교승 특유의 흰옷 차림을 한 두 사람이 말을 타고 내려왔다. 그들 뒤로 짐바리를 가득 실은 우마차 다섯 대가 보였다. 우마차마다 장정이 두 명씩 타고 있었다. 경교승 가운데 하나는 눈이 크고 수염이 덥수룩한 대식국인이었다. 바위굴은 이들의 예배소이며 그 아래에도 공방이 있다고 김승이 일러주었다. 김승은 그들과 사무적인 이야기를 나누며 검모포 쪽으로 길을 좁혀갔다.

곰소항으로도 불리는 검모포는 진영鎭營이 있는 군사 요충지였다. 좌우로 드넓은 논과 소금밭을 끼고 있는 부두였다. 거대한 군선과 상선이 수십 척이나 정박해 있었다. 사람들이 김승을 보고 목례를 하며 지나갔다. 우리는 부둣가 객관으로 들어섰다. 국적이 다양한 선원들이 한가로이 휴식을 취하고 있었다.

"가네야마 강수, 반갑소이다. 대마도와 검모포를 강 건너 다니 듯 하는구려."

앞머리를 밀고 상투를 높이 튼 왜인 중늙은이를 발견하고 김승이 외쳤다. 나는 귀와 눈이 번쩍 뜨였다. 가네야마 강수라면 얼마 전 나와 인보를 강도에서 남해까지 데려다준 대마도 상인이었다. 그가 김승의 지인이라는 것도 놀랍고 벌써 대마도를 다녀왔다는 것도 놀라웠다. 놀라기는 그도 나 못지않았다.

"지밀 다이시사마! 여긴 어떻게?"

가네야마는 내게 머리를 조아리며 합장했다.

"본래 김승 촌장을 만나려고 떠나온 여정이랍니다."

"아무튼 반갑습니다. 제가 맛 좋은 사케를 가져왔으니 우리 이 따 한잔하십시다."

가네야마와 김승은 곧 짐바리를 건네고 오동나무 상자 몇 개를 받았다. 그 안에 은병이 가득 담겼다는 건 나중에 알았다. 김승과 가네야마는 무역을 하고 있었다. 김승의 공방에서 만든 각종 공예품을 해외로 공급하는 이가 가네야마였다. 공예품뿐만이 아니었다. 포구 안쪽 조선소에서 건조하는 초대형 선박도 외국의 수주를 받아 비싼 값에 팔고 있었다. 그 일까지도 김승이 도맡아 하고 있었다. 가네야마는 새로 막 건조된 선박 한 척을 대마도로 인도하기 위해 온 거였다. 내가 탔던 가네야마의 대형 상선도 이곳 조선소에서 만든 배라 했다. 물론 김승이 총책이었다. 김승은 알면 알수록 깊은 산속 같고 넓은 바다 같은 사람이었다.

조선소에서 갓 만들어져 진수할 날을 기다리고 있는 대형 선박에 올랐다. 상선으로 만들었지만 개조하면 얼마든지 군선이 될 수 있었다. 이런 배를 외국에 파는 건 위험하다. 국가기밀을 유출하는 거나 다름없기 때문이다. 이곳 선계산에는 아름드리 소나무들이 많았다. 나라에서는 작목사斫木使를 두고 동량棟梁이 될 만한 목재들을 특별 관리해왔다. 일찍이 이규보 상국도 이곳 변산에 작목사로 부임한 적이 있었다. 변산의 울창한 솔숲은 배뿐만이 아니라 궁궐이나 사찰을 지을 목재로 요긴하게 쓰였다.

그 동량들을 김승이 사사로이 베어 배까지 만들어 팔고 있었다. 관에서는 아무런 제지도 하지 않았다. 오히려 돕고 있었다.

김승은 은병이 든 상자를 내변산 청림리로 운송케 했다. 검모포 진영의 병사들이 호위해주었다.

포구 선술집에서 사케 술판이 벌어졌다. 워낙 물산이 풍부한 곳이라서 산해진미 안주가 넘쳐났다. 나는 가네야마와의 재회, 김승과의 만남을 구실로 몇 잔의 술을 마셨다. 곧 번열증이 일어 갯바람을 쐬고 싶어졌다. 바깥으로 나와 포구를 거니는데 김승이 나왔다.

"관 주도로 해야 할 사업을 어떻게 김승 촌장이 도맡아 할 수 있다지요?"

그에게 따져 물었다. 나는 이런 일은 국가가 나서서 구상무역

형태로 해야 옳다고 보았다. 그래야 세수 확보가 용이했다. 수입이 있는 곳에 반드시 세금이 있기 마련이었다. 국가는 그 세금으로 국방비를 충당하고 백성들의 살림살이를 돌본다.

"허허허, 승정께서는 호기심뿐만 아니라 의협심도 넘치시오. 자고로 관료들이란 녹봉으로만 살아가는 족속이 아니지요. 몽골 침입으로 정국이 어수선한 이런 시절의 지방 관료들은 더 그렇고."

차돌 같은 인상의 김승이 모처럼 편안하게 웃어 보였다.

"뇌물이라도 건넨다는 겁니까?"

"나는 뇌물이라고 보지 않소. 기름칠인 거요. 빡빡한 걸 돌릴 때는 미끌미끌한 기름을 치는 게 상책이지."

"강도 천도 이후 중앙정부의 장악력이 떨어져 나라 꼴이 우습게 돌아가는군요."

나는 대장도감 감찰이 아니라 마치 사명감 넘치는 육조 소속 감찰이라도 되는 것처럼 지적했다.

"중앙정부? 몽골군을 핑계로 강화도에 숨어든 쥐새끼들이지요. 독 안에 든 쥐새끼? 저들은 스스로 갇힌 거요. 그래서 몽골군이 마음 놓고 국토를 유린하는 거요. 아시겠소? 내가 왜 그런 작자들에게 세금을 내야 하오? 나는 돈이 필요하고 지방 관료들은 배가 고프오."

김승은 명쾌하게 상황을 읽고 처신했다.

"돈을 이렇게 많이 끌어모으는데도 모자라요?"

"늘 부족하지요. 승정도 내 돈의 은혜를 입지 않았소?"

"무슨 소리요!"

"지난봄, 안화사에서 위기에 처한 승정과 수기 도승통을 구해준 기병대는 내 사병이나 다름없소. 무슨 돈으로 천 리 밖에서 기병대를 유지하겠소?"

나는 거지왕초와 쌍둥이 형제를 잘 알고 있었다. 지금 변산에 와 있는 그들은 김승 휘하에서 기병대와 광대패를 이끌고 있는 자들이었다.

"안화사에서 수기 스승과 내가 위기에 처했다는 걸 어떻게 알고 도와준 거요?"

"내 부하들은 승정과 수기 도승통이 강화도에서 바다를 건너 벽란도에 다다랐을 때부터 뒤에서 보살폈소. 당신을 잃고 싶지 않아서 내가 시킨 거요. 난 꼭 당신을 만나고 싶었으니까."

나는 김승의 주도면밀함에 또 한 번 놀라지 않을 수 없었다.

"혁명에 날 끌어들이려고?"

"어디요? 당신이 어디 혁명할 수 있는 인물이오? 난 고려의 자존심, 유승단 어르신의 조카인 당신이 진실을 알길 바랐을 따름이오."

"그래서 뭐가 달라지는데요?"

"뭐가 달라질지 누가 알겠소. 우리는 그저 도모해보는 것뿐이오. 성사는 역시 때에 맞게 권능을 보이시는 하늘이 하는 거요."

"당신들이 믿는 하느님? 아니면 예수?"

"……"

김승은 대답하지 않고서 조용히 술자리로 돌아갔다. 나는 객관 앞 부둣가를 거닐었다. 저물면서 붉게 빛나는 바다가 하늬바람결에 몸을 뒤챘다. 같은 나라 고려국 안에서도 강화도와 개경, 남해와 대구, 이곳 변산의 사정이 너무도 달랐다. 이곳은 백제 부흥운동이 일어난 지역일뿐더러 멀리 서방세계에서 흘러들어온 이질적인 종교 기운까지 배어 있다. 이들은 혁명을 도모하고 있었다. 필요하다면 나는 태자 저하와 황제 폐하께 이실직고할 생각이다. 최이 집정에게는 입도 뻥긋하지 않겠지만.

객관에서 나온 사람이 나를 찾았다. 나는 곧 객관으로 돌아왔다. 술자리는 거의 파장이었지만 김승도 다른 두 명의 경교승도 별반 취해 있지 않았다. 그들은 검박하고 정돈된 생활습관이 몸에 밴 사람들 같았다. 근본 모르는 다국적 뱃놈들과 함께 어울리면서도 자기 모습을 잃지 않는다는 건 분명 미덕이었다. 이런 걸 유가에서는 화이부동和而不同이라고 하던가. 연꽃이 진흙탕에서 올라오지만 구정물이 묻지 않는 무염無染의 경지 말이다. 나는 가네야마 강수에게 남해 분사대장도감 경판 도난사건에 대해 물었다. 그는 전혀 알지 못하고 있었다. 탁연이라는 필경사 승려 역시 모른다고 했다. 탁연은 누구와 밀거래를 한 것인가.

우리는 곧 귀로에 올랐다. 해가 이울고 있었기 때문이다. 말에 올라 박차를 가했다. 바위굴에서 두 경교승과 헤어지고 김승과 둘이서 산길을 탔다. 며칠 전 인보와 함께 가던 때는 아침나절이었는데도 끄느름한 날씨 탓에 으스스했었다. 그런데 지금은 어스름인데도 아주 편안했다. 그 편안함은 무시무시한 돌개바람이 휘몰아쳐 내 말을 죽이고 내 눈을 멀게 한 바디고개 위에서도 계속되었다. 머리 위 감청색 하늘궁륭에는 금가루를 뿌려놓은 것 같은 은하수를 중심으로 별들이 찬연하게 빛났다. 그중 은하수 동쪽 가장자리 직녀성이 제일 빛난다. 남쪽 하늘에서는 방성房星과 심성心星, 미성尾星이 거대한 괴물처럼 꿈틀꿈틀 치고 올라오는 것도 보였다. 용의 몸통과 꼬리 부위에 해당하는 별자리(전갈자리)였다. 창공에 가득한 별무리를 배경으로 마상에 꼿꼿이 앉아서 북녘 하늘을 말없이 우러르는 김승의 뒷모습은 숭엄했다. 내가 이전까지 품어보지 못한, 사람에 대한 신비감 같은 것이 느껴졌다.

2

　반딧불이 점멸하는 산촌에 열사흗날 달빛이 출렁거렸다. 잠에
빠진 마을 밤 풍경은 물속 같기만 한데 달빛 젖은 초가지붕 위로
높이 솟은 이층 누각에서 환한 등잔불빛이 쏟아져나왔다. 판각공
방과 필경사 탁연의 방이 있는 목조건물이었다. 나는 문득 이 마
을이 서쪽 먼 이방에서 바닷물에 떠밀려 온 한 척의 범선처럼 보
였다. 그렇다면 내가 말없이 뒤따라가고 있는 김승 촌장은 선장
이 되는 셈이었다.

　우리가 누각 앞에 다다랐을 때, 말발굽 소리를 들은 전 장군이
마중 나와 있었다. 김승이 말에서 내리자 나도 따라 내렸다. 전
장군이 말고삐를 받아 마구간으로 사라졌다. 커다란 배나무 그늘

이 드리운 누각 아래층 공방은 적요한데 이층 창문 너머로 서가가 보였다. 바깥 창호를 열쳐놓아서 망사 친 안쪽 창으로 방 안이 그대로 드러났다.

"늦으셨습니다, 촌장 스님."

안에서 나온 탁연의 깐깐한 목소리였다. 무엇인가 열중하고 있는 듯 그는 모습을 내보이지 않았다.

"그래요. 판각공방에 볼일이 있군요."

김숭이 그렇게 대꾸하더니 괴춤에서 열쇠를 꺼내 공방 자물쇠를 열었다. 눈뜬 물고기 모양의 자물쇠였다. 육중한 나무문이 열렸다. 어스름 달빛이 쏟아져 들어왔다. 출입구 왼쪽 벽 탁자에 잿불을 담아놓은 화로가 보였다. 김숭이 인두로 잿불을 헤쳐 종이 심지를 박았다 꺼내자 잠자던 불꽃이 화들짝 깨어났다. 그 불꽃은 옆에 놓인 촛대로 건너갔다. 공방 풍경이 꼬물꼬물 되살아났다. 계단이 놓인 복도 옆으로 나무 칸막이가 설치된 공방에는 작업대와 경판들이 즐비했다. 촛대를 든 김숭이 복도 안쪽으로 걸어 들어갔다. 아까와 모양이 다른 원통형 자물쇠가 채워진 나무문이 나타났다. 내실로 보였다. 나는 김숭이 문을 따기 쉽도록 촛대를 대신 들어주었다.

내실 문을 연 김숭이 촛대를 받아들고 안으로 들어갔다. 사방 벽에 설치된 시렁 가득 경판들과 경전들이 빼곡했다. 문자향文字香 서권기書卷氣랬던가. 글 향기와 책의 기운이 짙게 배어 있었다. 시렁은 강화도 선원사 대장도감 판당의 구조와 흡사했다. 다만 머리 높이의 횡목에 총천연색이 입혀진 판화들이 일렬횡대로 걸려 있었다. 여러 장 찍어내기 위해 거꾸로 새긴 판화가 아니라 그대로 감상할 수 있도록 만든 판화였다. 새김은 정교했고 색채는 화려했다. 보는 이를 조복시키는 힘까지 들어 있었다. 머리에 광배를 쓴 주인공의 일대기를 표현한 판화들이었는데 어림잡아도 백 장은 넘어 보였다.

북벽 시렁 앞에 키 작은 서가와 기다란 탁자가 보였다. 그 위에 바랑 두 개와 책자가 놓여 있었다. 김승은 그곳으로 가서 의자에 앉았다. 판화에 눈길을 빼앗겼던 내가 그의 맞은편 의자에 앉으려고 하자, 그는 손짓으로 옆자리를 권했다.

"이거 지밀 승정 거지요? 내 동지들이 안화사에서 챙겨 온 거요."

귀퉁이가 불에 탄 세 권의 절첩본 경전 옆에 스승과 내 바랑이 있었다. 수기 스승과 내가 송악산 안화사에서 새벽까지 독파하다가 몽골군 습격을 받고 달아나면서 미처 가져가지 못한 것들이었다. 눈썹이 불에 타는 것처럼 화급하여 몸만 겨우 빠져나갔었다. 이미 잿더미가 되었을 거라고 여겼던 물건들이 천 리 밖 이 변방에 와 있었다. 당연히 놀라야 할 일이었지만 이젠 이런 일쯤은 놀랄 거리도 아니었다.

김승은 깎아놓은 돌조각처럼 아무런 표정 변화 없이 나를 건너다보았다. 도대체 그의 계획은 어디서 어디까지 뻗쳐 있는 걸까.

내가 이미 겪었던 일뿐만 아니라 앞으로 내가 하게 될 일마저도 그의 설계 안에 들어 있을지도 모른다는 생각이 들었다. 그땐 내가 필요해서 살렸지만 불필요하면 언제고 나를 제거할 수도 있었다.

"그거 가져가셔도 좋소. 우리에겐 그보다 값진 문헌들이 많으니까."

김승이 서가를 가리켰다. 절첩본이 아닌 권축본 경전들이 수북했다. 나는 매듭을 풀어서 그 경전들을 펼쳐보았다. 처음 접하는 경교 문헌들이었다.

"대진국 상인들이 가져온 성경의 골자를 탁연 동지가 한역한 거요. 사복음서로 불리지요."

"사복음서?"

복음이라는 말에 묘한 호기심이 발동했다.

"예수의 가르침과 생애에 관하여 기록한 네 가지 복음서요. 예수가 십자가에 매달려 죽음으로써 인류를 구원한다는 기쁜 소식을 담고 있소. 가져가 읽어보셔도 좋습니다. 잘 모르는 내용은 탁연 동지에게 물으시오. 짐작하셨겠지만 저기 걸린 판화들은 복음서에 담긴 주요 장면을 새긴 것들이오. 서쪽 나라에서 탄생하신 예수세존의 거룩한 행적과 가르침 말이오."

"복음이 그런 거였소? 고려인들은 지금 몽골군이 일으킨 전쟁과 무신정권의 폭압으로 이중고에 시달리고 있습니다. 천 년도 더 지난 옛날, 서쪽 먼 나라에서 십자가 형틀에 못 박혀 죽은 예

수가 어떻게 지금 이 땅 사람들을 구원한다는 겁니까? 궤변이
오."

나는 혁명가 김승에게도 이런 맹점이 있다는 데 놀랐다.

"승정! 눈이 멀었다 기적처럼 다시 뜬 게 바로 오늘 새벽이었
는데 벌써 잊으셨소이까?"

김승이 나를 딱하다는 표정으로 쳐다보았다.

"그게 예수의 은혜라는 말인가요?"

눈뜨고 나서 딴소리 없기라던 가온의 음성이 귓전에 울렸지만
나는 솔직한 속내를 드러냈다.

"승정이 믿는 석가모니 부처는 예수보다 더 오래전 분이오."

"그건 다른 얘기요. 그 붓다가 나를 구원하는 게 아니라 내가
그 붓다를 본보기 삼아 수행하여 붓다가 되는 거니까."

"같은 얘기요."

김승이 잘라 말했다.

"전혀 다르오."

"같소."

"왜 같다는 건지 도무지 알 수 없겠습니다."

"승정! 예수는 의인이자 인자였소. 로마제국의 공포정치는 그
런 예수를 십자가형에 처했소. 예수는 그 극형을 달게 받았소. 왜
였겠소? 의롭고 인자한 이가 폭력과 탐욕에 찌든 세상 사람들 앞
에서 극형을 당함으로써 조물주의 본래 뜻을 제대로 깨우쳐주려

했던 거요. 일종의 역설인 셈이오. 그 두루마리에서 〈마태복음〉을 보시오. '인자는 섬김을 받으러 온 것이 아니라 섬기러 왔고, 자기 목숨을 많은 사람들을 위하여 주려고 왔다'고 했소. 얼마나 거룩한 행적이오. 그야말로 살신성인 아닌가 말이오. 타인에게 목숨까지도 내어주는 크나큰 사랑, 그 참뜻을 모른다면 승정은 십자가 사건의 의미는커녕 석가모니 부처가 왕자의 지위를 버리고 도를 닦은 까닭도 모르는 것이오. 예수의 시대에 사람들이 로마제국의 폭정에 시달렸던 것처럼 지금 이 땅 사람들은 최씨 무신정권과 몽골제국의 침탈로 고통 받고 있소. 하지만 우리는 끝내 이길 것이오!"

김승은 주먹을 불끈 쥐고 치켜들었다.

"무슨 수로 막강한 저들을 이긴다는 거요? 예수 이름으로?"

나는 도저히 납득할 수 없었다.

"죽어야 사는 것이오! 마치 예수님이 죽었다 부활하신 것처럼. 그게 복음이오! 승정! 좋소이다. 그냥 솔직히 말할까요?"

김승이 내 눈을 빤히 쳐다보며 물었다. 나도 눈을 치켜뜨고 바라보았다.

"석가도 예수도 구세주, 해방자가 아니었소. 그분들도 당대에는 무기력하기 짝이 없었단 말이오. 석가모니 붓다는 신분제도의 족쇄를 끊어낼 수 없었고, 예수는 로마 식민지로부터 민족을 벗어나게 하지 못했소. 사실 구세주, 해방자는 없는 거요. 인간은 자신을 스스로 해방시켜야 하니까. 석가나 예수는 우리에게 나약한 개체가 가야 할 길을 열어 보여준 선각자들일 뿐이오. 나는 약하고 힘없는 자들이 끝내 승리하리라는 예수의 자기암시의 서사敍事를 복음으로 여긴다오. 내 혁명은 거기서 싹텄소."

김승은 신념에 차서 활짝 웃었다.

"언제 어떻게 경교도가 되셨습니까?"

"《중용中庸》에 '하늘이 하는 일은 소리도 없고 냄새도 없다'고 했다지요? 부인사에서 그 참혹한 일을 겪고 산과 바다를 떠돌다 인연을 만나 이렇게 된 거요. 밤이 깊었구려. 내일 가온 어머니를 만나보시오."

김승이 의자에서 몸을 일으켰다.

"마지막으로 하나만 묻겠습니다. 탁연은 남해 분사도감 일도 하던데 그곳 경판을 훔친 혐의를 받고 있습니다. 그런데 탁연은 인정하지 않습니다. 약초골 공방에는 경판과 맞바꾼 것으로 보이는 은병들이 있었습니다. 일본의 무역상 가네야마와 거래했나 싶어서 아까 확인해보니까 서로 모르는 관계랍니다."

"탁연은 거짓말할 분이 아니오."

김승 역시 남해의 정안과 마찬가지로 탁연을 반석처럼 신뢰하고 있었다.

"촌장은 탁연에게 속고 있어요."

나는 칼로 자르듯 외쳤다. 김승이 소리 없이 웃다가 제안했다.

"승정께서 묻는 방법을 달리해보면 어떻겠소? 서로 어법이 다를 수 있으니까."

아, 맞다. 그럴 수 있다. 《중론》에 의하면, 언어가 실제를 구성한다. 뿐더러 세상에 없는 것마저도 언어로 담아내면 존재하는 것처럼 되고 만다. 그래서 언어는 우리를 곧잘 속인다. 그뿐인가. 똑같은 언어를 써도 세계관이 다르면 개념이 다르고 개념이 다르면 서로 대화가 되지 않는 법이다. 인간은 언어라는 '의미의 장'에 갇힌 존재이기 때문이다. 김승은 그걸 지적하고 있었다. 내 머릿속에서 아까 바디고개에서 봤던 별들이 영롱하게 빛났다. 나는 김승에게 합장해 보였다. 그의 입가로 엷은 미소가 번졌다.

우리는 내실에서 복도로 걸어 나왔다. 나는 옆구리에 복음서 두루마리들을 끼고 있었다. 오른편 판각공방들을 훑어보았다. 십수 명의 각수장이가 판각작업을 할 수 있는 공간이었다.

"이층에 들렀다 가렵니다."

출입구 계단 앞에서 내가 말했다.

"그러시오 그럼."

김승이 촛대를 들어 불을 비춰주었다. 나무계단을 다 올라갔을 때, 기다리기라도 했다는 듯이 탁연이 문을 열어주었다. 김승은 화로 옆에 촛대를 놓아두고서 문을 닫고 나갔다. 계단은 안팎으로 놓여 있어서 어느 쪽으로든 출입이 가능했다.

안쪽 침실과 분리된 넓은 공간은 하나의 박물관이었다. 고급스러운 가구들과 책, 경판, 족자, 도자기, 향로 등이 가득했다. 방 가운데 커다란 탁자가 놓였고 십여 개의 의자들이 빙 둘러 있었다. 다기와 차 봉지 옆에 있는 놋쇠수로에서 은은한 침향이 피어올랐다. 나는 자리에 앉아서 벽에 걸린 그림들을 보았다. 며칠 전, 눈이 먼 상태에서 뭔가 보이는 것처럼 행세하느라 나는 벽에 걸린 불화들에 대해 언급했었다. 그런데 내가 넘겨짚었던 석가모니 붓다 대신 예수를 그린 그림들이었다. 경교도들은 예수를 붓다로 부르므로 불화이긴 했다.

"복음서도 읽어보려고요?"

나는 아무런 대꾸도 하지 않은 채 두 손으로 등잔불을 폭 감쌌다. 손이 뜨거웠지만 더 꼭꼭 감쌌다. 그 사품에 별안간 실내가 어두컴컴해졌다.

"……"

"무명을 밝히는 등불이 이렇게 갇혀서는 안 되겠지요."

어둠이 고인 커다란 방 안에 내 목소리가 울렸다. 《전등록傳燈錄》이라는 중국 선종 서적이 있다. 석가여래의 법이 전해진 내력을 체계화한 기록으로 등불, 곧 진리의 역정이라고 할 수 있다. 당신이 남해에서 경판을 훔친 까닭을 이해한다는 뜻이었다.

탁연이 빙그레 웃었다. 염화미소였다. 이제야 내가 자기 말상대가 되었다는 뜻이었다.

"하하하, 왜구들이니까 더 건네줘야지요. 경전으로 그들을 교

화해야 노략질을 안 하지요."

"하지만 당신은 국책사업의 성과물을 사사로이 빼돌린 거요."

"경판이야 또 새기면 그뿐이오."

"참람하오! 아무리 그래도 어떻게 분사도감 필경사라는 승려가 왜구들한테 경판을 넘길 수 있습니까? 대장경이 어디 뒷거래로 사고파는 물건인가? 그걸 팔아먹을 권리가 당신에게는 없소."

탁연을 몰아붙이며 나는 손을 벌렸다. 그때까지 갇혀 있던 빛이 풀려 실내를 밝혔다.

"진정해요. 대장경, 그거 사고파는 물건 맞소. 금불상도 불화도 모두 사고팔지요. 나한텐 경판 팔 권리도 충분하오.《육조단경六祖壇經》에 이르길 '하나의 등불이 천 년의 어둠을 물리치고一燈能除千年暗, 하나의 지혜가 만 년의 어리석음을 소멸한다一智能滅萬年愚'했소. 대저 진리라는 건 등불과 같아서 누구라도 켜 드는 자가 선구자요, 훔치는 자가 임자인 거요. 하물며 걸핏하면 쳐들어와 노략질하는 왜구들에게 이문을 남기고 팔아먹었다면 매우 잘한 일이오. 공덕이면 공덕이 됐지 허물은 아니라는 말씀이오."

탁연의 구두선口頭禪은 이미 경지에 올라, 입에서 영롱한 사리가 쏟아져나오는 것만 같았다.

"그렇게 떳떳하다면 남해에서는 왜 야반도주했소?"

"야반도주가 아니라 새벽에 일찍 길을 나선 것이오."

탁연이 담담하게 말했다.

"종상이와 같은 소리를 하는군요. 그쪽이 은병을 준 남해 분사 도감 소속 녀석 말이오."

"아시겠지만 그 아인 사정이 아주 딱했소. 설마 그걸 빼앗지는 않았겠지요?"

"남해 분사도감 정안 처사의 국량이 큰 줄이나 아시오."

내 말에 그가 안심하는 기색이었다.

"그 어른, 일거리를 다시 만들어준 나를 고맙게 여길 거 같지 않소? 어차피 명분 만들고 시간 벌기 위해서 하는 국책사업이니까 말이오. 불가에 재산 헌납하는 것도 그렇소. 오늘날 이 땅의 불교계가 썩어빠진 게 다 흥청대는 물질 때문인데 그 많은 재산을 절집에 몰아줘요? 차라리 내가 덜어다가 바른 일을 하는 데 쓰는 게 옳지요."

탁연은 당당했다. 확신범에게는 죄의식이 없는 법이다. 특히 이 무리에게는 새로운 종교적 의무와 정치적 목적까지 있었다. 불교계와 조정에 거리낄 게 없었다. 나는 황제가 임명한 대장도 감 감찰관의 이름으로 당장 이자를 연행하여 엄벌할 수 있다. 불교계를 모독했고 국책사업을 방해했으므로. 그런데 칼날 같던 내 마음이 왜 이렇게 무뎌져버린 것인지 알 수가 없었다. 이자를 벌하고 싶은 마음이 없었다. 더구나 이자 뒤에는 내가 경도된 김승이 있었다.

"당신들이 하는 일이 이 나라와 백성들에게 얼마나 유익할지가 관건이오."

냉정해진 내가 차분하게 읊조렸다.

"승정이 지켜보면 알 거 아니겠소이까. 우리 서로 사정 뻔히 아는 처지에 시간 낭비 그만하고 이 복음서나 읽어봅시다. 내가 명구절만 뽑아 한문으로 번역한 일종의 요약본이오."

탁연은 두루마리 복음서 한 책을 펼쳤다. 그러더니 막힘없이 줄줄 읽으며 해석해나가기 시작했다. 그의 옆자리로 가서 바짝 달라붙은 나는 갓난아기가 어미 젖을 무는 것처럼 허겁지겁 낯선 이야기 속으로 빨려들었다.

먼저 구세주이자 왕 중의 왕 예수세존을 이채롭게 소개하고 있었다. 호기심을 자극하는 서사였다. 세례 요한의 사역, 세례와 시험받음, 갈릴리 바닷가 마을과 유태 땅에서 행한 예수세존의 사역, 수도 예루살렘에서 보낸 최후의 날들, 십자가형을 받고 열반 후 부활하여 승천한 이야기가 기막힌 비유법으로 묘사되고 있었다. 이처럼 박진감 넘치고 외경 어린 인물 연대기는 내가 일찍이 듣도 보도 못한 것이었다.

그 가운데 간음한 여인 대목은 압권이었다. 어느 날, 예수세존이 사원에서 백성들을 가르치고 있었다. 서기관들과 바리새인들이 간음하다 잡힌 여인을 잡아와 어찌 처벌해야 할지를 물었다. 율법에는 돌로 치라 했는데 그대로 하면 평소 사랑과 용서를 가르친 예수세존의 교훈과 어긋났고, 용서하라고 하면 율법에 어긋났다. 이때 예수세존이 한 말씀은 명쾌했다. '너희 중에 죄 없는 자가 먼저 돌로 치라!' 지혜를 넘어 영성을 가진 현자만이 할 수 있는 절묘한 어법이었다. 양심의 가책을 받은 사람들이 여인을 남겨두고 하나둘 자리를 떴다. 여인은 돌에 맞지 않았고 깨끗이 용서받았다.

예수세존은 촌철살인이 아닌 일언활인—言活人의 성인이었다. 한마디 말로 사람을 살려낸 것이다. 일찍이 용수보살이 설파한 것처럼 우리 인간은 세상을 살아가는 동안 실상을 체험하며 산다고 착각한다. 하지만 우리가 수용하는 세상은 모두 언어로 표현된 허깨비들일 뿐이다. 예수는 그런 언어의 구성력으로 생명을 살려냈다. 예수세존의 가르침은 가히 믿고 따를 만하다. 다소 과장 섞인 요소가 적지 않을지라도 그야 방편이 아니겠는가. 그런 방편은 석가세존도 자유자재로 구사한다. 그렇다. 예수세존은 깨달은 자다. 깨달은 자가 곧 붓다이므로 예수는 붓다다.

"가온에게는 이런 복음서보다 훨씬 더 수승한 성경이 있지요."

내 심적 동요를 눈치챈 탁연이 일러줬다.

"뭐라고요? 그런 경전을 판각하거나 인쇄하지 않았다는 건가요?"

"그렇습니다."

"왜요?"

"아직 틈틈이 채록하고 있는 중이니까요."

"그럼 가온만이 암기하고 있다는 건가요?"

"암기인지 신탁인지 분명치 않소. 분명한 건 가온이 말하고 보여주는 언행이 성자의 언행이라는 거지요."

그래서 가온에게 남다른 영험이 느껴졌던 모양이다. 소녀티가 완연한 가온의 얼굴이 눈에 어렸다. 내일 날이 밝는 대로 가온부터 다시 만나봐야겠다.

"탁연 스님! 명필에 석학이기도 하시니 정안 처사나 김승 촌장이 그토록 아끼시는 모양입니다. 성경을 한문으로 이렇게 번역하는 일이 쉽진 않으셨을 텐데."

"종교란 서로 통하는 데가 많다오. 문벌의 후예로 태어나 궁궐에서 벼슬도 해봤고 승가에서 불서도 두루 읽었소. 중국에 유학까지 했는데 맘먹으면 이쯤이야 못하겠소이까?"

이제 보니 탁연은 가진 것에 비해 겸손한 사람이었다. 사람의 편견이란 이렇게 실상을 왜곡한다. 편견 없이 대하고 보니 탁연은 뛰어난 인재였다.

"실은 남해 정안 어른이 내게 일거리를 전하라 하셨습니다. 판각공방장이시니까 촌장보다 먼저 아셔도 상관없을 것 같군요. 내 바랑에 판하본으로 쓰라는 경전 한 질이 있어요."

"《묘법연화경》 말씀인가요?"

"어떻게 아셨습니까?"

"우린 늘 이런 식으로 일해왔으니까요. 정안 어른은 우리 공방에서 납품하는 경판들을 애지중지하지요."

허탈해졌다. 일이 이렇게 돌아가고 있을 줄이야 몽상이나 했겠는가.

"남해 정안 처사도 경교도요?"

나는 머리가 쭈뼛했다.

"아니요. 그 어른이 우리 공방 경판을 무척 아끼시니까 중간에서 내가 좀 융통성을 발휘하는 거요. 그쪽 경판이 여간 조잡합디까? 우리가 명품으로 바꿔주고 그쪽 경판은 일본에 팔고 뭐 그런 식이지요."

이제야 알겠다. 그래서 정안이 그 귀한 경판들을 도둑맞고도 그처럼 담담했던 거고 탁연에게도 한없이 관대했던 거다. 둘 사이에는 대중이 모르는 물밑 거래가 있었으니까.

창밖 배나무 이파리 사이로 푸르스름한 새벽빛이 기웃거렸다.

"이제 그만 눈을 붙여야 내일 감찰활동을 하지 않겠소?"

목이 뻐근한 듯 탁연이 목 돌리기를 했다.

"쉬세요. 탁연 경교승!"

그 말은 이제부터 내가 그를 경교승으로 온전히 인정하겠다는 언표였다. 나는 복음서를 안고 숙소로 돌아왔다.

3

물속처럼 감감한 방 안에 달빛이 스며들어왔다. 나른한 몸은 천근만근인데 의식은 샛별처럼 또렷하기만 하다. 하루 동안 정말 많은 것을 목격했다. 내일 아침부터는 또 어떤 충격들을 만나게 될까.

나는 베개를 끌어안고 엎드려 잠을 청한다. 부러 소리 내 코를 골아본다. 나는 이제 쓰러져 넘어진 고목이다. 그러므로 죽음 같은 잠을 자게 돼 있다. 그런데 몸이 나른하면 할수록 의식은 더 선명해진다. 검은 고목나무에 노란 꽃이 피어난 것 같다. 나는 그 꽃에 먹칠을 한다. 검게 변한 꽃이 이내 더 샛노래진다. 다시 먹칠한다. 이제는 연분홍 빛깔로 변한다. 연꽃인가 했더니 허화다.

가짜 꽃도 분수가 있지. 망측하게도 여인의 음부다. 행자 시절 짓궂은 도반들이 숨어서 보던 춘화도가 되살아났다. 하초가 뜨거워지면서 멍멍하다. 사춘기도 아니고 마흔을 바라보는 중이 이 무슨 주책이란 말인가. 지우지 못할 꽃이라면 베어버리자. 나는 내 의식에 칼날을 세우고 항마검을 날린다. 똑 떨어진 꽃봉오리가 방 안에 둥둥 떠돌아다닌다. 꽃봉오리가 문틈으로 빠져나간다. 나는 벌떡 몸을 일으킨다. 여명의 달빛을 타고 누각까지 흘러간 나는 말을 타고 치달린다.

삼거리를 지나 도장바위 골짜기에 다다랐다. 뒤따라오던 새벽빛은 이 협착한 골짜기에서 주춤 물러선다. 연못을 거쳐 약초골 공방 유도화 군락지 근처에 말을 매었다. 여기서부터는 가파른 산길이다. 엊그제 초저녁 나는 전 장군의 등에 업혀서 이 산길을 탄 적이 있다. 나는 좁은 산길을 가뿐하게 오른다. 이마에 땀이 배어날 때쯤 폭포 소리가 들린다. 울창한 참나무 숲속으로 흘러내린 산길은 바위투성이다. 이끼 낀 고목 냄새가 익숙하다. 그제 저녁, 내가 알 수 없는 기운에 의해 온몸이 굳으며 혼절했던 바로 그 지점이다. 나는 바윗길을 타고 내려간다. 나를 막았던 그 기운은 말끔히 사라지고 없다. 나는 성큼성큼 걸음을 내딛는다.

그때였다. 정체 모를 거대한 물체들이 시퍼런 불을 켜고 내 앞을 비춘다. 그 빛에 감싸인 내 몸이 반투명하게 보인다. 조롱조롱 매달린 때죽나무 열매는 보석으로 변했다. 빛줄기는 장쾌한 폭포 옆 산막까지 이어졌다. 나는 그 빛줄기에 이끌려 통나무집 안으로 빨려 들어갔다. 어둠침침한 실내 가득 송진 냄새가 진동했다. 유도화 향기도 뒤섞여 있었다. 흐릿한 실내 풍경을 살피고 섰는데 갑자기 천장에서 빛다발이 쏟아져내렸다. 그 아래로 눈부신 흰옷 차림의 여인이 보였다. 여인은 궁창과 연결된 동아줄을 당겨 기둥에 고정했다.

"어서 오라. 수고롭고 무거운 그 짐을 내려놓고 내 품으로 오라. 내가 너를 편히 쉬게 하리라."

깊은 울림을 지닌 음성이었다. 두 팔을 벌리고 선 여인의 자태는 황홀했다. 윤곽이 뚜렷한 얼굴은 해사했고 치렁치렁한 머리칼이 어깨를 거쳐 가슴까지 흘러내렸다. 나는 미끄러지듯 여인의 품으로 다가가 가슴팍에 얼굴을 묻었다. 뺨으로 전해지는 여인의 가슴은 풍성했고 그 향기는 내가 주체할 수 없는 것이었다. 나는 내 몸이 무너져내리는 것을 아득하게 느끼며 혼미한 세계로 휘말려갔다.

육욕의 달콤함이여. 내 몸 안에서 서른아홉 해 동안 잠들었던 본능이 굶주린 야수처럼 깨어 일어나 탐스럽게 꿀을 빨고 있구나. 애욕의 심연에 뿌리박은 떨리는 몸은 불덩이보다 더 뜨겁도다. 몸이 타들어가는가. 극도로 절제해온 수행자의 청정한 몸이 지글지글 타들어가며 뿜어내는 이 향기는 침향 따위에 비할 바가 아니로다. 이처럼 순도 높은 쾌락이 내 살과 뼈에 숨어 있었다니.

나는 여태껏 이 놀라운 쾌락을 눈 꼭꼭 감겨두고 발 꽁꽁 묶어놓았었구나. 숱한 계율로 팔만사천 모공을 꽉꽉 닫아두고 사지를 금욕의 동아줄로 칭칭 동여매놓았었구나. 산더미처럼 쌓인 책 속에서 캐내는 진리의 말씀은 내 정신을 살찌웠고 명상으로 다다른 평정심은 내 정신을 고양시켰다. 하지만 살갗에 끈적끈적 묻어오는 이 달콤한 육욕의 향연은 내 일찍이 맛보지 못했던 극락이로구나.

사문 고타마가 보리수나무 아래서 깨달음을 얻기 직전, 마왕 파순은 세 딸을 보내 유혹했다. 고타마는 외쳤다. '칼날에 발린 꿀은 혀를 상하게 하고 사악한 욕정은 독사의 머리와 같도다. 내 이미 모든 유혹을 뛰어넘었다. 너희들은 본래의 모습을 드러내고 물러가거라.' 마왕의 세 딸은 추한 노파로 변해 탄식하며 물러갔다.

나는 이제 알겠다. 고타마는 칼날에 발린 꿀을 빨다가 혀를 다친 적이 있었던 게 확실하다. 독사 머리같이 사악한 욕정에 사로잡힌 적도 있었을 게다. 그리하여 그 폐해와 독성을 익히 알았으므로 주저함 없이 유혹을 이겨낼 수 있었다. 유감스럽게도 나는 여태 그런 경험이 없다. 이 달콤하고 황홀한 욕정이 사악하다고 어찌 미리부터 속단한단 말인가. 나는 땀범벅이 되어 육욕에 탐닉했고 깃털처럼 가벼워진 몸뚱어리가 붕 떠오르는 순간과 만났다. 그리하여 별똥별처럼 아스라이 사라지는 내 의식을 그만 놓아버리고 말았다.

요란한 곤줄박이 울음소리에 잠이 깼다. 궁창이 도로 닫혀 있었으므로 실내는 어두웠고 몇 시나 됐는지 알 수가 없었다. 침상에서 일어나 궁창을 열쳤다. 빛이 쏟아져 들어오면서 벌거숭이 내 모습을 그대로 드러냈다. 집 안에는 아무도 없었지만 나는 잽싸게 옷을 주워 입었다. 실내 중심에 화덕이 놓였고 부뚜막 위에 찬물 한 대접이 보였다. 나는 그 물을 마셨다.

육중한 통나무 문을 열고 밖으로 나왔다. 종종걸음 치는 곤줄박이들이 땅에 떨어진 때죽나무 열매를 쪼아 먹느라 부산했다. 여름 한낮의 햇살이 서늘한 그늘 속을 후벼 파들어왔다. 나는 몇 걸음 내딛어 바위벼랑길과 맞닥뜨렸다. 습기 찬 나무둥치마다 모시조개처럼 희고 둥근 버섯들이 돋아나 있었다. 나는 비로소 새벽녘에 내 발밑을 밝혀준 발광물체들의 정체를 파악했다. 밤에 빛을 토해내는 귀신버섯 군락지였던 것이다.

바위벼랑길에 놓인 사다리를 타고 아래쪽으로 내려갔다. 햇살이 부서지는 폭포 웅덩이에서 여인이 목욕을 하고 있었다. 나는 차마 그 광경을 볼 수 없어서 뒷걸음질쳐 바윗돌에 앉았다.

그런데 이 부끄러움은 무엇인가. 아무래도 저 여인과 마주 대할 수 없을 것 같다. 어서 이곳을 빠져나가 빛이 없는 동굴 같은 데로 숨어들고 싶다. 그것이 내 안에 배태된 죄의식이라는 걸 깨우쳐준 이가 여인이었다. 어느새 내 뒤로 다가온 여인이 나를 폭포 웅덩이로 이끌고 가 머리를 씻어주었다.

"이로써 거듭났느니 모든 미움은 씻은 듯 사라지고 사랑의 눈이 새롭게 열렸도다."

크고 깊은 눈으로 나를 내려다보는 여인은 입을 다문 채 입술도 움직이지 않고서 말을 하고 있었다. 대식국 잡희들이 인형을 가지고서 하던 복화술과 흡사했다. 사람을 조복시키는 기운으로 충만한 음색이었다. 새벽녘 그 풍만하고 기름진 몸의 주인은 이렇듯 기품 어린 여사제였다. 어제 새벽 동굴 예배소에서 집전했던 바로 그녀였다. 여사제의 모습에서 가온의 얼굴을 찾아내려 했지만 별반 닮은 데가 없다. 열여섯 살이나 된 가온을 낳은 엄마 같지가 않다. 서른 살쯤의 처자로 보였기 때문이다.

"당신은 누구십니까?"

나는 그렇게 묻지 않을 수 없었다.

"볼지어다. 나는 사랑이니 누구든지 나를 거치면 마음속 켜켜이 서린 미움과 저주가 키워온 병이 씻은 듯 치유되느니. 미움과 저주를 지닌 몸과 마음을 가지고는 진리는커녕 새싹 하나 키워낼 수가 없도다."

젖은 내 머리를 소매로 닦아주던 여사제가 내 두 뺨을 손으로 감쌌다. 장쾌한 폭포수가 쏟아지는 곳이라서 그 말은 효험 있게 들렸다.

여사제가 내 손을 잡아 이끌어 때죽나무 그늘에 앉혔다. 산막으로 올라갔다 돌아온 여사제는 보자기에 싼 광주리를 내 앞에 펼쳐놓았다. 잡곡밥과 나물 반찬, 보리차처럼 보이는 마실 거리가 담긴 유리병이 나왔다. 유리병을 물에 담가놓고서 아침을 겸한 점심을 먹었다. 소풍 나와 먹는 도시락처럼 맛났다. 유리병에 담긴 보리음료를 나눠 마셨다. 그런데 그 풍미가 매혹 그 자체였다. 거품에 묻어난 은은한 향기와 쓴맛이 뒤섞인 차가운 음료! 몽골의 수도 카라코룸에서 자주 만들어 마시던 맥주라고 했다. 맥아즙에 홉이라는 향료를 넣고 숙성시키는 거란다.

"카라코룸에 갔었습니까?"

"칠 년을 살았지. 황족의 일원이 되어서."

"대단합니다. 그런데 홉이라는 향료가 여태 남아 있었나요?"

"검모포에 드나드는 대진국 상인들에게서 구한 거야."

"이 마을에서 못 구하는 건 없군요. 개경이나 강도가 부럽지 않겠습니다."

"물질을 부러워하면 정신세계가 사막으로 변하는 법."

"아무튼 자꾸 당기네요. 오래 묵은 갈증을 해소하는 신비한 음료로군요."

나는 벌써 두 병째 맥주를 마시고 있었다. 아련히 취기가 올라왔다. 중이 술맛을 제대로 알 리 없었지만 입술에서 부드럽게 터지는 거품과 목젖을 적시는 상쾌함, 쌉싸름한 뒷맛은 자꾸 잔을 기울이게 만들었다. 나는 이 생소한 살굿빛 이방의 음료가 마치 천상의 감로주라도 되는 듯 벌컥벌컥 들이켰다. 우리가 그렇게 맥주를 마시며 한가롭게 이야기를 풀어낼 때, 폭포 웅덩이 건너편에서는 한 무리의 고라니 가족이 내려와 귀를 쫑긋 세우며 물을 마시고 있었다.

1231년 8월 몽골군이 쳐들어왔다가 이듬해 정월 물러가면서 많은 고려 여인을 붙잡아 갔다. 전 장군의 누이동생 여옥도 그 가운데 포함돼 있었다. 열다섯 살, 이 소녀는 또래들보다 올되어 실팍하고 바지런했다. 소녀는 몽골군 총사령관 살리타의 군사軍師 어르글의 소유물로 배정되었다. 어르글은 지혜로운 늙은이로 그 이름은 산봉우리라는 뜻이 담겨 있었다. 몽골군은 반항하는 사람들을 무차별적으로 죽여 기름을 짜냈다. 그 기름을 불화살로 쓰며 공격했다. 소름 끼치는 만행이었다. 그런 야만인들 속에도 문명한 이가 있게 마련이었다. 어르글은 손녀딸 같은 여옥을 끼고 살면서 수족처럼 썼다. 처음에 여옥은 혀를 깨물고 죽으려 했지만 모진 게 사람 목숨이었다. 어르글 노인의 자상함에 이끌려 이동식 천막생활에 적응해갔다. 어르글 노인은 여옥에게 아낌없이 선물을 주었고 틈틈이 글도 가르쳤다. 몽골문자와 한자는 물론 로마자도 알려주었다.

"빛나는 사람 여옥아, 수만 리 정복전쟁을 수행하면서 나는 너무 늙어버렸다. 이번에 돌아가면 나는 은퇴하여 오고타이 대칸大汗(황제)이 계시는 수도 카라코룸으로 간다. 나는 대칸의 황족들과 아주 가까이 지내는 사람으로, 카라코룸 황궁 옆에 어엿한 저택이 있다. 너를 정실로 대우하고 그 집을 물려주마. 무지개 나라고려 정복전쟁에서 너를 얻은 건 노년의 즐거움이로구나. 네가 원하면 고려국 서경 네 가족들을 데려와 함께 살게 해주련다."

적장의 작전참모지만 마음 씀씀이가 가히 정을 줄 만했다. 실제로 어르글 노인은 카라코룸에 돌아가자마자 여옥 앞으로 저택과 가축들을 넘겨주었다. 그의 아이를 수태한 여옥이 만삭 때였다. 어르글에게는 장성한 아들들이 있었지만 모두 호탄과 남러시아 정복전쟁에 나가고 없었다.

한겨울에 여옥은 계집아이를 낳았다. 티베트 라마승이 와서 축복해주었다. 어르글은 라마승에게 답례로 낙타 한 마리를 보시했다. 소르각타니 베키 대부인 또한 몸소 어르글의 저택을 찾아 축복기도를 해주었다. 그는 칭기즈칸의 막내아들 툴루이의 아내였다.

"이 아이는 나면서부터 영안이 열렸구나. 먼 동방 무지개 나라 고려에 이 아이가 심은 밀알이 싹트고 열매 맺겠다. 일찍이 우리 구주 예수께서 서방정토 예루살렘 말구유에서 탄생하실 때, 창공의 빛난 별을 보고 찾아온 동방박사 세 분이 있었지. 그들의 인연으로 인하여 오늘 이 검은 자갈밭 카라코룸에 동방의 빛이 재림했도다. 내 기꺼이 이 아이의 대모가 되어주리라."

황금과 유황과 몰약을 예물로 가져온 베키는 갓난아기의 손목에 묵주를 걸어주고 이마에다 성호를 그었다. 그는 독실한 경교도였던 것이다. 칭기즈칸의 사후, 베키의 남편 툴루이가 이 년간 임시 대칸으로 있었으니 베키는 황후나 다름없었다. 황족 가운데 가장 현명한 여인이었던 그미가 경교도가 된 건 집안 내력이었다. 그미는 칭기즈칸과 연합군을 만든 외몽골의 케레이트 왕 토그릴의 조카딸이었는데, 케레이트는 서방 투르크의 영향을 받아 지배층이 모두 네스토리우스교, 곧 경교를 믿고 있었다. 5세기경 콘스탄티노플 대주교 네스토리우스가 창시한 기독교의 한 교파인 경교는 페르시아를 거쳐 인도와 중국에까지 널리 퍼졌다. 동방 기독교로 통하는데 로마 교황청은 이들을 이단시했다. 어쨌든 칭기즈칸의 집으로 시집온 베키는 기도하고 찬양하는 나날을 보냈다. 얼굴은 맑았고 생각은 깊었다. 그미의 온유한 풍모, 지혜로운 언행에 감화받은 사람들이 그미가 세운 예배당에 나가서 세례를 받았다. 그리하여 황족들 가운데 다수가 경교도가 되었다.

"어질고 현명한 대부인이시여! 이 늙은이는 지금 죽어도 여한이 없나이다. 툴루이 대칸께서 서거하셔서 경황이 없을진대 이렇게 몸소 오셔서 축복해주시고 대모까지 되어주시다니요."

어르글의 노안에 이슬이 맺혔다. 형 오고타이에게 양위한 툴루이는 황제와 함께 중국 원정에 나갔다가 오고타이가 병을 얻자, 자신을 희생 제물로 바치고 죽었다. 금나라의 원혼들이 오고타이를 병나게 했으므로 가족 가운데 하나가 제물이 돼야 낫는다는 샤먼의 말을 듣고서였다.

"샤먼의 말은 심히 어리석었으나 내 남편의 희생정신은 고귀했지. 그이가 경교를 믿었더라면 넋 나간 샤먼의 망발 따위에 귀 기울이지 않았을 게다."

십자가 묵주 외에 화려한 장신구 하나 달지 않은 간소한 흰옷 차림의 베키는 남편이 돌아간 하늘을 우러렀다. 사람이 죽고 사는 전장에서 뼈가 굵어온 어르글은 샤먼이고 경교고 라마교고 모두 허황된 정신질환으로 여겼다. 그가 본 이 세상은 욕망이 충돌하는 공간이었고 강한 것이 옳은 것을 이기는 전쟁터였다. 강한 자가 독식하고 힘에 부치면 잃는다. 늙으면 누구나 죽고 그다음 세상이 있는지 없는지는 아무도 모른다. 오직 죽은 자들만이 아는데, 죽은 이는 말이 없다는 공통점이 있으니 검증이 불가능했다. 따라서 허황된 종교에 의지하느니 차라리 지형지물을 연구하고, 일기를 보고, 갖가지 정보를 기반으로 전략을 짜는 게 승산이 높았다. 현명한 군사라면 신을 믿을 게 아니라 자연을 연구해야 한다는 게 그의 경험론이었다.

"현명하신 대부인이시여. 툴루이 가문을 잇는 몽케, 쿠빌라이, 아리크부카 그리고 훌라구, 이렇게 네 분 아드님을 축복합니다."

어르글은 두 손을 모았다. 베키 대부인은 네 아들 모두를 경교도로 키워냈는데 천하의 사람들이 앞다퉈 그들을 따랐다. 모두가 대칸에 오르기에 충분한 자질을 갖추고 있었다.

"고맙구나. 아기 이름은 지었더냐?"

"기를레로 지었습니다."

"빛나는 사람, 기를레! 매우 적절한 이름이다."

"제가 아기 엄마 여옥을 부르던 이름인데 여옥보다 더 빛나지 뭡니까?"

"무지개 나라 고려 사람들은 살결이 희고 곱다. 내 손녀딸들을 고려 왕자에게 시집보내 기를레 같은 외손을 보고 싶구나."

베키의 축복을 받은 기를레는 무럭무럭 자랐다. 돌잡이 때 상에 붓과 동전, 실타래, 묵주를 올려놨는데 묵주를 집어들었다. 베키 대부인의 입이 귀에 걸렸음은 물론이었다. 베키 대부인은 기를레를 예배당에 데리고 가서 놀게 했다. 여옥도 자연스럽게 예배당에 나갔고 멀리 해 뜨는 동쪽 나라, 모국을 향해 기도했다.

기를레가 다섯 살 때 어르글이 죽었다. 호탄과 남러시아 정복 전쟁터에서 돌아와 있던 두 아들이 여옥의 재산을 서로 빼앗으려 했다. 베키 대부인이 나서서 말렸다. 그들은 한동안 잠잠해졌지만 이내 농염하고 어여쁜 여옥을 취하려고 다퉜다. 스물한 살밖에 안 된 이 젊은 미망인은 의기양양한 제국의 수도 카라코룸 사내들의 정복욕을 불사르기에 충분했다. 죽은 남편의 소생들은 시도 때도 없이 집에 드나들며 때로는 유혹하고 때로는 겁박했다. 그들의 치근댐은 집요하여 그칠 줄 몰랐다. 한밤중에 담을 넘어 침실을 급습하기까지 했다. 그때마다 여옥은 기를레를 끌어안고 기도했지만 신경이 쇠약해져서 나날이 여위어갔다.

"사랑스러운 나의 자매야, 빛나던 그 얼굴에 거미줄 같은 수심이 가득하구나."

예배당에서 만난 베키 대부인이 염려해주었다.

"향수병이 깊어졌나이다. 고향에 돌아갈 수는 없겠는지요?"

여옥은 차마 죽은 남편의 소생들이 성가시게 군다는 말은 할 수가 없었다. 남편이 죽은 이후 고려 땅과 부모형제가 못내 그리워지기 시작했고 갈 수만 있다면 돌아가고 싶은 것도 사실이었다.

"가엾은 자매야, 이곳엔 너처럼 끌려와 사는 고려 여인이 많다. 고려 여인들 모임에 나가서 향수병을 달래보지그러느냐. 우리가 진정으로 돌아가야 할 곳은 아버지 나라, 천국이니라."

베키 대부인은 여옥과 기를레 모녀를 고려로 보낼 생각이 없었다. 결국 여옥은 죽은 남편의 소생들이 성가시게 군다는 걸 털어놓았다. 베키 대부인은 대뜸 자신의 집으로 들어와 살라고 제안했다. 의자매니 한 식구로 지내도 된다고 했다. 여옥은 그렇게 툴루이 가문의 일원이 되었다. 성경을 읽고 찬송가를 부르고 기도하며 사랑으로 충만한 나날이 흘렀다.

어느 날, 여옥이 잠결에 주님의 음성을 들었다. 너무도 생생하여 깨어나자마자 베키를 찾았다.

"언니, 신기한 일이에요. 그분이 제게 강림하사 풀씨처럼 동방으로 날아가 복음을 전하라 이르셨답니다."

여옥은 아직 꿈에서 깨어나지 않은 사람처럼 하늘을 우러르며 읊조렸다. 베키는 영원의 세계를 더듬는 여옥의 눈빛을 보았다.

"가라! 돌아가 무지개 나라에 한 알의 밀알을 심어라!"

대범한 결단이었다. 베키 대부인은 동방으로 가는 상단商團을 수배하여 여옥과 기를레를 딸려 보냈다. 황족의 예우를 갖춰 정중히 모시라는 명령과 함께 일곱 수레나 되는 보물들을 주었다.

4

여사제가 자신의 파란만장한 역정을 거기까지 풀어냈을 때, 나는 맥주라는 황홀한 음료에 취해 정신이 혼미해진 상태였다. 여사제는 나를 부축해 산막 침상에 뉘였다.

"바리데기 공주를 아느냐?"

"바리데기가 뭘 어쨌다고요."

나는 술기운으로 더워진 숨을 거칠게 몰아쉬었다.

"카라코룸을 떠난 후 삼 년간 나는 영락없는 바리데기였다. 만주벌판에서 마적단을 만난 상단은 몰살당했고 나는 마적 두목과 살며 건강한 사내아이를 낳아줬다. 나는 내 소명을 말하며 간청했지만 마적 두목은 절대로 나를 놔주려 들지 않았다. 나는 아무것도 먹지 않고 말도 하지 않았다. 그렇게 보름을 버티니 그가 말했다. 꼭 가려거든 눈이나 귀, 코, 혀 가운데 하나를 잘라놓고 가라고. 내가 포기할 줄 알았겠지. 나는 거침없이 혀를 자르라고 대주었다."

여사제가 입을 열어 보였다. 정말 혀가 뭉뚝 잘려 있었다.

"복음을 전하려면 혀가 필요한데 어찌?"

"복음은 세 치 혀로 전하는 게 아니니까. 나 아닌 다른 이에게 온몸과 정성으로 아낌없이 주는 사랑, 그것이 진정한 복음이니까. 세 치 혀로만 하는 신앙은 차라리 말을 않느니만 못하다. 너희 불교도들이 말하는 그대로 무주상보시無主相布施하는 거다. 조건 없이 베푸는 거지. 그렇게 다 주고 나면 또 새롭게 얻는 기회가 온다. 나는 혀를 잘라주고도 이렇게 너와 자유롭게 대화하고 있지 않느냐."

나는 여사제 앞에 오체투지로 절했다.

"이곳은 어떻게 알고 정착했나이까?"

"바람이 내게 속삭였다. 그리고 물길 따라 흘러왔느니라."

운명을 견뎌낸 고려 여인 여옥은 위대한 자연이 되어 있었다. 이 여인이야말로 보살의 경지에 다다랐다고 할 만했다. 나는 김승 촌장이나 선사 소군, 탁연 같은 이들과는 어떻게 만났느냐고 물었다.

"가온이 있으면 저절로 사람들이 모여들었다. 수고롭고 무거운 짐 진 자들, 전쟁으로 상처받은 이들, 심지어 이방인들까지도 나를 거쳐 가온에게 가면 모두가 지복을 누리게 되었다. 사람한테 받은 상처는 사람이 품어서 씻어야 아무는 법이다. 거룩하고 아름다운 사랑의 힘이지."

"가온이 기를레지요?"

"가온! 가운데, 중심을 뜻하는 우리 고려식 이름이지. 가온은 하늘이며 땅이고 뭇 생명이다. 가온과 나는 이 증오의 땅에 사랑을 심으러 왔다."

나는 증오의 땅이라는 표현에 공감하면서도 그 원인 제공자가 몽골이라는 것, 여사제와 가온이 몽골 카라코룸에서 경교를 복음으로 들고 파송돼 왔다는 것도 못마땅했다. 굳이 경교가 아니라도 불교가 제대로 가면 얼마든지 맑고 향기로운 세상을 만들 수 있었다.

"고통은 우리네 인생의 본질입니다. 밖에서 구원자가 와서 해결할 수 있는 게 아니고 우리 스스로 고통의 고리를 끊고 넘어가야 하는 거지요."

나는 불교의 핵심적 인생관인 고苦·집集·멸滅·도道 사성제四聖諦를 언급했다. 사성제는 붓다의 핵심적인 인생관이다. 탐욕과 성냄과 어리석음이 번뇌를 부르고 고통의 원인이 된다. 탐욕은 무신정권의 권력욕과 불교계의 물욕이 대표적이고, 성냄은 몽골군이 일으킨 전쟁이 극치다. 어리석음이야 광대한 우주에 한 점 인생이 지닌 한계 같은 것이었다.

"이 세상에는 스스로 끊을 수 없는 고통이 너무도 많다는 걸 모르는 사람처럼 말하는구나. 마을에 내려가 사람들을 만나보라. 바깥세상에서 탐욕과 증오의 화살에 맞고 거의 빈사상태로 우리 마을에 들어온 이들이다. 타락한 불교가 못 거둔 이들을 우리가 거둬 치유했느니라."

여사제가 문을 열어주었다. 그만 돌아가라는 뜻이었다. 나는 산막에 배어 있는 오묘한 향훈을 깊게 호흡했다.

"눈이 멀었던 날 오후, 제 방에 들어와 향을 피우고 가셨죠?"

"물어서 뭣 하리. 그대가 바디고개에서 횡액을 당했다는 말을 듣고 달려갔다. 놀란 심신을 안정시켜주고 싶었지. 어려움에 처한 이웃을 돕는 것, 그 행위가 곧 신이다. 신은 사랑이란 말이지. 사랑은 우리가 경험으로 아는 신이니까 가장 확실하다고 할 수 있어."

"신은 사랑이라는 말씀, 자비가 붓다라는 말로 바꿔 듣겠습니다. 솔직히 말씀드리자면 그날의 향훈이 그리 도움이 된 것 같지는 않았습니다. 눈이 떠지기는커녕 누군지 더 궁금하고 답답해졌으니까요."

"내가 향을 피워준 뜻을 몰라서야. 바깥세상이 안 보이면 안을 보면 될 일! 한 가지 더 일러주지. 나는 혀가 잘리고 나서야 비로소 타인이 아닌 나 자신에게 말하는 법을 배웠다. 누구라도 자기 자신과는 혀 없이도 대화할 수 있으니까. 타인에게 말 걸기 전에 자신에게 먼저 말하고 동의를 얻을 필요가 있지. 나를 울리는 진실, 그 진정성이 밖으로 울려나올 때, 타인의 공감을 이끌어낸다. 그러면 세상 그 누구와도 소통한다. 세계관이 다르고 종교가 다르고 가치관이 다를지라도. 그게 대화다."

여사제는 눈이 멀어버린 내가 바깥세상이 아닌 나 자신을 보기를 바랐던 것이다. 혀가 없어야 제대로 대화할 수 있고 눈이 없어야 실상을 볼 수 있다는 역설로 들렸다. 세상 사람들이 밤낮 입만 열면 소통, 소통 해대지만 정작 불통의 나날만 보내는 실태니까.

나는 통나무집을 나왔다. 울창한 숲속에 폭포 소리가 울렸다. 어느덧 오후 새참 무렵이 되었다. 가파른 오솔길을 내려왔다. 유도화 군락지 근처에 매놓은 인보의 말이 땡볕에 노출돼 헉헉댔다. 새벽녘에 말을 매어놓을 적에는 바로 돌아올 생각이었지만 한나절을 넘겨버렸던 것이다. 나는 유도화 향기를 맡아볼 겨를도 없이 시냇가로 말을 데려가 물을 먹였다.

숙소로 돌아오니 나를 찾아온 손님이 있었다. 한쪽 다리를 땅에 끌고 다니는 불구의 여인이었다.

"박말똥이라고 하네요. 닥종이 만드는 제지소에서 일하지라. 쉰님 옷 한 벌을 지어봤구먼요."

여인은 보따리 하나를 디밀었다.

"그런데 왜 제게?"

재가신도들이 승려를 시봉하는 건 공덕을 쌓는 일이다. 재가신도들은 해탈의 길을 걷는 승려들을 시봉함으로써 다음 생애에 좋은 데서 태어난다고 믿는다. 하지만 경교를 믿는 이 마을의 경우는 달랐다. 이교도들이 나를 시봉해야 할 이유가 없었다.

"엊그제 눈먼 채로 인보 쉰님의 사인을 밝히려고 애태우는 쉰님을 봤어라. 옷이 너무 낡았더만요. 너무 안쓰러워서 꼬박 이틀 밤을 새워서 지었어라."

몸이 불편해서 제지소 일도 힘들 텐데 옷까지 지어 바치다니. 나는 여인의 복 짓기가 온전히 회향하도록 합장한 다음 그 옷을 받았다.

여인이 돌아가자 나는 끈적거리는 몸을 닦고서 새 옷으로 갈아입었다. 개운해서 날아갈 것만 같았다. 그제야 비로소 인보의 바랑이 눈에 들어왔다. 주인은 떠나 없고 달랑 남은 등짐 하나. 바랑 끈을 풀면서 존재와 부재의 경계를 생각했다. 우렁우렁하던 목청이 귓전에 맴돌았다. 하지만 그는 없다. 없는 그를 인식하는 나는 있다. 그렇지만 없는 그의 바랑 끈을 풀다가 문득 숨통이 끊어져버린다면 나 역시 없게 된다. 찰나에 기대 생명을 유지하는 인생의 속절없음이라니. 그걸 알면서도 숨통이 끊기기 직전까지 따질 건 따지고 밝힐 건 밝히며 살아야 한다. 그래서 얻는 건 아무것도 있을 수 없다. 처음부터 우주 안에 있었던 것, 혹은 그 변용에 지나지 않는 것들을 잡도리하는 것이므로. 붓다는 바로 이런 본질을 간파하고 집착 없는 대자유인의 길을 제시했다. 그러나 나는 이 순간에도 집착한다. 아니, 집착할 수밖에 없다.

검지만 한 두루마리가 나왔다. 펼쳐보니 내 감찰 활동사항이 세필로 꼼꼼히 기록돼 있었다. 바디고개에서 돌풍을 만나 내 눈이 멀고 말이 즉사한 내용이 마지막이었다. 최이 집정에게 건네주기 위한 일종의 보고서였다.

나는 최이 집정의 밀지를 찾으려고 바랑을 뒤집었다. 강도 더리미 선착장에서 파발마를 타고 달려온 김준이 인보에게 건네준 밀지 말이다. 그런데 보이지 않았다. 아마 읽고 바로 태워버렸던 모양이다. 어수룩한 인보에게도 이런 치밀함이 있었다. 그의 명복을 빈다. 나를 감시해온 그지만 자기가 맡은 역할이 그러했을 뿐이므로 나는 그를 미워할 수가 없다. 인보가 남긴 두루마리를 잘 말아 바랑 깊숙이 갈무리한다. 최이 집정이 찾으면 고스란히 전달할 생각이다.

나는 김승이 건네준 복음서 내용이 궁금해졌다. 그래서 그 두루마리들을 펼쳐 읽고 있는데 가온이 사자견을 데리고 나타났다. 기름레, 빛나는 사람답게 가온의 얼굴에서는 광채가 났다. 붉은 털을 지닌 사자견 또한 눈부셨다.

"스님, 판각공방에 가요 우리."

가온은 다짜고짜 내 손을 잡아 이끌고 판각공방으로 갔다. 또각또각, 조각칼 내려치는 망치 소리가 울려나왔다. 공방에 들어서자 경판을 새기던 각수장이들이 앉은 채로 눈인사를 했다. 가온은 작업대 앞에 앉아서 옆자리를 권했다. 새기다 만 판회 헌 장이 놓여 있었다.

"가온이가 새기던 건가?"

"예. 이규보 상국의 대서사시《동명왕편》가운데 주몽의 탄생 이야기예요."

나는 판자에 거꾸로 붙어 있는 밑그림을 살펴보았다. 햇살을 받은 여인 하나가 커다란 알을 낳았고 알에서 사내아이가 나오는 그림이었다.

"그러고 보니 성령으로 잉태한 예수와 하느님의 아들 해모수를 거쳐 햇빛으로 잉태한 고주몽 탄생설화가 서로 흡사한 데가 있구나. 유화부인에게 해모수가 있었다면 마리아한테는 요셉이 있었지."

나는 두 설화를 비교하여 유사점을 찾았다.

"몽골 칭기즈칸의 탄생도 비슷하답니다. 밤마다 밝은 금빛을 띤 사람이 게르 꼭대기 창문 에루게를 통해 들어와 허엘룬의 배를 비추자, 그 빛이 배 속으로 들어가 하늘의 아들이 되었지요."

가온은 영웅 탄생신화를 그대로 믿는 눈치였다.

"나보다 불과 오십 년 전쯤 태어난 이가 세계를 통일한 영웅이 됐다고 해서 그 탄생을 신화로 가공하는 게 옳다고 보느냐?"

나는 가온에게 상식적인 수준의 남녀관계를 말해주고 싶었다.

그런데 가온의 대꾸가 충격적이었다.

"스님, 예수께서 성령으로 잉태하신 일, 곧 육신이 영혼으로 인하여 생겼다는 건 좀처럼 믿기지 않는 기적이지요. 더 믿기지 않는 기적이 뭔지 아세요?"

가온이 맑다 못해 푸른빛이 도는 눈을 동그랗게 뜨고 물었다. 내가 머뭇거리자 가온이 다시 물었다.

"스님은 우리 몸에 깃든 영혼을 인정하세요?"

"물론이지. 윤회는 영혼으로 하는 거니까."

"몸이 없다면 영혼이 붙을 데가 없겠죠?"

"그렇겠지. 중음계中陰界를 떠돌 테지."

"불교에서는 '나'라는 실체가 없다고 하잖아요?"

"그렇지."

"내가 없는데 영혼은 어찌 존재하며 영혼이 없는데 무엇으로 윤회한다는 거죠?"

"……"

나는 답변할 말을 찾을 수 없었다. 이 맹랑한 아이에게 꼼짝없이 걸려들었다. 석가모니 붓다는 '나'와 '현상'에 집착하는 사람들을 깨우치려는 방편으로 자아의 실체가 없다고 논파했던 것뿐이리라. 진실로 내가 없다면 구원할 필요조차 없어져버린다.

"나는 성령으로 잉태한 예수님의 기적보다 우리 몸으로 인하여 존재하는 영혼이 더 기적이라고 생각해요. 위대한 불멸의 영혼이 늙고 병들기 쉬운 우리 인간의 몸뚱이에 깃들다니요. 기적 중의 기적이 아닌가요?"

아, 그렇구나. 이 아이는 나면서부터 안다는 생이지지生而知之다. 나는 가온의 깨끗한 이마를 신기하게 바라보았다. 가온은 태연히 조각칼을 집어들고 부챗살 문양을 새기기 시작했다. 커다란 알을 향해 뻗치는 햇살이었다. 이 아이의 말이 옳다. 예수가 성령으로 잉태했다는 것보다, 누추한 우리 몸에 깃든 불멸의 영혼이 더 큰 기적 아닌가. 솔직히 말해 과연 영혼이 있는 것인지, 그리고 불멸하는 것인지는 알 수 없지만.

"사복음서 말고 너만 아는 복음서가 있다던데?"

나는 간밤 탁연의 말을 기억하고 물었다.

"그거요? 카라코룸 일대에 떠돌던 이야기들이에요. 유년기에 암기했던 거라서 순서가 뒤죽박죽이에요. 탁연 스님께서 그러는데 석가모니나 노자, 공자의 말씀에 예수의 생각을 곁들인 것 같대요. 아시겠지만 전쟁은 교역을 불러오고 교역은 서로 다른 문물을 뒤섞죠. 예수 탄생 때, 동방박사 세 사람이 별을 보고 찾아가 예물을 바치잖아요? 동방박사가 예루살렘에 갔듯 예수도 지금 내 나이 무렵, 동방을 순례하며 수행하죠. 《화엄경》의 선재동자처럼요. 그러다 자연스럽게 동방의 종교들을 접했겠죠."

가온은 영성뿐만 아니라 지성도 상당했다.

"그걸 경전으로 정리하면 보다 많은 사람들이 공감할 텐데?"

그간 가온이 말해온 명구들을 듣고 나부터가 동요했었다. 그런 내용이라면 판각불사《대장목록》에 충분히 넣을 수 있었다.

"탁연 스님과 함께 틈틈이 정리하는 중이에요."

가온은 망치질을 계속했다.

"야, 이 녀석아! 재벌새김을 이렇게 하면 어떡해! 귀한 경판 한 장 다 망쳐놓았잖아!"

옆방에서 고함 소리가 났다. 노발대발 꾸지람은 한참이나 더 이어졌다. 나는 옆방으로 건너갔다. 대머리 각수장이가 떠꺼머리 청년을 눈물이 쏙 빠지게 혼내고 있었다. 내가 다가가자 대머리 각수장이가 목례를 한 다음, 망친 경판 부위를 가리켰다.《종문척영집宗門摭英集》하권이었다. 별반 중요하지 않은 경전이었지만 최선을 다하는 자세가 좋아 보였다.

"석공이 돌 깨는 건 안 배우고 눈 깜박이는 것부터 배웠다더니, 되바라지기는! 주제도 모르고 재벌새김을 한다고 나대다가 이렇게 망쳐놓으면 마무리새김을 아무리 잘해도 못 써먹는단 말씀이야."

각수장이 사내는 중급 정도의 연습생이 욕심을 부려서 마무리까지 하려다가 망쳐놓은 곳들을 지적했다. 주제넘게 획수가 복잡한 글자까지 손대다가 칼날이 글자를 건드렸다는 것이다. 지금은 괜찮은 것 같지만 숙련공이 마무리새김을 하게 되면 획이 떨어져버릴 여지가 많다고 했다. 한두 글자면 파내고 다른 나무에 새겨서 끼워 박을 수도 있지만 망친 글자가 너무 많아서 버려야 한단다. 신성한 경판을 누더기로 만들어 납품할 수는 없기 때문이다. 그것은 김승 공방의 권위를 떨어뜨리는 일이었다.

"승정 어른, 그거 아세요? 경판 한 장 완성하는 데 얼마나 많은 이들의 땀과 정성이 들어가는지요. 우선 벌목공이 산에 올라가서 곧게 자란 아름드리 벚나무, 거제수나무, 서어나무, 돌배나무, 단풍나무 등을 고르죠. 크다고만 재목이 되는 게 아닙니다. 나무의 결이 곧아야 해요. 굽거나 뒤틀리면 칼날이 제대로 먹지 않거든요. 속에 옹이가 박힌 건 초장에 버려야 해요. 사람도 겉은 멀쩡한데 성격이 뒤틀리거나 못이 박힌 것들이 있잖아요. 꽁한 것들도 많고요. 그런 인간은 몹쓸 인간이잖습니까? 재목이 될 나무가 선정되면 나무에 더 이상 물이 오르지 않는 처서가 지나서 벌채를 합니다. 가을에서 이른 봄 사이에 탕개톱을 가지고 하지요. 보통 두 사람이 한 조가 되어서 톱질을 합니다. 나무 잘못 베다가 사람 다치기 십상이지요. 큰 나무가 넘어질 때 사람 하나 결딴내는 건 아무것도 아니거든요. 나무가 넘어지면 세 자 크기로 잘라서 한두 해 응달에 방치해둡니다. 진이 빠지기를 기다리는 거지요. 그걸 목도로 운반해 오는 일은 또 여간 큰일이던가요? 어깻죽지가 끊어질 지경이지요. 가파른 산속에서 평지로 운반해 와 탕개톱이나 붕어톱으로 판자를 켭니다. 한 치 반쯤의 두께로 켜죠. 이때 나무심이 있는 가운데 부분은 버려요. 나무심 부위는 마르면서 갈라지기 십상이거든요. 대패질하고 나면 한 치의 판자가 됩니다. 판자는 적당한 크기로 잘라서 소금물에 삶아야만 합니다. 그래야 마르면서 생기는 갈라짐과 틀어짐, 굽음을 방지할 수 있거든요. 삶은 판자를 말리는 것도 보통 정성이 들어가는 게 아닙니다. 엎치락뒤치락하며 새끼줄로 묶고, 우물 정#자 형태로 쌓고, 돌로 눌러놓고, 하여간 일 년을 지극정성으로 말린단 말씀입니다. 이렇게 삼 년을 공들여서 반듯한 판자 하나를 얻는 거랍니다. 아시겠어요? 숫제 아이 낳고 기르는 것과 다를 바가 없다니까요. 건조가 끝난 판자는 다듬기에 들어갑니다. 사람 새끼로 치면 교육시키는 거나 다름없지요. 먹줄을 튕겨서 한 장 한 장의 치수를 정합니다. 다음에는 마구리에 들어갈 네 귀퉁이를 톱으로 잘라내죠. 그다음에는 자귀질을 거쳐 대패로 매끄럽게 깎아냅니다. 이제야 비로소 글씨를 받아낼 준비가 끝난 겁니다. 표준에 맞춰 정성스럽게 쓴 판하본을 글씨 면이 판자 쪽에 가도록 뒤집어 붙입니다. 우리 탁연 스님처럼 당대 명필 필경사들이 쓴 거지요. 붙인 판하본 위에 한 번 더 풀질하여 말렸다가 참깨를 볶지 않고 짜낸 호마유나 유동나무 기름을 바릅니다. 기름은 나무에 스며들어 새김질을 부드럽게 해줄뿐더러 글자를 선명하게 해주죠. 그건 승정 어른께서도 자주 보셨을 겁니다. 자, 이제 숙련된 솜씨를 지닌 우리 같은 각수장이들이 날카로운 조각칼을 들고 진검승부를 펼칩니다. 물론 조수들이 여럿 있지요. 허드렛일을 하는 초짜, 행과 행 사이 빈 공간을 파내는 초보새김이, 글자의 획이나 삐침 부분을 제외한 글자와 글자 사이를 따내는 재벌새김이, 마지막으로 저 같은 장인이 마무리를 하고 시주자나 공방 대표 이름, 혹은 새긴 이 이름을 변계선 밖에 음각합니다. 그런데 이 시건방지다 못해 엉덩이에 뿔난 놈이 고작 삼사 년 정도 조각칼 잡더니만 자꾸 복잡한 획수의 글자에 손을 대는 겁니다. 잘만 새기면 누가 뭐라 겠어요. 보세요. 칼날이 거미줄처럼 글자들을 범하고 있잖아요. 얼마 못 가서 다 떨어져나가버리죠. 이 경판은 땔감으로밖에 못 써요. 어떤 각수장이는 한 글자 새기고 합장하며 삼배를 올린다는데 이놈은 코나 후벼 파쌓고 〈만전춘〉〈쌍화점〉 같은 여자 후리는 노래나 줄곧 흥얼거린답니다. 손재주 좀 있다고 칭찬했더니 아주 기고만장해요."

듣고 보니 한 장의 경판에 들어가는 땀과 정성이 여간 아니었다. 글자 한 자 새길 때마다 삼배를 올린다고? 어느 각수장이가 그러겠는가. 그건 너무 비효율적이다. 집중력이 요구되는 정교한 새김에 방해가 될 뿐이다. 굳이 삼배를 올리지 않아도 경판에 담긴 세월과 정성이 백팔배보다 컸다.

별을 보고 눈을 밟으며 사막을 건넌 진리의 전도사들! 구마라습이나 달마는 죽음을 무릅쓰고 동쪽으로 건너와 붓다의 말씀을 전파했다. 세월이 흐르면서 그 기억들은 새로운 해석을 필요로 했다. 그래서 그 기억을 찾아서 서쪽으로 구도의 행렬이 이어졌다. 당나라 현장과 신라의 혜초 등이 그들이다. 진리를 위해 죽음을 무릅쓰고 구만리 역정을 주파해낸 지성들! 그것은 위대한 기록의 역사였고 거룩한 기억의 역사였다.

나무의 속살에 한 글자 한 글자 파고 새기면 천 년의 세월도 능히 건너게 된다. 그런데 대장경의 내용이 과연 그럴 만한 가치가 있는 것들인가. 붓다의 장광설은 솔직히 너무 방대하다. 늘어지고 산만하며 중복된 것도 많다. 그래서 아무리 불경 읽기를 즐기는 수행자라 해도 도무지 흥미가 일어나지 않는 경전들이 즐비하다. 너저분한 이야기들까지 죄다 모아놓고 갖은 공을 다 들여서 목판에 새겨둬야 하는 것인가. 꼭 필요한 말이 아니면 하지 않는 것, 그것이 수행자의 미덕이다. 더구나 만물은 실상이 없다고 주장하는 불교가 굳이 대장경을 판각하는 건 모순이다.

"지밀 승정, 여기 계시는군요."

뒤돌아보니 김승이 웃으며 서 있었다.

"승정께서도 판각을 해보시려고요?"

남해에서 일연과 함께 새기던 《반야심경》이 떠올랐다. 일연은 내가 관자재보살처럼 세상 사람들이 필요로 할 때 언제라도 달려가 도와주는 사람이 되길 바랐다. 판각사업이나 지휘하는 일개 승정에게 너무 큰 바람이었다.

"아뇨. 이처럼 지극정성으로 새기는 붓다의 장광설이 경판으로 무려 팔만 장이 넘건만 세상은 왜 이리 생지옥일까 생각중이었습니다."

김승이 웃으며 복도 끝 내실 문을 열었다. 나는 야단맞고 서 있던 연습생의 등을 두드려주며 복도로 나왔다. 김승을 따라 내실로 들어섰다. 예수의 일대기 편액들은 다시 봐도 강렬했다.

"말보다 실천입니다. 그래야 세상이 달라집니다."

조각칼로 새기듯 카랑카랑한 어조로 김승이 말했다. 그는 십자가에 매달린 예수의 모습이 담긴 편액 앞에 섰다.

"김승 촌장님! 나를 이 마을로 불러들인 목적이 뭡니까?"

나는 변죽을 울리고 싶지 않았다.

"승정은 우리 마을에서 무엇을 보았나요?"

"나는 먼저 앞이 캄캄한 암흑세계를 보았고 나중에는 온갖 무녀리들이 만들어가는 평화를 보았습니다."

"그래요. 누구든 우리 마을에 들어오면 화평을 얻게 되오. 도망쳐 온 노비건 전쟁고아건 장애인이건 귀화인이건 모두가 한 식구가 되는 거요. 그리하여 배곯고 헐벗은 이는 하나도 없게 되오."

그것만으로도 김승은 훌륭한 촌장이었다. 이 전쟁통에 이만하면 됐지 무엇을 더 바라겠는가. 그런데 김승에겐 남다른 야심이 있었다. 나는 그 야심이 불안했다. 세상을 바꾸려는 그 야심이 왠지 이 마을의 화평을 깰 것만 같았다.

내가 읽은 복음서에 의하면, 갈릴리 목수 출신 예수도 지금 고려의 사정과 별반 다를 게 없는 세상을 살다 갔다. 대진국의 식민지 천하에서 형식적인 율법에 얽매인 유태교는 생민들의 고통을 외면하고 대진국의 지배에 협력했다. 그래서 억압받고 차별받아온 하층민들이 결집하여 일어났다. 예수는 그 지도자 가운데 하나였다. 마침내 예루살렘에 입성한 예수는 물질화된 교회를 성토하고 제국에 저항하는 메시아운동을 전개했다. 유태 지배층은 혹세무민과 보안법 위반의 죄목으로 예수를 체포하고 대진국의 형법에 따라 십자가형에 처했다. 이로써 메시아운동이 진압됐으나 예수 부활신앙이 생겨났고 유태교와 다른 기독교가 성립되었다.

미완의 혁명가 예수는 혁명의 완성을 위해 재림을 필요로 한다. 지금 고려의 남녘땅, 서쪽에서 온 이 마을의 촌장 김승은 경교를 이용하여 정치혁명을 꿈꾼다. 고려는 종교의 자유를 보장하는 나라지만 반란하다 발각되면 씨를 말린다. 김승의 정치혁명이 성공하면 다행이겠으나 실패하면 이 마을 사람들까지 몰살당하고 말 것이다.

"그럼 됐지 왜 만용을 부리는 겁니까?"

나는 거침없이 따지고 들었다.

"만용이 아니라 우리가 살아야 할 이유요. 수많은 사람들이 고통 받는 세상, 뒤틀린 세상을 바로잡는 것, 정의로운 세상을 만드는 건 우리 모두의 책무란 말씀이오. 구세주는 예수가 아니라 예수를 믿고 혁명을 실행하는 우리 자신이오. 우리가 믿는 경교는 천국이 하늘에 있지 않으니까요."

김승의 굳센 혁명 의지는 알겠는데 한 가지 의심나는 게 있었다.

"그러면서 왜 부활 승천한 예수를 내세우는 겁니까?"

"가게 앞에 휘황한 등불을 켜야 사람들을 불러들일 수 있으니까. 불교에서도 지옥과 윤회 이야기, 심지어 무속처럼 신장들까지 팔고 있지 않소? 모든 게 '무'라고 하면 사람들은 불안해합니다. 자꾸 뭔가를 채워넣으려고 하지요. 종교는, 설사 모순일지라도 신도들이 기댈 데를 만들어줄 의무가 있소. 지금 같은 때는 아주 새롭고 참신한 능력자가 필요하오. 천의 공자, 만의 석가가 있어도 이 시대적 고통을 치유할 수 없어요. 오직 한 분, 예수처럼 생경하고 참신해야 사람들이 안심하고 기대고 영혼을 맡깁니다."

간단했다. 김승은 종교를 장사행위 이상으로 보지 않고 있었다.

"난 두렵습니다. 고통의 바다 한가운데서 어렵사리 만들어온 이 마을의 화평이 촌장의 야심 때문에 깨질까봐서요."

"승정처럼 나약한 마음으로는 평생 노예의 삶밖에 못 사는 거요. 연못의 물고기, 하늘의 솔개처럼 자유롭게 살고 싶으면 자신의 영역을 지켜내야 하오. 영역을 침범한 적들과 싸워서 물리쳐야 하오. 자유를 옥죄는 사슬들을 끊어내야 한단 말씀이오. 우리는 승정의 도움이 필요하오."

김승이 내 손을 덥석 부여잡았다.

"내 힘은 미약합니다."

"아니요. 승정이라면 충분히 할 수 있소. 우선 이 주옥같은 성경들이 대장경 목록에 들어가도록 힘써주시오. 표현을 불교적으로 해도 상관없소. 승정이 수기 도승통을 설득하면 가능할 것이오."

김승이 경교 문헌들과 복음서들을 가리켰다. 고려에 알려진 경교 문헌들뿐만 아니라 대진국에서 들여온 성경까지도 대장경 목록에 넣어달라는 주문이었다.

"예수 이야기는 놀라운 소식이긴 합니다만 불교 교리와는 너무 이질적입니다."

이미 동방과 서방의 두 종교인 불교와 경교를 충분히 비교분석한 내가 난색을 표했다.

"뭐가 이질적이라는 거요?"

"예수를 '깨달은 자', 그래서 세존이라고 인정하더라도 신의 아들이며 부활 승천했다는 것, 그를 통해 천국에 갈 수 있다는 것 등은 철저한 자기 수행을 통해 해탈의 길을 얻는 불교와 너무 다르오. 타력 구원과 자력 구원의 문제니까요. 가온과 탁연이 정리하고 있다는 새로운 복음서라면 대장경 목록에 넣어볼 수 있겠지만."

나는 분명히 선을 그었다.

"정말이오? 당나라 때 공인받은 경교 문헌들과 함께 그거라도 넣을 수 있으면 족하오."

김승은 깜짝 반가워하며 내 손을 부여잡았다. 그러더니 서가의 수북한 두루마리 경전들 속에서 《미란타왕문경彌蘭陀王問經》을 골라 보여주는 것이었다. 《나선비구경那先比丘經》이 본래의 이름이다. 나선 비구는 나가세나라는 천축국 비구를 말한다.

"세상의 모든 종교 경전은 문명 교류의 흔적을 담고 있소이다. 천축국 불교가 중국에 들어와 노장 사상과 만나 통섭하여 수많은 경전이 쏟아졌지요. 이 《미란타왕문경》 같은 경우는 북천축국을 지배했던 대진국의 총독 미란타와 천축국 학승 나가세나가 벌인 논변을 담고 있잖습니까? 서방 철학과 불교 철학의 불꽃 튀는 만남의 결실이지요."

김승의 말이 맞다. 오래전 이 경전을 아주 재밌게 읽은 기억이 난다. 미란타 총독은 북천축국의 왕이기도 했다. 미란타 왕은 현명한 호학好學 군주였다. 철학과 수학·음악·의학·역사·천문학·논리학 등에 해박했다. 당대의 학승 나가세나는 미란타 왕과 논쟁하기 전에 전제조건을 단다. 왕의 지위로서가 아니라 철학자로서 대등하게 논쟁하자는 거였다. 철학자의 입장으로 논쟁한다면 비판과 수정이 가능하지만 왕의 입장에서라면 오직 자기 입맛에 맞는 내용만 들으려 하고 어긋나면 처벌을 명령할 것이기 때문이었다. 왕은 나가세나의 전제조건을 받아들이고 모두 304가지의 질문을 던졌다. 그중 42가지 질문은 실전失傳되고 262가지 문답이 전해오고 있었다. 영혼의 존재 여부를 묻는 미란타 왕에게 나가세나는 모든 법이 대상에 의해 마음이 움직여서 생기는 것이므로 영혼의 존재는 인정될 수 없다고 답한다. 집착하지 않으면 윤회의 근거가 사라지므로 영혼은 없는 것이 된다. 그렇다면 왜 불가에서 영가천도靈駕遷度를 지내주며 돈벌이를 하는 것인가? 모순이다. 영혼이 없다면 천도재를 지내지 말아야 옳다. 중생들을 위로하는 방편이라고 하기에는 너무 비중이 크다. 나는 조금 전 옆방에서 가온과 대화하면서 우리 몸에 깃든 영혼의 존재를 인정했다. 떠도는 영혼들의 세계가 바로 중음계가 아니던가. 그런 현상은 인정하되 본질적으로는 공하므로 없다고 해야 제대로 된 불교 수행자다. 우리는 아무리 애써도 이 세상에서 자성을 가진 것을 찾을 수 없다. 찾지 못함, 이것이 절대 진리다. 그런데 나는 영혼이 있다고 생각한다. 이 모순을 안고 나는 살아간다. 삶이 어디 논리던가. 우리네 삶 자체가 하나의 거대한 모순 덩어리인지도 모르겠다.

"무슨 생각을 그리 골똘히 하오? 《미란타왕문경》도 대장경 안에 포함됐는데 경교 문헌과 복음서가 못 들어갈 이유가 없지 않냐 말씀이오? 세상의 모든 진리를 담아내야 비로소 완성도 높은 대장경이 되는 겁니다."

김승이 내 사유를 끊어놓았다.

"나는 《미란타왕문경》이 그렇게 뛰어난 경전이라고 보지 않습니다."

"예수 탄생 백오십 년 전에 있었던 동방과 서방의 철학 논쟁치고 아주 뛰어나지요."

김승의 공부는 내가 생각했던 것보다 깊었다. 탁연 같은 학승을 가까이한 덕분일 거였다.

"서방의 철학과 종교는 영혼을 인정하는 세계관을 가지고 있습니다. 여러 학문에 정통한 미란타 왕이 왜 나가세나의 무영혼설을 그처럼 쉽게 받아들였을까요? 자신의 세계관을 너무 쉽게 바꾸고 있단 말이지요. 나라면 끝까지 물고 늘어졌을 겁니다. 세계관 바꾸는 게 그렇게 간단한 일인가요? 그런데 미란타는 마치 감화받을 준비를 하고 있었던 사람처럼 나가세나의 법문을 쉽게 받아들입니다. 분명 허점이지요. 용수의 《중론》을 빼고 대개의 불경들은 이처럼 논리가 취약합니다."

나는 대장도감을 교감하는 승려로서 경전의 허점을 지적했다. 내가 믿는 불교라고 무조건 옳다고 여긴다면 그것이야말로 독단이다. 독단은 진리와 멀어지는 지름길이다. 그런데 종교는 곧잘 독단에 빠져 무조건적인 믿음을 강요하곤 한다.

"지밀 승정의 치밀한 분석력에 탄복합니다. 그럼 예수의 성령 잉태와 부활도 좀처럼 못 받아들이시겠구려. 실은 나도 그렇소. 허허허."

"재구성된 신화와 상징으로 이해합니다."

"그럼 수기 도승통을 설득하여 경교 문헌과 가온이 기억하는 새 복음서만이라도 대장경 목록에 넣어주시오. 예수는 서방에서 성불한 또 한 분의 부처요. 그래서 석가모니 부처도 서방정토를 말씀했던가보오. 미래불이 탄생할 서쪽의 복된 땅 말씀이오."

서방정토, 그거 말 된다. 우리 고려에서 서방정토는 석가모니 붓다가 나신 천축국을 가리키지만 천축국에서 살았던 붓다가 말한 서방정토는 천축국일 수가 없다. 천축국의 서쪽 나라인 것이다. 그게 대식국일 수도 있고 대진국일 수도 있었다.

"나는 왜 여태 그 생각을 못 했을까요? 붓다가 가리킨 서방정토가 바로 대진국이나 대식국일 수도 있음을 말이오! 강도로 귀환하면 수기 스승께 간청해보겠습니다."

나와 김승이 동시에 손을 뻗어 악수했다. 종파가 다른 두 수행자의 의기투합이었다. 가온의 말을 잘 정리하여 '서방세존법언록西方世尊法言錄' 정도의 이름으로 대장경 목록에 넣으면 괜찮겠다 싶었다. 고려대장경은 북송본이나 거란본의 재탕이나 다름없다. 이번에 새로 집대성해서 판각하는 6,844권, 8만 1,000여 장의 경판 가운데 이 땅 스님들의 글이 들어가 있는 불전은 고작 83권뿐이다. 수기 스승의 《교정별록》 30권과 내가 교정 본 《대장목록》 3권, 혜심대사의 《선문염송집》 30권, 균여대사의 《십귀장원통기》 2권, 《지귀장원통기》 2권, 《삼보장원통기》 2권, 《석화엄교분기통초》 10권, 장응의 《보유목록》 1권 등이다. 그 유명한 원효대사의 《대승기신론소》도 넣지 못했는데 예수의 언행록이 새롭게 포함된다면 획기적인 일이다.

"고맙소. 한 가지 더 있소. 승정께서 태자 저하와 친분이 깊다는 거 잘 알고 있소. 태자 저하와 황제께 우리가 무인정권을 몰아낼 준비를 주도면밀하게 해오고 있다고 알려주시오. 선사 소군께서 동참하고 있다는 사실도. 때가 되면 은밀히 찾아뵙고 나서 거사를 도모할 참이오. 우리는 반란군이 아니오."

"그야 어렵지 않지요. 태자 저하께서도 틈을 노리고 계십니다."

"고맙소. 머잖아 최이 집정의 명줄이 끊어질 거요. 그의 아들 최항이 집권하면 지금보다 훨씬 세력이 약화될 거고. 우리는 차츰차츰 세를 불리다가 그때 가서 봉기할 참이오. 우리에겐 화약이라는 신무기가 있소. 우리 동지들이 이미 그걸로 최이와 최항의 목숨을 노리고 있소."

무서운 정보였다.

"보여줄 게 많소. 이젠 승정이 동지가 되셨으니까."

김승은 십자가에 매달린 예수상 바로 밑 서가로 나를 데리고 간 다음, 네모난 청자 접시에 담긴 나뭇조각을 보여줬다. 절반쯤 숯검정이가 된 것이었다.

"그날 각수장이 서씨, 내 수양딸 심경의 생부가 끌어안고 죽어서 보존한《반야심경》경판 일부요."

각수장이 서씨가 불구덩이에서 건져내려 했던 그 마음이 담긴 유품이었다. 이것이 사리다. 붓다의 몸을 태워 얻었다는 사리가 바로 이런 것이다.

나는 속으로 그렇게 되뇌며 경판 조각에 손끝을 대보았다. 화염 치솟던 그날 광경이 그려졌다.

"형상이 있는 건 모두 실체가 없고 한갓 그림자일 뿐이라지만

근심 없는 나무들 | 237

의미가 담긴 물건만큼은 소중히 간직할 수밖에 없는 거요. 진리의 냄새만 맡을 수 있어도 근사한 거니까 말이오. 세상의 모든 경전도 다 그래서 보전하는 거고."

김승은 그 옆에서 누렇고 두툼한 종이 뭉치의 끈을 풀었다. 패엽경貝葉經이었다. 석가모니 붓다 당시 천축국에서는 이런 형태의 경전이 유행했다.

"이건 목호(마호메트교) 경전이오."

김승은 양탄자 조각보에 금실로 수놓은 매우 독특한 경전들도 보여줬다.

"이것들을 어떻게 다 모았지요?"

"우리는 세상의 모든 경전을 모을 작정이오. 경전들은 말도 다르고 글도 다르고 종파도 다르지만 저마다 발 딛고 선 땅에서 본 조물주 찬양이자, 진리를 찾아가는 위대한 여정의 기억이오."

김승, 이 멋진 경교승이 감찰 나온 승정인 나를 사로잡고 있었다. 이 궁벽한 바닷가 산속에서도 이런 도서관을 만들었는데 종파를 따지고 권력을 다투는 고려 불교 교단은 얼마나 한심한가. 내가 감찰해야 할 대상은 이곳이 아니라 종단의 실세들이다.

"이제 약초골로 가봅시다."

나는 김승을 따라나섰다. 가온은 공방에서 주몽 판화를 새기는 데 열중해 있었다.

약초골 공방 창고에서 김승이 내게 보여준 건 창과 칼, 화살 따위의 병장기들이었다. 수천 명의 군사가 쓸 수 있는 엄청난 양이었다.

"필요하면 왜구들을 용병으로 쓸 참이오. 그들의 우두머리와도 교역하고 있으니까 협상만 잘하면 얼마든지 가능하오. 고려가 몽골에 완전히 정복당하면 다음 차례는 일본이니까 저들도 적극적일 거요."

그 또한 놀라운 전략이었다. 김승의 역량이 이 정도일 줄은 상상조차 하지 못했다.

쪽방 사물함에는 불교계 실세들의 계파와 성향을 조사한 자료들, 문인들의 명단이 적힌 두루마리들까지 있었다. 붉은색과 파란색으로 방점을 찍었는데 포섭했거나 포섭할 대상이라고 했다. 과연 준비가 철저했다. 김승은 쪽방을 나서며 이번에도 찌그러진 세존상의 정수리에 향을 꽂았다. 심경의 친부 서씨와 초적패 두령, 농민들, 그리고 대장경 경판들이 불타 섞인 재로 만든 세존상이었다. 진리의 말씀이 살아 있다면, 그리고 불타 죽은 이들의 혼백이 있다면 김승의 편이 돼줄 것 같았다. 아니, 나라도 김승의 편이 돼야겠다고 다짐했다.

5

저녁에 세찬 비가 내렸다. 숙소 등잔불 아래서 성경을 읽고 읽
는데 전 장군으로부터 기별이 왔다. 판각공방 이층 누각에서 탁연
이 찾는다고 했다. 삿갓에 도롱이를 뒤집어쓰고 판각공방으로 갔
다. 공방 마당에는 비바람에 떨어진 돌배와 나무이파리들이 어지
러웠다. 전 장군은 계단 위까지 따라와 문을 열어주고 돌아갔다.

"오서 오세요, 승정."

탁연은 혼자서 술잔을 기울이고 있었다.

"여기서만 맛볼 수 있는 팔선주八仙酒요. 오늘 같은 밤에는 술에
취해보는 것도 괜찮지요. 나는 비 내리는 밤이면 이렇게 창문을
열어놓고 저 돌배나무에 비바람 몰아치는 광경을 보면서 홀로 취

하곤 하오. 취해 있는 동안은 나도 신선이오."

탁연이 옆자리를 권했다. 창밖 비 젖은 배나무 잎들이 불빛에 반사되어 번들거렸다. 나는 탁연이 건네준 술잔을 받아 기울였다. 아까 낮에 폭포 옆에서 마신 맥주보다는 독하고 약초 향이 깊었다.

"갑오징어조림 안주도 잡숴보쇼. 이 앞바다 특산물이오."

탁연이 안주 접시를 가리켰다. 하지만 나는 비위가 약해 해물도 잘 먹지 못했다. 한 잔의 술에 내 얼굴이 벌겋게 달아오르자, 탁연이 벽에 세워두었던 거문고를 들고 왔다. 안족을 움직여 조율한 그가 술대를 쥐고 줄을 내려치기 시작했다. 팔선주 향기가 그윽한 실내에 봉황 울음소리가 울렸다. 창밖에서 들어오는 비바람 소리와 마주친 거문고 소리가 절묘한 화음을 만들어냈다.

이제까지 봐왔던 탁연과는 전혀 다른 면이었다. 그처럼 빤질빤질하고 깐깐하던 탁연은 온데간데없고 풍류남아가 되어 바닥을 알 수 없는 깊은 소리를 길어올리고 있었다.

"돌이켜보면 나는 불협화음의 연대를 살아왔소."

연주를 멈춘 탁연이 나를 물끄러미 응시했다. 나 역시 그랬다. 세속 권력의 패배자가 어떻게 하다보니 종교 권력의 승리자가 되었지만, 늘 불화하는 세상의 중심에 있었다. 지금 이 순간도 화약을 짊어진 혁명 세력의 심장부에 들어와 있으니 알 만하지 않은가.

"……그 불협화음과 적당한 거리를 두고 관조하는 게 옳았지 않나 싶기도 하오. 덩달아 뛰어들어 부스럼만 키우는 듯해서 말이오."

탁연은 다시 한바탕 거문고를 타기 시작했다. 앞서 뜯었던 가락보다 사뭇 구슬픈 소리가 울렸다. 우리네 삶의 목적은 행동에 있다고 믿는 사람들이 많다. 하지만 깊이 생각해보면 사물과 사건의 내면을 제대로 들여다보는 관조야말로 품격 높은 삶의 목적 같다. 옴나위없이 허겁지겁 매달리는 일상이 이 세상의 평화에 무슨 도움을 주던가.

나를 내려놓고 관조하자고 마음먹어서였을까. 어쩌면 취기 때문인지도 모른다. 나는 빗소리와 거문고 소리에 묻혀서 잠에 빠졌다. 내 숙소가 아닌, 탁연의 방 기다란 의자에 누워서.

다음날 아침은 말끔히 개었다. 나는 판각공방의 어질러진 마당을 싸리비로 말끔히 쓸었다. 그사이 말벌들이 날아와 깨진 배의 과즙을 빨고 있었다. 미처 익기도 전에 떨어진 과일도 어떤 생명에게는 달콤한 먹이가 되는 게 세상이었다.

나는 며칠 동안 가온과 함께 마을 구석구석을 돌며 천국의 시간을 보냈다. 경교승들은 마을 사람들과 똑같이 논에서 피를 뽑고 밭일을 했으며 공방 일을 했다. 불교 승려들처럼 놀고먹는 이는 하나도 없었다. 나는 내심 부끄러웠지만 막노동은 내게 너무도 이물스러운 일이었다. 일꾼들과 말품을 팔아주거나 털북숭이 사자견 미루를 목욕시켜주는 정도가 고작이었다. 덕분에 미루와는 부쩍 친해졌다.

가온과 나는 미루를 데리고 마을을 돌며 담소하고 석죽화 같은 들꽃이 핀 밭을 거닐었다. 나무 그늘 드리운 시냇가에 발을 담그기도 했다. 눈만 뜨면 산더미처럼 쌓인 책을 읽거나 조사를 해야 했던 이제까지의 일상과는 전혀 다른 나날이었다. 일에서 손을 뗀다고 세상이 어떻게 되는 건 아니다. 어쩌면 내가 없어도 이 세상은 변함없이 잘 돌아갈 것이다. 애초 있지도 않았던 것, 성립하지도 않았던 문제들로부터 스스로 놓여나면 이렇게 마음이 편안해진다. 무지와 집착이 병통이다. 우주의 본바탕을 알고 집착을 놓아버리면 그 순간이 극락이요, 천국이 됨을 태어나 처음으로 체험했다. 내 낯빛은 빛났고 눈빛은 맑아졌다. 가온이 뿜어내는 밝은 빛의 반사였는지도 모르겠다.

"우리가 몹시 미워하는 어떤 것이 있다고 쳐요. 우리는 그것만 사라져주면 그 순간 천국이 될 거라고 굳게 믿죠. 정말 그것이 사라지면 천국이 될까요? 문제는 저마다 사라지기를 바라는 게 제각각이라는 거예요. 어쩌면 자기 자신도 누군가에 의해 간절히 사라지기를 바라는 대상일 수 있어요. 하지만 아무리 사소한 거라도 그게 없다면 세상은 완전한 세상이 아니죠. 완전한 세상에서 그것 하나가 빠져버린 세상이 되는 거니까요. 그렇다면 우리가 미워하는 것이 사라지기를 바라지 말고 아름답게 변하도록 도울 일이에요."

가온이 시냇가에서 발로 물장구를 치며 내게 한 말이었다. 한 편의 시였고 경전 구절이었다. 붓다가 깃들어 있고 예수가 살고 있었다. 지금 우리가 사는 이 엉터리 같은 세상을 평화롭게 건너는 법일 수도 있었다. 나는 숙소로 돌아와 지금까지 가온이 한 말들을 적어나갔다.

아침 밥상머리에서 김승 촌장이 국수 얘기를 꺼냈다. 절집에서는 국수를 승소僧笑라고 한다. 매일 먹는 밥에 물린 스님들이 국수를 대하면 반겨 웃는대서 나온 정겨운 이름이다.

"메밀이나 칡국수 말고 밀국수 말씀이죠?"

전 장군의 아내가 숭늉을 내놓으며 김승에게 확인했다. 김승이 그렇다고 대꾸했다. 전 장군의 아내는 밀가루 구하기가 쉽지 않을 거라고 했다. 밀 경작을 많이 하지 않는 고려는 밀가루를 대부분 송나라에서 수입해왔다.

"내가 구해볼게요. 검모포에 가보죠 뭐."

가온이 나섰다.

"거기서 못 구하면 어쩐다냐?"

전 장군이 고개를 갸웃거렸다.

"보안현으로 갈 거예요."

"거기서도 못 구하면?"

"완산주까지 가서라도 구해보죠."

"우리 가온이가 저런다니께유."

전 장군이 나를 향해 넙죽 웃었다. 말이나 당나귀라도 타고 나가라 했지만 가온은 동이를 이고 걸어서 바디고개를 넘었다. 아이들이 몰린다며 사자견 미루도 내게 맡겨두고 떠났다. 나는 그런 가온을 바디고개까지 배웅했다.

"뙤약볕에서 더위 먹겠는걸!"

"국수를 뽑아서 촌장 어르신과 어머니, 지밀 승정, 산중 식구들을 먹인다고 생각하면 이깟 더위쯤은 아무것도 아녜요. 오히려 신이 나는걸요."

가온은 고갯길을 씽씽 달려 내려갔다. 나는 한참 동안 그의 뒷모습을 좇고 서 있다가 사자견 미루를 데리고 돌아왔다. 전 장군의 아내는 워낙 야무진 살림꾼이라 그사이 메밀을 불렸다가 절구에 찧고 있었다.

저물녘에 가온이 돌아왔다. 소쿠리 덮인 동이를 이고서였다. 흔량매현에서 밀가루 한 말을 구했다며 좋아 죽었다.

"도중에 소달구지를 얻어 타고 와서 그리 힘들진 않았어요. 보세요, 이 고운 밀가루를요."

나는 가온이 인 동이를 받아서 평상에 내려놓았다. 그런데 아뿔싸! 덮고 있던 소쿠리를 열었는데 거짓말처럼 동이가 텅 비어 있는 게 아닌가. 밀가루는 바닥에 한 줌이나 남아 있을까 말까였다. 나는 보았다, 손잡이 아랫부분에 뚫린 작은 구멍을. 그 구멍으로 새어나간 밀가루는 마냥 바람에 실려 대지에 산산이 흩날려버린 모양이었다. 안 봐도 그림이 생생했다.

"이런, 이걸 어쩐다죠? 까불리던 달구지 위에서 그만 구멍이 났나보네요. 그것도 모르고 신나라 이고 왔어요."

가온이 해맑게 웃었다.

"우리 가온이 울게 생겼네."

전 장군이 놀렸다. 가온은 울상은커녕 도리어 엄숙해졌다.

"애초 집을 나설 때도 동이는 비어 있었잖아요. 욕심껏 가득 채웠으나 끝내 비워야 가는 곳, 이게 아버지 나라 천국에 들어가는 길이랍니다."

모두가 말문이 막혔다. 그날 그 자리에서 그 광경을 목격한 모든 이들은 충격을 받았다. 나는 가온에게서 어린 붓다 아니, 어린 예수를 보았다. 이렇게 될 줄 알았던 걸까. 전 장군의 아내는 미리 빻아둔 메밀로 묵을 쑤어서 마을 사람들을 배불리 먹였다. 가온의 말처럼 밀가루 한 동이가 없어도 세상은 달라지지 않았다. 그런데도 우리는 지금 손에 움켜쥔 이것이 없으면 금방 죽을 것처럼 안달하며 사는 것이다.

불과 사나흘쯤 흘렀다고 생각했는데 어느새 열흘이 훌쩍 지나 있었다. 이제 강도로 귀환해야 할 때가 되었다. 아쉽지만 가온과의 교감을 여기에서 멈춰야 했다. 집착하지 않는 게 수행자의 미덕이다.

나는 강도로 귀환할 차비를 했다. 김승, 선사 소군과 상의하여 인보의 주검을 다비하기로 했다. 동굴 속에 넣어둔 인보의 주검은 그때까지도 상하지 않았다. 연근 우려낸 소주로 적셔서 얻은 효과였다. 전 장군과 몇몇이서 조촐한 다비식을 치렀다.

장작 더미 아래로 불이 들어갔다. 장작이 탄다. 새빨간 혀를 널름거리는 불꽃은 이내 장작 더미를 보자기처럼 에워쌌다. 이제 인보가 타기 시작한다. 사람이 탄다. 아니, 중이 탄다. 이승에서 사는 동안 그는 우렁우렁한 목소리로 투덜대기를 좋아했다. 고작 이렇게 불의 먹잇감이 되기 위해 인보는 그리도 불퉁거리며 살았던가. 그는 불퉁거리면서도 나를 잘 받들었다. 설사 최이 집정이 대장도감에 심어놓은 간자였다 하더라도 그는 자신의 역할에 충실했다. 그리고 웃으며 죽었다. 연꽃밭에 편안히 누워서.

다음날 새벽, 장작불이 사위자 그의 유골을 주웠다. 사리 같은 건 나오지 않았다. 돌절구에 빻아 가루로 만들어 분골함에 담았다. 이 마을에 들어올 때 멀쩡히 살아서 말했던 인보를, 돌아갈 때는 작은 분골함 하나에 담아 간다. 허망했다.

다비를 하고 돌아오니 탁연이 내 숙소에 와 있었다. 마루에는 경교 문헌과 복음서, 가온의 잠언집 권축본을 담은 오동나무 상자를 비롯해 여러 토산품 꾸러미들이 쌓여 있었다. 내일 내가 가져갈 것들이었다.

"지밀 승정, 기회가 되면 중국 남송 지역에 가보시오. 나는 십여 년 전, 장강과 황하를 잇는 내륙운하를 거쳐 온 적이 있소. 공자

·맹자의 유학이 노장 사상이나 불교와 융합하여 아주 새로운 철학 사조를 낳았소. 주자라는 대학자가 집성하여 주자학이라고 일컫지요."

"주자학요?"

불교 경전이건 이교 경전이건 닥치는 대로 읽기 좋아하는 나지만 처음 듣는 학설이었다.

"그래요. 불교에서 세계를 설명할 때 이理와 사事라는 개념을 쓰지요. 이판사판 할 때 그 이와 사 말입니다."

"이는 본체이고 사는 현상이니까요."

"그 이와 사에 착안하여 북송과 남송에서 몇몇 학자들에 의해 이기론理氣論적 세계관이 만들어졌습니다. 그를 바탕으로 성인聖人에 이르는 공부 체계를 집성한 학자가 주자여서 주자학이라고 합니다. 나는 이 주자학과 몽골 귀족들이 믿는 경교가 기존의 불교 판세를 뒤흔들어놓을 거라고 보오. 불교는 이미 서산에 기울었다오. 변화된 세상에 부응하지 못하면 도태되는 거요."

경교의 파괴력은 충분히 봐서 안다. 하지만 주자학이 뭔지는 몰라도, 수승한 진리를 담고 있는 불교가 그 때문에 도태된다고 보는 건 엄포다. 세상의 모든 종교가 이 땅에 들어온다고 하더라도 불교는 끄떡없을 만큼 단단히 뿌리박고 있었다.

"설마요."

"승정이 직접 가서 보세요. 세상은 변하는데 나만 멈춰 있으면 뒤처지는 게 당연하오."

"스님께서는 주자학과 경교 중 경교를 선택하여 운명을 걸었다는 말씀인가요?"

"선택이 아니오. 그저 우리 앞에 온 것이오. 우리 인생의 숱한 만남과 인연은 그처럼 비밀스러운 거요."

"주자학도 곧 물 건너올 거 아니오?"

"전쟁이 끝나고 중국과 교류가 활발해지면 그리되겠지요."

탁연의 예상이 맞을 것이었다. 중국에서 유행하는 것이면 백 년 안에 이 땅에 들어와 지층을 뒤흔들어놓기가 예사였으니까. 그게 이 땅의 문화요 역사였다.

"어쨌든 이 마을이 경교를 받아들였다고 해서 몽골군이 보호해주지는 않을 거요."

"우리는 몽골군의 보호를 받을 생각 없소. 그네들은 우리가 쳐부숴야 할 외적이오. 그네들이 전부 경교도인 것도 아니고요. 우리 도가 장차 행해질지 끊길지는 모두 때에 맞아야 하는 거 아니겠습니까? 해마다 봄이 올 때 보면, 봄바람이 불어온다고 매서운 추위가 한 방에 물러가지는 않더이다. 주춤하고 물러갔다가도 다시 와서 맹위를 떨치곤 하지요. 꽃샘추위라는 겁니다. 허허허. 꽃샘추위 전에 틔운 새싹들은 왕왕 얼어 죽기도 합니다. 어쩌겠소. 그게 운명이라면 달게 받아들여야지요."

탁연은 그 말을 남기고 돌아갔다. 간밤 거문고 가락만큼이나

무겁고 구슬픈 여운이 남았다.

이른 저녁을 먹고 나는 가온과 함께 쇠뿔바위 언덕으로 바람을 쐬러 나왔다. 서녘 하늘 가장자리로 석양노을이 물들고 있었다. 나는 말없이 그 노을을 바라보며 한 번 가면 다시 오지 않는 순간들에 대해서 상념을 달렸다. 윤회하여 다시 이 자리에 온다 해도 이 순간은 만날 수 없다. 그러므로 순간에서 영원성을 찾아야 할 일이다.

노을 가장자리로 개밥바라기별이 돋아났다. 이 밤이 지나고 내일 새벽이 되면 저 별은 동녘 하늘로 가 있을 거였다. 샛별이었다. 수행자 석가모니는 보리수나무 아래서 샛별을 보고 득도했다. 같은 별이라도 시간에 따라 이름이 달라진다. 동녘 샛별이 전날 밤의 서녘 개밥바라기별이었음을 모른다면, 각기 다른 별이라고 여길 게다. 혹시 지옥과 천국도 그와 같지 않을까 싶다.

"지옥과 천국을 오간 보름간이었구나."

나는 깊은 물속 같은 어둠에 잠겨가는 마을을 내려다보며 읊조렸다.

"마을은 본래 그대로였고 승정 어른의 마음이 오락가락한 거죠. 보세요. 이 전란중에도 새는 노래하고 이렇게 패랭이꽃은 피어나잖아요. 극락이나 천국이 이곳을 떠나 따로 있다면 우리가 오늘을 아등바등 살아야 할 까닭이 없어져버려요."

가온은 개밥바라기별과 샛별이 같은 별임을 알고 있었다. 그리고 지옥과 천국, 삶과 죽음 역시 둘이 아님도 익히 알고 있었다.
날이 어두워지면서 하늘에 뭇별들이 돋아나기 시작했다. 천상의
별무리에 화답하고 싶었던 걸까. 지상에도 집집마다 불이 켜지고
숲에서는 반딧불이가 날았다. 꿈결 같은 순간이었다.

"그래 맞다. 천국에서 보낸 나날이었구나. 눈멀었던 사흘간은
통과의례였던 거고. 판각사업이 잘 마무리되면 여기 내려와서 지
내고 싶다. 내가 경교로 개종하지 않더라도 환영해줄 거지?"

가온은 바로 대꾸하지 않았다. 살랑살랑 바람이 분다. 나는 옆
구리를 나란히 하고 앉은 가온의 숨결에서 태초의 생명력 같은
걸 느낀다. 이 특별한 기운을 뭐라고 표현해야 옳을까. 글은 말을
다 담아낼 수 없고 말은 뜻을 다 전할 수 없다. 봄날, 물오른 나뭇
가지에 돋아나는 새순의 꿈틀거림? 매순간 나날이 바뀌는 그 봄
빛 말이다. 물수제비를 뜰 때 피어나는 물의 꽃에 부서지는 햇살
과도 멀지 않다. 거기에 혼령을 일깨우는 시원始原의 바람을 곁들
이면 이런 느낌일까. 나는 이 느낌을 오랫동안 간직하려고 가만
히 눈을 감아본다.

"우리 마을, 스님이 지켜줄 거잖아요. 높은 산 위에 요새처럼
만든 마을은 무너질 수 없고, 또한 숨겨질 수도 없지만……"

한참 있다 가온이 침묵을 깨고 속삭였다. 나는 그때 그 말의 진
정한 의미를 잘 몰랐다. 지켜준다는 건 원형을 보존하는 것으로만
알았다. 내가 왜 이런 마을을 해코지하겠는가. 종파를 떠나 하늘

아래 이처럼 아름다운 공동체 마을은 영원토록 유지돼야만 옳다.

마을에서의 마지막 밤을 나는 그렇게 보냈다. 요란한 환송식도 없었고 섭섭함을 달래자며 이별주를 권하는 이도 없었다. 평온 속에서 새날이 푸르스름하게 밝았다. 그 새벽빛이 스러지기 전에 내가 마을 사람들 모르게 해야 할 일이 하나 남아 있었다. 머리 깎은 수행자로서, 더구나 자부심 넘치는 대장도감 승정으로서 터 놓고 말하기 뭣하지만 나는 스멀스멀 새어나오는 욕망의 찌꺼기를 이곳에 마저 떨어내고 가야만 한다고 생각했다. 그래야만 실지렁이처럼 끈적끈적하게 달려드는 미련으로부터 놓여날 것 같았다. 나는 말을 짓쳐 달렸고 순식간에 유도화 군락지를 지나 폭포 옆 오두막 안으로 빨려 들어갔다. 다시는 생각조차 일어나지 않게끔 뼈가 으스러져라 치른 의식을 나는 굳이 숨길 뜻이 없다. 굳이 변명하자면 나도 사람이다. 욕망하는 의식과 징징 우는 몸을 가진 사람이라는 말이다.

이무런 일도 없었다는 듯이 조반을 먹었다. 그리고 검모포를 향해 떠났다. 약속대로 전 장군이 강도까지 동행하기로 했다. 김승은 내가 타고 갈 강도 가는 상선을 점검하느라 댓바람부터 항구에 나가 있었다.

내 짐을 실은 달구지는 전 장군이 몰았다. 나는 판각공방에서 말을 탔다. 탁연이 내 앞에서 성호를 그었다.

"보세요. 어제의 저녁노을이 오늘, 아침이슬로 영글었어요. 가만히 귀 기울여보세요. 활짝 열린 나팔꽃에서 찬송가가 흘러나와요."

돌배나무 밑 기와 담벼락을 휘감고 핀 메꽃을 보고서 가온이 읊은 또 한 편의 시다. 어제 저녁노을과 오늘 아침이슬을 절묘하게 연결 짓는 이런 사유방식이야말로 지극히 불교적인 것이다.

"내 뒤에 타고 가련?"

나는 가온에게 내 말 잔등을 짚어 보였다.

"아뇨. 가다보면 아마 내가 탈 것이 있을걸요?"

가온은 사자견을 데리고 내 앞에서 사뿐사뿐 걸었다. 채 긴 머리칼이 미풍에 간지게 날렸다. 삼거리 주막집에 다다르니 염소수염을 한 농부 하나가 우리 일행을 기다리다 반갑게 맞았다.

"나귀가 제법 힘이 세졌어. 이제 우리 가온이가 타도 좋을 만큼."

이거였다. 아까 가온은 바로 이걸 예감한 거였다. 농부는 아름드리 조각자나무에 매어둔 나귀 한 마리를 가온에게 넘겨주었다. 가온이 스스럼없이 나귀 등에 올라탔다. 나귀가 종종걸음을 치며 앞으로 달렸다. 사자견이 컹컹 짖으며 뒤를 쫓았다. 구경하던 사람들이 까르르 폭소했다. 농부는 지난해 봄, 나귀가 새끼를 치자 그걸 키워서 가온에게 주기로 마음먹었다고 했다. 속으로만 요량해오다가 오늘 결행한 거라 했다. 가온에게는 늘 이런 식의 일들이 시도 때도 없이 벌어졌다.

검모포에서 김승과 만났다. 김승은 내가 타고 갈 상선 한 척을 주선해놓았다. 연안을 따라 항해하며 강도까지 오르내리는 상선

이었다. 내려올 때 탔던 가네야마 강수의 배보다는 작았지만 세
곡선 규모는 돼 보였다.

6

전 장군과 나는 양광도와 경기도의 주요 항구들을 두루 거쳐 나흘 만에 염하로 진입했다. 더리미 선착장을 보자 한 달 전, 인보와 같이 출항할 때의 광경이 떠올랐다. 지금 인보는 내가 안은 유골함 속에 가루로 변해 있었다. 존재하는 것은 이렇게 무상하다.

선원사에 도착하자마자 나는 인보의 유골함과 바랑을 법당에 바치고 백팔참회를 했다. 한 달 동안 겪었던 일들이 뇌리에 스쳐 지나갔다.

"최이 집정에게 네가 직접 가서 해명해야겠구나."

처소에 올라가 큰절 세 번으로 복명하는 나에게 수기 스승이 이른 말씀이었다. 시시콜콜하게 인보의 사인을 대라고 하지도 않왔다.

"스님께선 진작부터 알고 계셨습니까?"

수기 스승은 눈을 지그시 감으며 왼손으로 염주를 굴렸다. 나는 수기 스승이 인보의 정체를 파악하고서도 무던하게 대했음을 직감했다. 스승은 이처럼 웅숭깊은 분이었다. 나는 김승의 마을이 보이는 바다고개에서 겪은 회오리바람과 내가 눈멀었던 일, 인보의 죽음에 대해서 소상히 보고했다. 하지만 워낙 이상야릇한 변괴들이어서 헛소리로 들릴 법했다.

"인보가 아니라 내가 갔더라면 내가 열반할 뻔했구나. 경교나 김승, 유도화에 관해서는 입도 뻥긋하지 마라. 특히 최이 집정에게 말이다."

수기 스승이 조용히 일렀다. 이제 인보가 없으므로 이 높은 곳까지 올라와 엿들을 사람도 없었다.

"집정에게는 인보가 음주 후 연꽃 방죽에서 실족사한 걸로 하겠습니다. 운이 사나우면 접시 물에도 숨통이 막혀 죽을 수 있으니까요."

나는 우리가 안화사에 두고 왔던 세 권의 경교 문헌과 바랑이 그곳에 가 있었다는 말을 꺼냈다. 그러자 스승의 눈초리가 파르르 떨렸다.

"짐 꾸러미들이 사무소에 있느냐?"

"예."

"내려가보자."

대장도감 사무소로 내려온 스승은 천기 승록만 남게 하고 대중을 모두 물리쳤다. 나는 짐 꾸러미들을 풀었다. 당신의 바랑과 불에 타다 만 경교 문헌들을 보고 스승은 도리질을 쳤다. 김승의 판각공방에서 권축본으로 만든 복음서와 가온의 시편《서방세존법언록》을 얼추 훑어보고는 두 손으로 관자놀이를 짚었다.

"안화사에서 우리를 구해준 거지왕초와 고려 기병대가 모두 경교도들이었다는 얘기냐?"

"그렇습니다."

"김승은 어떤 위인이던고?"

나는 백부 유승단의 편지를 꺼내놓지 않을 수 없었다. 수기 스승도 천기 승록도 믿을 수 없어했다. 나는 김승에게 들은 임진년 부인사 장경판전 소실 참사의 비화를 그대로 풀어놓았다.

"김승은 스승님께서도 절대 모를 리 없다고 했습니다."

나는 수기 스승을 주시하며 반응을 기다렸다. 천기 승록은 당혹스러워했고 수기 스승은 눈을 감은 채 한참 동안 침묵했다. 내 목울대에서 침 넘어가는 소리만 유독 크게 들렸다.

"애야, 너도 이젠 세상 돌아가는 이치를 알 만하지 않느냐? 인정하고 싶지 않겠지만 한 세대의 평화와 번영은 그전 세대의 악착같은 도적질을 바탕으로 가능한 게다. 예컨대 지금 몽골의 세계 정복전쟁도 그렇다. 이런 전쟁은 사람으로서 두 번 다시 해서는 아니 될 몹쓸 짓이지만, 훗날 세상을 하나로 터서 교역하게 하고 문명화하는 계기가 될 게야. 불의와 부정이 반드시 악의 꽃, 악의 열매를 맺는 것만도 아니라는 얘기다. 진흙탕에서 정갈한 연꽃이 피어나는 것처럼 말이다. 다만 때가 악하면 선한 사람들도 악한 방편을 써서 그때를 넘어갈 수밖에 없는 거란다."

전부터 이미 알고 있었음을 스승은 그렇게 우회적으로 표현했다. 친자식 같은 나한테조차 입도 뻥긋할 수 없었음을 나는 이해한다. 너만 알라는 식으로 해서 차츰차츰 세상에 내막이 알려지면 전국에서 반란이 일어나고 말 테니까. 그렇게 되면 백성을 하나로 통합하는 구실로 대장경 판각불사를 벌이는 취지가 헛것이 돼버린다.

"최씨 족속들 정말 놀라운 정치력을 발휘했군요. 그걸 묵인해주고 안전을 보장받아온 우리 불교계도 대단하고요."

나는 불편한 내 심경을 그쯤으로 정리했다. 내심 무안해할 스승을 생각해서였다. 눈치로 봐서 천기 승록도 대충 알고 있었던 모양이다.

이제 본론을 꺼낼 때였다. 나는 김승이 준비하고 있는 혁명과 경교 공동체의 실상을 자세히 전했다. 세상의 모든 경전을 수장하고 있는 도서관에 관해서도 설명했다. 천기 승록이 놀라며 복음서들을 펼쳐보기 시작했다.

"선사 소군과 탁연까지 그곳에 있었다고? 큰일 낼 사람들 맞구나. 세상의 모든 경전을 수장하고 있는 건 부럽다만……"

그러다가 불현듯 물었다.

"너와 같이 온 그 사람, 지금 어딨는지 당장 알아봐라!"

수기 스승이 황급히 말했다. 나는 사무소 문을 열고 나와 전 장군을 찾았다. 행방이 묘연했다. 온 절집을 뒤져도 안 보이던 그를 목격한 스님 하나가 있었다. 내가 수기 스승의 처소로 올라간 직후, 도성에 잠시 다녀오겠다며 등짐을 걸머지고 절집을 나섰다는 거였다. 지금쯤이면 이미 도성에 들어섰을 터였다.

"그것 봐라. 널 따라온 목적이 따로 있었다."

수기 스승이 특유의 매 눈을 번뜩였다.

"전추산 그 사람, 마음결이 고와요. 공연히 문제를 일으킬 사람이 아닙니다."

"누가 그 사람 성품을 문제 삼는 것이냐? 밀지를 전달하려고 함부로 도성에 드나들다가 최이 집정이 쳐놓은 그물망에 걸려들까 우려해서지. 김승이란 자가 아무리 치밀하다 해도 최이 집정은 못 당해낸단 말이다. 불안해서 안 되겠다. 어서 말을 타고 진양부로 가서 집정께 복명하라. 김승이 나한테 보낸 토산품을 모조리 챙겨가지고서!"

수기 스승은 내 등을 떠밀었다. 나는 폐백으로 바칠 짐바리를 말에 싣고 진양부로 달려갔다. 그사이 전 장군이 심경을 접촉했을 리는 없었다. 기껏해야 쌍둥이 형제가 운영하는 잡화점에 갔거나 일가친척을 찾았을 거였다.

진양부 최이의 저택은 별초군이 삼엄하게 경비를 서고 있었다. 도방에서 측근들과 회의를 주재하는 최이를 접견했다. 상장군 주숙, 장군 김효정과 유경, 그리고 김준이라는 자도 끼어 있었다. 나는 보좌에 앉아 있는 최이에게 큰절을 올렸다. 그는 몇 달 사이 몰골이 말이 아니었다. 푸르죽죽한 얼굴에 생기가 빠지고 눈빛이 흐려서 산송장 같기만 했다.

"합하, 황공한 말씀을 올리겠나이다."

나는 머리를 조아렸다.

"뭔 일인데 초장부터 황공하신가?"

가래 끓는 음성이 칙칙했다.

나는 인보가 변을 당한 일을 더듬거리며 고했다. 목침이라도 날아올까봐 조바심이 들었다.

"그 스님이 객사할 팔자를 타고났었군그래."

뜻밖에도 최이는 무덤덤하게 받아들였다.

"제가 인보 스님의 속가 사정을 잘 모릅니다."

"그 스님 속가 사정을 왜 나한테 묻노? 절집에서 알아서 할 일이지. 중요한 건 판각불사야. 천기 스님 얘기로는 해인사 일이 잘되고 있다 했고, 남해 분사대장도감도 차질 없겠지? 새봄에는 낙성식을 봐야 하니까."

최이는 인보 스님의 사고사에는 왼쪽 눈 하나 깜짝하지 않았다. 자신의 간자였다는 사실을 숨기려고 그럴 거였다. 참으로 냉정한 인간이었다. 나는 집정이 인보에게 건넨 밀지와 인보가 깨알 같은 글씨로 적어나간 감찰일지를 거론하지 않았다. 서로 모르는 일처럼 가무리고 잘 넘어가서 다행이었다. 나는 불사가 순조롭게 진행되고 있노라고 이른 뒤, 정안 처사의 간찰을 올렸다.

"그 사람 참! 일간 올라오라는데도 매번 칭병稱病인가. 판각불사는 똑 떨어지게 한다니까 다행이로군."

간찰을 읽은 최이가 투덜거렸다.

"정안 처사가 조만간 전 재산을 불사에 헌납할 듯합니다."

"허허허. 고마운 일이오. 승정이 무사히 돌아왔으니 수기 도승통을 도와서 마무리 작업에 매진하시오. 유종의 미가 중요하니까. 가야산 해인사에 장경판전을 짓기로 했다오. 해인사 아래 각 사마을에서 판각한 경판들과 남해 경판들을 거기에 진장할 거요. 완산주와 양강도, 선원사에서 새긴 경판들은 도성 서문 밖에 판당을 지어 모실 거고."

최이는 그만 나가보라고 손을 까불렀다. 내가 절하고 물러나오자, 집사가 답례라며 은병 하나를 건네주었다. 나는 태자 저하를 뵙기 위해 궁궐 쪽으로 말머리를 향했다.

"보셔요. 승정 어르신!"

돌아보니 한 여인이 뒤따라오고 있었다. 여인은 내 말과 보조를 맞춰 걸으면서 앞을 보고 말했다. 보는 이가 있을까봐 경계하는 기색이었다.

"나 말이오?"

"심경 마님께서 이따 새참 무렵 고려산 흑련 대보살님 초당으로 와달랍니다. 새참 무렵 고려산 흑련 대보살 초당!"

여인은 한 번 더 이르고 잽싸게 골목으로 빠져 모습을 감췄다. 나는 주변을 두리번거리며 급히 말을 몰았다. 아무것도 몰랐던 예전에는 그토록 평화롭게만 보이던 도성이 더 이상 아니었다. 보이지 않는 감시의 눈초리들이 구석구석에 박혀 있다고 생각하니 불편했다. 세상은 아는 만큼 보인다. 그렇다면 모르고 누리는 태평이 얼마나 어리석고 위험천만한 일인가. 본토를 버리고 숨어 들어온 도읍지, 강도는 겉보기만 그랬지 깨진 유리 파편들 천지나 다름없었다. 나는 뒷골이 당겼다.

태자 저하와 재회한 나는 김승의 존재와 무신정권을 무너뜨릴 혁명 계획을 알렸다. 그리고 최이 집정 부자 사이에 깊숙이 틈입한 심경의 존재, 안화사에서 만난 고려 기마대, 내가 강도에 없는 동안 최이 집정과 만종의 쌍두마차를 화약으로 공격한 괴한들이 김승의 점조직이라는 사실도 알렸다.

"그간 나도 최이의 측근들을 매수해두었습니다. 지밀 승정의 말씀대로 바다도 건넜고요. 머잖아 몽골 황제로부터 기별이 있을 겁니다. 적과 내통하되 백성을 건지는 거니까 여적죄는 아니지요?"

"여적죄라니요! 중국 대신 몽골을 섬긴다고 생각하면 편합니다. 그랬다가 힘을 길러서 물리쳐버리면 그뿐입니다."

천지가 개벽하는 것처럼 환해졌다. 꿈같은 일이 머잖아 실현될 수도 있다는 희망이 샘솟았다. 우리는 부인사 장경판전 비화에 대해서도 거리낌 없는 의견을 나눴다.

"태자 저하, 그럼 야만족 몽골군이 부인사 대장경을 불태웠다고 적은 이규보 상국의 〈대장각판군신기고문〉은 어떻게 된 것입니까?"

"당대의 명문장가 이규보 상국은 최이 집정에게 철저히 이용당했습니다. 그게 나라를 구하는 일인 줄 알고 썼겠지요."

어이가 없었다. 권위를 가진 이런 기록들이 역사로 남는다면 후대 사람들은 진실을 알아챌 여지가 없어져버린다. 아무리 승자의 기록이 역사가 된다지만 그건 부당한 일이다. 나는 갑자기 더더워져서 얼음 띄운 오미자차를 연거푸 마셔댔다.

"이제 그만 저 불순한 세력들을 잘라내버려야만 합니다."

나는 화가 치밀어 주먹을 불끈 쥐었다.

"침착해요. 저들은 강하고 우리는 너무 약합니다. 하나하나 준비하며 때를 기다려야지요. 세월은 누구하고 싸우는 일 없이 늘 이깁니다. 강한 것이 옳은 것을 이기는 세상이 언제까지 계속될지 모르지만 나는 눈 시퍼렇게 뜨고서 기회를 노릴 거요."

나는 이런 태자 저하가 믿음직스러웠다. 이 빌어먹을 세상, 절망의 시절에 이런 태자 저하와 희망을 얘기한다는 게 그나마 위안이었다.

궁궐을 나온 나는 도성 서문 근처 작은 절집에 말을 맡겼다. 말을 타고 흑련의 초당에 가서 심경과 만나는 일은, 나를 미행해달라고 시위하는 거나 다름없는 짓이었다. 삿갓을 구해 쓴 나는 절집 뒷문을 거쳐 성문을 빠져나갔다.

흑련의 초당은 왁자지껄했다. 검붉은 흑련이 핀 연못가 초당 그늘에 가마솥을 걸어놓고 삼계탕 잔치를 벌이고 있었다. 샘가에서 옷 입은 채로 멱을 감는 무리들도 보였다. 말복이라서 복달임을 하는 거라 했다. 내가 초당으로 다가가자, 전 장군이 나타나 나를 이끌었다. 그가 여기 와 있으리라고는 전혀 예상치 못했던 터라 당혹스러웠다.

"그 먼 데까지 가서 아버님을 만나 뵈었다고요. 노고가 많으셨습니다, 스님."

신당 안으로 들어가자 백련 꽃봉오리 같은 여인이 합장했다. 심경이었다. 삭발했지만 소문대로 눈부신 미모였다. 무당 흑련과 수염이 덥수룩한 퉁방울눈의 대식국 사내, 무인들로 보이는 다부진 인상의 사내들이 수박을 먹다가 내게 눈인사를 건넸다. 그 가운데는 나와 같은 배를 타고 왔던 이도 보였다. 내가 진양부에 들렀다 나오기를 기다려 심경이 바로 통기했던 것도 이런 정보망이 있어서 가능했던 것으로 보였다.

"우리 속사정을 대략 아실 테니 본론만 짚어보겠습니다. 스님께서는 우리를 의식하지 마시고 소신껏 일을 진행하십시오. 첫째는《대장목록》에 경교 문헌과 복음서를 넣는 일이고 둘째는 태자 저하와 우리를 연결해주는 일이오. 때가 되면 우리가 접선하고 요청할 것이오."

심경은 양아버지 김숭을 닮은 데가 많았다. 외모 말고 어법이 그랬다.

"그건 김숭 촌장과 약속한 바요. 잘 아시는 바와 같이 최이 집정 부자의 서슬이 퍼런데 뒤엎을 수 있겠습니까?"

나는 좌중을 훑어보며 우려를 표했다.

"우린 안팎으로 철저하게 준비해가고 있소. 심경 아가씨는 이미 최씨 부자를 녹이셨고 우리 점조직도 강도 안에만 백 명이 넘소. 개경의 기마대 말고도 말이오. 촌장이 개발하고 있는 신무기 화약의 성능만 강화된다면 승산이 있소."

머리에 삼베수건을 동여맨 사내가 주먹을 쥐어 보였다. 비밀특공대 대장이라고 했다.

"더 큰 적, 몽골군은 어쩌고요?"

"가까운 적부터 찍어내고 나서요."

심경이 내게 온화한 미소를 지었다. 친아버지의 원수를 갚기 위해 적들의 심장 속에 뛰어들어 같이 독배를 마시며 죽어가는 여인 같지가 않았다. 나중에 알게 되었지만 심경의 그 여유는 다른 데서 오는 것이었다. 죽어도 다시 살 수 있다는 믿음, 그러니까 그가 믿는 경교의 신앙심이 주는 비밀스러운 힘이었다.

"스님, 인보는 명줄이 짧게 태어났다고 제 부모가 내게 판 아들이라오. 친부모는 그후 몽골군에 잡혀 죽고 없지요. 날 인보 천도재에 참례할 수 있게 해주세요."

흑련의 당부였다. 나는 사십구재 준비를 같이하자고 제안했다.

"그리고 이거 받아주세요."

심경이 내게 붉은 주머니 하나를 건넸다. 열어보니 황금두꺼비였다. 어림잡아 서른 돈쯤은 돼 보였다. 나는 사양했다.

"큰일을 하시려면 돈이 필요합니다. 스님께서 지니고 계시다가 요긴하게 쓰세요."

내가 주저하자 전 장군이 내 저고리 주머니에 찔러 넣어주었다.

"이런 거 받으려고 온 중 같습니다."

"어디요. 우리를 의식하지 마시고 평상심으로 스님의 소임을 다해주세요."

심경이 염치없어하는 내게 일렀다. 가온보다 대여섯 살 위인 심경은 가온과 다른 끌림을 지녔다. 꾸미지 않아도 빼어나게 아름다운 사람을 보면 남녀노소 모두가 경도되게 마련이다.

"먼저 가 계세요. 곧 뒤따라갈 테니께유."

전 장군이 대문 앞까지 나를 배웅했다.

"안 보이는 데서 노려보는 눈들이 많다네. 조심하게."

나는 전 장군에게 단단히 일렀다.

선원사로 돌아온 나는 저녁공양도 하지 않고 혼곤한 잠에 빠졌다. 여독과 긴장이 겹쳐서 그만 곯아떨어져버린 것이다. 새벽녘에 팔다리가 결리는 불쾌함을 느끼며 눈을 떴다. 수기 스승이 내 머리맡에 앉아서 나를 내려다보고 계셨다.

"스님!"

"악몽을 꾸었더냐? 잠이 안 와서 거닐다가 이 앞까지 왔느니라. 무슨 잠꼬대가 그리 심한고."

너무 피곤하면 꾼 꿈조차도 기억나지 않는 법이다. 나는 붓기가 있는 팔다리와 얼굴을 문지르며 뻐근한 몸을 뒤틀었다.

"바닷바람 좀 쐬러 갈거나?"

나는 스승을 따라나섰다. 옆방 댓돌에 전 장군의 신발이 놓여 있어서 안심이었다. 푸르스름한 새벽 공기에 짙은 해무가 녹아들어 있어서 축축했다. 절집을 나온 수기 스승은 더리미 선착장 쪽으로 방향을 잡았다.

"김승이라는 자가 그리도 널 매혹시키더냐?"

꾸부정한 자세로 앞서 걷던 스승이 물었다. 사려가 깊은 스승의 그 물음에는 많은 의미가 포함돼 있었다. 그 사람을 어떻게 이해시킬까. 나는 몇 발자국 거닐다가 퍼뜩 스치는 상념을 붙잡았다.

"김승은 하늘을 날 때를 노리는 용이었습니다. 치밀한 전략과 탁월한 수완을 갖췄어요."

"나도 좀 알아봤다. 해인사에 갔던 천기 승록도 알아낸 게 좀 있고."

"그건 용 못 된 이무기 때의 모습이고요. 지금은 전혀 다른 면 모였습니다."

"부인사 참사가 그를 바꿨단 말이지?"

"경교의 영향도 컸던 것 같습니다."

나는 서쪽 먼 나라에서 흘러온 섬 같은 마을의 평화와 가온, 여 사제 여옥에 대해서 보다 자세히 알려드렸다. 하지만 여옥 사제 가 날 육욕에 눈뜨게 해준 건 입도 뻥긋할 수가 없었다. 더없이 달콤했으나 나는 색마에 사로잡히지 않았다. 그러므로 부끄러워 할 일도 아니었지만 스승 앞에서 실토하기가 뭣했다. 서쪽에서 온 마을 사람들이 보고팠다. 떠나온 지 며칠 되지 않았건만 벌써 그들이 그리워지고 있었다.

"그 여인들에게 홀려버린 것 같구나."

수기 스승이 걸음을 멈추고 서서 내 눈을 똑바로 바라보았다. 직감적으로 뭔가를 알아채신 눈치였다.

"저, 저는 이, 이상향을 보았습니다."

나는 말을 더듬었다.

"고달픈 여행자에게는 몸이 편안하고 마음이 끌리는 곳이면 어 디나 곧잘 이상향으로 보이는 법이지. 거기서 생활인이 되면 또 다르니라. 자세히 들여다보면 삶이란 늘 거추장스럽고 구질구질 하기 마련이니까."

"무슨 말씀을 하시려는 건지 잘 압니다. 하지만 그곳은 달랐습니다. 무엇보다도 거짓과 위선, 주인과 종 같은 신분차별이 없었으니까요."

"그곳이 그 옛날 환웅께서 아사달에 세웠다는 이상적인 도시 신시神市라도 된다는 거냐?"

"그래요. 인간의 마을이 아닌 신시 같았습니다. 그런데 그런 곳이 진짜 인간다운 마을이 아니겠습니까?"

"믿을 수 없다. 어쨌든 이곳 강도를 그렇게 바꿔놓으려면 우리가 어찌 해야 하겠느냐?"

스승의 그 물음은 생급스러웠다. 우리는 대장도감 소속 승려일 뿐이지 정치인이 아니었다. 현실정치에서 종교인의 한계는 너무도 명확했다. 그런데도 나는 주제넘게 외쳤다.

"우선, 무신정권 같은 뒤틀린 정치세력이 없어져야 합니다!"

내 목소리가 자욱한 안개의 성채를 뒤흔들어놓았다. 수기 스승이 걸음을 멈추고 주변을 살펴보았다. 뿌연 안개만 흘러갈 뿐 행인은 없었다. 하지만 안개 너머에 무엇이 도사리고 있는지 누가 알랴.

"그리고?"

"권력과 물질에 눈먼 불교를 개혁해야 합니다. 김승 마을의 경교는 상처받고 무거운 짐 진 자들을 치유하고 위로했습니다. 마을 사람들 모두가 수평적으로 소통하며 한 식구처럼 사는 사랑의 공동체였으니까요. 경교승들은 발에 흙을 묻혔고 비지땀을 흘렸습니다. 농부들과 똑같이 일했습니다. 지금 우리 불교계는 놀고 먹는 중들로 꽉 차 있잖습니까? 몸의 수고로움을 외면하는 종교는 이미 마음의 수고로움도 외면해버린 거나 다름없지요. 그건 죄악입니다. 중생을 착취하며 저들만 편히 사는 꼴이니까요. 김 승이 하겠다는 혁명은 결국 무신정권 종식과 불교 개혁, 그 두 가지를 실현하겠다는 뜻입니다. 그에게만 맡겨둘 일이 아니라 우리 스스로 주도해야 옳습니다. 권력과 결탁하여 세속화된 불교를 부처님의 가르침에 충실한 참신앙으로 바로잡아놓으면 됩니다. 타락한 세상을 향해 쓴소리를 할 수 없을 정도로 부패한 종교는 더이상 설 자리가 없어요. 보조국사 지눌과 원묘국사 요세가 주도한 결사운동이 다시 필요합니다."

"그래서 고려를 경교 나라로 개종시키기라도 하겠다던?"

수기 스승이 코웃음 쳤다.

"김승은 그렇게 독실한 경교도가 아니었습니다. 선사 소군이나 탁연도 마찬가지였고요."

"그들이 경교를 이용하고 있다는 게냐?"

"경교를 타락한 불교의 대안으로 여기는 거지요. 예수를 부처 혹은 세존이라고 칭하는 것도 그렇고, 그들에게 경교는 또 다른 불교였습니다. 우리 불교가 스스로 정화하고 개혁한다면 그들이 경교를 믿을 이유가 없습니다."

"알겠다. 무신정권 종식과 불교 개혁! 우리 입장에서는 안과

밖을 다 도려내야 한다는 건데…… 폭력으로 폭력에 맞서는 모순을 감수하고라도 누가 그 일을 해낼 수 있겠느냐?"

우리는 선착장에 다다랐다. 정박해 있는 배는 몇 척 되지 않았다. 수기 스승은 축대에 쪼그려 앉아 물안개가 피어오르는 바닷물을 응시했다.

"폭력의 주체들을 쓸어내지 못하면 나라가 망하고, 개혁을 단행하지 못하면 불교는 도태되고 맙니다!"

내 말에 칼날이 섰다. 한참 동안 뜸을 들이고 앉아 있기만 하던 스승이 입을 열었다.

"이 땅에서 어언 천 년 동안 진리의 등불을 밝혀온 불교가 아무래도 우리 때에 퇴조할 것 같구나."

몽골군과 최씨 무인 세력을 물리치는 건 고사하고 불교 개혁조차 어렵다는 뜻이었다.

"바로잡으려는 시도는 해봐야지요."

"사람이 없다. 사람이 없으면 모든 게 빈껍데기지."

"김승이 있습니다. 그와 손잡으면 되잖습니까?"

내가 드디어 속내를 털어놓고 스승의 반응을 살폈다.

"너 하는 꼴을 보니 목욕물을 버리려다가 아이까지 버리게 생겼구나."

스승은 끙 소리를 내며 일어서더니 휘적휘적 발길을 돌렸다. 절집에 당도할 때까지 아무런 말씀이 없었다. 안개가 벗어지면서 햇살이 경내에 퍼졌다. 막바지로 치달은 염천의 하루가 그렇게 열리고 있었다.

나는 숙소에서 짐을 정리하고 빨래를 했다. 그러면서 탐욕을 제도화한 인간들의 교활함에 대해서 생각했다. 아무리 몹쓸 짓도 제도화되면 합법적으로 바뀌고 죄의식이 사라진다. 그저 제도에 따르는 정당행위가 되니까. 힘이 정의라고 외치며 침탈하는데 무슨 죄의식이 있겠는가. 세속 관료처럼 중이 벼슬하고, 국가가 분급해준 사원전에서 소작료를 징수하는 제도가 있는 한, 종교인의 권력과 수탈은 문제가 되지 않는다. 그러므로 부당한 제도는 없어져야 한다. 거기에 빌붙어 편히 살면서 무슨 중생구제란 말인가. 판각불사만 마치면 이깟 승정 벼슬 내던져버리고 청산에 들어가리라.

김승과 가온의 마을에 들어가 혁명에 힘을 보탤 용기는 나지 않았다. 나 자신부터가 이렇게 문약한데 어느 누가 나서서 동조하겠는가. 부당한 세력들은 뭇 중생들의 침묵을 먹고 뻗쳐간다.

해가 이울자, 먹을 갈아 일기를 썼다. 기억을 더듬어 저간 겪었던 일들을 간략히 기록했다. 천기 승록이 나를 불러낸 건 그때였다. 대장도감 사무소로 내려가보니 수기 스승이 경교 문헌들과 복음서, 가온의 시편 《서방세존법언록》을 펼쳐놓고 앉아 계셨다. 우리는 셋이서 밤늦도록 논쟁을 벌였다. 대장경의 진정한 가치는 세상의 모든 경전을 통합하는 데 있다. 석가모니 붓다 사후 오백 년 만에 서방에서 깨달은 서방세존, 곧 예수 이야기는 《대장목록》에 넣을 만하다는 게 내 주장이었고 수기 스승은 심사숙고, 천기 승록은 반대였다.

"김승은 왜 그렇게 이것들을 《대장목록》에 넣고 싶어하더냐?"

천기 승록이 미간을 찌푸렸다.

"약자가 끝내 승리하는 서사인 경교 문헌과 복음서, 가온의 시편 《서방세존법언록》이 《대장목록》에 편입되면 그게 곧 불교 개혁이고 무신정권의 부정이니까요."

나는 명료하게 정리했다.

"그렇다면 더 어림도 없다."

천기 승록은 절대불가였다.

"우리 셋조차 합의를 못 보고서 어떻게 종파가 다른 원로들을 설득하겠느냐? 그만 접자."

푸르스름해진 창호로 날이 새는 걸 확인한 수기 스승이 의자에서 일어섰다. 나는 시일을 두고 더 논의해보자고 주문했다. 천기 승록은 원효나 의천, 지눌의 찬술들도 안 넣었다며 마지막 갈무리나 잘하여 낙성식을 앞당기자고 했다. 나는 포기할 수 없었다. 사무소를 나서며 천기 승록더러 김승의 마을에 한번 다녀오면 어떻겠냐고 제안했다.

"내 안에 진리가 없어서 밖으로 찾아나서?"

대단한 자부심이다. 나는 절망했다.

전 장군이 돌아갔다. 내 소명감도 점점 식어갔다. 그저 내게 주어진 일이니까 잘 마쳐야 한다는 생각뿐이었다. 그러다 차츰차츰 따분해지기 시작했다. 육신의 이완이 절정에 다다르면 잠에 빠져든다. 정신적 이완의 절정은 무료함이 아닐까 싶다. 나는 새벽에 잠들던 버릇을 고쳐 초저녁에 잠에 빠졌고 늦게 일어나서는 그저 막연하게 뭔가 새로운 일이 벌어지기만을 기다렸다. 그러나 나를 깜짝 놀라게 만드는 새로운 일은 좀처럼 벌어지지 않았다. 해인사에 파견된 대장도감 소속 스님들이 오가며 장경판전 건립 추이를 보고하는 게 고작이었다. 장경판전이 완공되면 남해 분사도감 경판들을 그곳으로 이운할 계획이었다.

그러던 어느 날, 태자 저하한테서 기별이 왔다. 유경의 집에서 비밀회동을 하기로 한 것이다. 나는 모처럼 설레는 마음으로 달려갔다. 최이 집정과 최항 지주사의 핵심 측근 몇몇이 합류했다. 태자 저하가 포섭한 자들이었다. 요즘 들어 바짝 조여든 감시망 때문에 모임은 번개처럼 끝났지만 뿌듯했다. 태자의 위력은 아직 살아 있었다. 딱히 언제쯤이라고 말할 수는 없지만 세상이 다시 열릴 것 같았다.

가을이 왔다. 전 장군이 상선을 타고 왔다 선원사에 들렀다. 그는 가온을 비롯한 마을 사람들의 안부를 전했다. 제지소 여인 박말똥이가 새로 지은 가을 옷 한 벌, 엿장수가 만든 연근엿과 계피엿도 가지고 왔다. 나는 연근엿을 깨물었다. 엿장수 말마따나 팍

팍하고 쓰디쓴 세상살이에서 엿을 깨무는 동안만큼은 달콤한 인생이 분명했다. 엿이라는 것도 다 무료함을 달래기 위해 만든 주전부리라는 걸 이제야 알았다.

"촌장이 내게 전하는 말은 없더냐?"

예물만 전하고 바로 돌아가는 전 장군에게 내가 물었다.

"아무것도요."

이것이 김승 촌장이었다. 그는 이미 뜻을 전했고 나는 받았다. 하지만 이렇다 할 성과도 내지 못하고 있었다. 나는 내 고충을 말하려다가 그만두었다. 변명은 구차한 것이다.

전 장군이 돌아가고 나는 다시 무료한 일상에 빠졌다. 나는 이규보의 〈대장각판군신기고문〉과 가온의 시편을 반복해서 옮겨 적었다.

"그렇게 세월을 죽이느니 차라리 해인사에 가서 겨울을 나고 오면 어떠냐? 장경판전 건립도 각사마을 판각불사도 매우 중요한 일이다."

낙서하듯이 필사를 하고 있는 내게 수기 스승이 권했다. 나는 이때다 싶어 다른 곳으로 보내달라고 청원했다. 탁연이 말해준 중국 남송이었다. 생각 같아서는 수기 스승이 젊어서 가봤다는 비단길의 거점 도시, 장안에도 가고 싶었지만 그곳은 고려보다 더 심한 전쟁통이었다. 몽골군의 서역 정벌 교두보나 다름없었기 때문이다.

"남송 지역은 경교와 별 관련이 없다."

내 의중을 알아챈 스승이 딱 잘라 거절했다.

"주자학이라는 신유학이 불교와 어떻게 습합했는지 확인해보고 싶습니다. 운하를 통해 내륙의 상선이 드나들 테니 북방 경교이야기도 전해 들을 가능성이 있고요."

나는 간절한 열망을 담은 눈빛으로 호소했다. 사흘 후 수기 스승은 여비를 건네며 나의 중국행을 허락했다. 나는 뛸 듯이 기뻐서 곧바로 태자 저하를 찾아가 새로운 여행을 알렸다.

"스님, 부럽네요. 대각국사 의천 스님 말씀처럼, 별을 보고 눈을 밟으며 사막과 설산을 오갔던 사람들의 기억을 찾아가시는군요."

태자 저하는 내가 좋아하는 구절을 거론했다.

"가슴이 뜁니다, 저하."

"지밀 스님이 먼저 떠나시네요. 나도 카라코룸에 가서 황제와 담판을 지어야 하는데 말입니다."

태자 저하는 큰 은병 다섯 개를 건네주었다.

나는 송나라 상인들과 내왕하던 남선항로를 택했다. 자연도(영종도)·마도·고군산·흑산도를 거쳐 중국 양주에 닿는 뱃길이었다. 승천포에서 남송으로 가는 상선을 어렵사리 잡아탔다. 고군산 앞바다에서 서쪽으로 뱃길이 틀어지면서 변산과 멀어졌다. 나는 수평선 너머로 떠오르는 가온의 얼굴을 지우려고 《금강경》을 크게 독송했다.

내륙운하와 만나는 해안 도시 양주에는 고려방이 있었다. 옛적 신라방을 계승한 고려인들의 거점이었다. 양주의 겨울은 온화했다. 나는 양주를 본거지로 삼아서 주자학과 경교 탐사를 시작했다. 처음에는 필담으로 시작했던 대화도 몇 달이 지나면서 어느새 무르익어 웬만한 소통이 가능하게 되었다. 나는 시간 가는 줄 모르고 중국의 산하와 사람들에 빠져 지냈다. 주자학은 이곳에서도 아직 태동 단계일 뿐 유행하지는 않고 있었다. 경교의 흔적도 찾아보기 어려웠다.

여행은 움직이는 마술이다. 이듬해 늦가을, 나는 예기치 않은 곳에서 귀인을 만나 경교 문헌을 판각한 어느 사찰을 내방할 수 있었다. 몽골의 남침이 한창인 곳이라 상황이 급박하게 돌아가고 있었지만, 그 사찰 주지는 중국에서 주인이 뒤바뀌는 전쟁은 늘 있는 일이라며 피난할 생각조차 하지 않았다. 그는 삼장법사의 유물이 있는 장안에서 수년간 머문 적이 있다고 했다. 천운이었다고밖에 할 수 없을 것 같다. 그는 '대진경교유행중국비大秦景教流行中國碑' 탁본도 가지고 있었다. 세로 열 자, 가로 세 자 반쯤 되는 대형 탁본이었다. 나로서는 천금을 내고라도 얻고 싶은 보물이 아닐 수 없었다. 나는 그 탁본 앞에서 사흘간 만 배는 족히 했다. 그리고 별스럽다고 여기는 주지 앞에 심경에게서 받은 황금두꺼비를 꺼내놓았다.

"물각유주物各有主라. 이로써 경교의 등불 하나가 해동으로 건너

간다."

주지가 내 진심을 읽어내고 읊조렸다. 양주 고려방으로 돌아온 나는 탁본을 경교 문헌 판각본과 함께 정성스럽게 포장해 귀로에 올랐다.

배편 행운도 따라주었다. 며칠 있다 강도 가는 상선이 뜨는데 변산 앞바다 검모포를 거쳐 간다고 했다. 김승과 가온에게 경교비 탁본과 경교 문헌 판각본을 보여줄 생각을 하니 가슴이 벅차올랐다. 이 자료들은 《대장목록》을 새롭게 작성할 수 있는 좋은 근거였다. 잘하면 수기 스승이나 천기 승록을 이해시킬 수도 있었다. 이거야말로 복음 중의 복음이었다.

나는 양주 항구에서 가온과 김승·탁연·전 장군·여옥 사제·선사 소군·엿장수·박말똥이 등을 생각하며 앙증맞은 선물을 준비했다. 값비싼 곤륜산 옥을 다루는 장인을 찾아가서 얼레빗과 목걸이로 쓸 갈고리 십자가, 정방형 십자가들을 주문제작했다. 그 선물을 받아들고 기뻐할 이들을 생각하니 기뻤다. 아이 주먹 크기의 옥 한 덩어리와 조각칼도 챙겼다. 귀국하는 배 안에서 소일거리로 조각을 했다. 나는 힘겨운 세상 사람들을 보듬고 안아주는 자비로운 관세음보살을 조각했다. 그런데 다 새기고 보니 어디서 많이 본 듯한 얼굴상이 되어버렸다. 나를 온전히 받아들이고 안아준 첫 여인의 얼굴! 바로 가온의 어머니, 여옥 사제였다. 아니, 꼭 그렇지만도 않았다. 김승이 강화도 선원사 대장도감으로 처음 올려보냈던 문제의 판화, 아기 예수를 낳은 뒤의 마리아 얼굴과 반반 섞인 모습이었으니까. 그랬다. 마리아의 얼굴에 더 가까운 조각상이었다. 그래서 나는 속으로 '마리아 관음상'이라고 이름 붙였다. 마리아 관음상과 함께하는 뱃길은 어느 때보다 평온했다. 파도는 여전히 높았지만 마음만은 태평이었다. 상선이 검모 포에 다다를 때까지 뜬구름을 타고 가는 느낌이었다.

다른 짐들은 배에 그대로 두고 경교비 탁본과 경교 문헌 판각본, 옥으로 만든 선물만 바랑에 챙겼다.

"여기서 오늘밤을 묵고 내일 아침 북상할 거요. 늦어도 묘시까지는 승선해야 하오."

중국인 강수가 강조했다. 나는 새벽같이 돌아오겠노라며 배에서 내렸다. 초겨울 오후 스산한 바람이 불어서일까. 검모포는 썰렁했다. 말을 빌리려고 역참을 찾았다. 말은 없고 야윈 당나귀뿐이었다. 작년 여름, 어린 당나귀를 타고 나를 배웅 나왔던 가온이 생각났다. 곧 있으면 그 귀한 이를 다시 만난다.

나는 당나귀를 몰아 바디고개로 달렸다. 서기 어렸던 쇠뿔바위 아래 마을이 휑하게 보였다. 나는 내 눈을 의심하며 당나귀를 몰았다.

환각이었다. 환각이 아니면 어떻게 이런 일이 일어날 수 있단 말인가. 그 평화롭던 마을은 온데간데없고 초토화된 산골에는 까마귀들이 어지러이 날았다. 주막집도, 날아갈 것 같던 이층 누각과 내가 머물던 숙소며 가온의 집, 옹기종기 모여 있던 초가들도 모두 불타버리고 없었다. 세 그루 배나무만 앙상한 가지를 떨고 있었다.

나는 동굴 예배소로 달렸다. 성스럽던 그곳은 악취가 진동했다. 불에 타다 남은 시체들이 널브러진 채로 썩어가고 있었다. 벌레들이 들끓었다. 송장을 파먹던 들쥐들이 달아날 생각은 하지 않고 멀뚱멀뚱 나를 쳐다보았다.

"가온! 가온!"

나는 정신없이 가온을 불렀다. 목이 터져라 외쳤지만 음산한 메아리만 되돌아왔다. 몽골군의 습격을 받은 걸까. 여러 정황으로 볼 때, 불과 한두 달 전에 당한 참변 같았다. 나는 가온과 별바라기를 했던 언덕을 내려와 배나무 아래 섰다.

"탁연! 탁연!"

누각 이층 높이 허공에 대고 그의 이름을 불렀다. 하얗게 곰팡이가 핀 썩은 배 하나가 퍽 소리를 내며 곯아 떨어졌다.

'돌이켜보면 나는 불협화음의 연대를 살아왔소. 그 불협화음과 적당한 거리를 두고 관조하는 게 옳았지 않나 싶기도 하오. 덩달아 뛰어들어 부스럼만 키우는 듯해서 말이오.'

구슬픈 거문고 가락을 연주하면서 그가 내게 읊조린 말이다. 남해 분사대장도감의 경판을 훔쳐서 일본에 팔아넘길 만큼 대범한 수행자가 탁연이었다. 나더러 남송에 가서 주자학을 탐사해보라고 했던 이도 그였다. 그런데 그의 처소는 불타 없어져버렸고 행적이 묘연했다.

약초골로 달렸다. 화전민촌도 공방도 철저히 파괴되었다. 폭포 산막으로 달렸다. 그곳도 깨끗이 불타버리고 겨울 가뭄으로 부쩍 수량이 적어진 폭포 소리만 훌쩍거렸다.

'다 주고 나면 또 새롭게 얻는 기회가 온다. 나는 혀를 잘라주고도 이렇게 너와 자유롭게 대화하고 있지 않느냐.'

내게 육보시를 해준 여옥 여사제의 목소리가 환청이 되어 울렸다. 나는 그에게 오체투지로 경의를 표했었다. 이렇게 산막까지 내주고서 무엇을 새롭게 얻었을까. 목숨이나 부지했으면 다행이었다.

망연자실하여 터덜터덜 산을 내려왔다. 몸이 무너지고 발이 땅 속으로 꺼져버릴 것 같았다. 김승의 쪽방이 있던 자리에 섰다.

"촌장! 촌장! 김승 촌장!"

아무런 대답이 없었다. 천하의 혁명가, 그 치밀한 전략가가 도대체 무슨 일로 이렇게 결딴나버렸단 말인가. 나는 도저히 납득할 수 없었다.

날이 저물고 있었다. 산중에 저녁 이내가 내려오면서 으스스한 바람이 불었다. 바람 건너가는 공중에 어지러이 도깨비불이 날았다.

"히히 호호!"

귀신 소리가 났다. 당나귀가 푸들푸들 떨었다. 하지만 내 의식은 삭도처럼 날이 서고 별빛처럼 명징했다. 도깨비불과 호랑지빠귀 울음소리 따위가 지금의 나를 주눅 들게 만들지 못한다. 호랑이나 곰이 출몰하더라도 마찬가지다.

"아무도 없소? 아무도 없소?"

나는 손나발로 골골을 향해 외쳤다. 밭은 입에서 단내가 났다. 나는 죽음의 계곡으로 돌변한 약초골에서 삼거리로 나왔다. 어스름 속, 시커먼 조각자나무를 기준으로 주막집이 있던 자리를 짐작할 수 있었다. 나는 조각자나무 아래서 청림리로 다시 가볼까, 검모포로 돌아갈까 잠시 머뭇거렸다. 그러다 뒤통수에 가격을 받고 그대로 쓰러졌다.

내가 눈을 뜬 건, 삼거리 남쪽 천총산 자락 가마소 근처의 숯가마 안이었다. 벽에 꽂은 관솔불이 타고 있었고 나는 새끼줄로 꽁꽁 묶여 있었다. 험상궂은 사내들이 가마니때기 문을 팔랑이며 드나들었다. 나는 바랑부터 찾았다. 다행히 머리맡에 놓여 있어서 안심이었다. 목이 탔다.

"물, 물 좀 주시오."

봉두난발한 사내가 깨진 바가지로 찬물을 퍼 왔다.

"왜 날 여기로 데려온 거요? 당신들은 누군데 날 묶어놓았고?"

"잠자코 기다려보슈. 밤새고 나면 아는 이가 올 거유."

"이거나 풀어주시오."

"우린 모르오."

퉁명스럽게 쏴붙이고 벌렁 드러눕더니 바로 코를 골았다. 다른 사내에게 물어도 대꾸가 시큰둥했다.

날이 샐 무렵 내 앞에 나타난 건 놀랍게도 전 장군이었다. 흙투성이 옷차림의 인부들 몇과 들어오는 그를 하마터면 못 알아볼 뻔했다. 눈 하나를 잃어서 헝겊 띠로 가렸고 오른손까지 없었다. 그의 몸에서는 송장 썩는 냄새가 진동했다.

"전 장군! 이게 어떻게 된 노릇인가?"

왈칵 눈물이 쏟아졌다.

"다 그쪽 때문인데 물을 게 뭐 있담."

전 장군은 퉁명스럽게 이죽거렸다. 광란의 눈동자가 번뜩거렸다. 증오와 저주의 눈빛이었다.

"나 때문이라니? 나는 작년 가을 중국에 건너갔다가 이제야 돌아오는 길일세. 경교 문헌과 경교비 탁본까지 구해서 말이야. 이걸 근거로 수기 스승과 천기 승록을 설득할 요량이야. 그런데 대체 무슨 난린가? 몽골놈들이 쳐들어온 건가? 가온은 어딨어? 김승 촌장은?"

"모두 불에 타 죽어버렸소. 반군으로 처형돼버렸단 말이유!"

"누가? 누가 그랬다는 거야?"

"그쪽이 알지 내가 알까? 간을 내 씹어 먹어도 시원찮을 족속들! 최이, 최항, 수기 따위지 누구겠슈."

전 장군은 숯가마 바닥에 가래침을 캭 뱉었다. 인부들은 아무

렁지도 않게 그 위에 토막처럼 쓰러져 잠에 빠졌다.

"무슨 소린가. 최씨 무인 세력이 알아차렸나?"

"작살나버렸소. 모두 화염지옥에서 타 죽고 말았슈. 촌장도, 가온도, 내 마누라, 내 아들딸도 모조리 타 죽어버렸슈. 나와 여기 몇몇 동지들만 용케 살아남아 이렇게 밤마다 송장을 치우는 거안 보여! 대낮에는 아무도 얼씬거리지 못해. 시신에 손댄 거 관에서 알면 반란군 잔당임이 들통 나 참수당한다고!"

전 장군이 버럭 소리를 질렀다. 나는 그의 이마에 내 이마를 대고 도리질쳤다. 손이 묶여 있어서 안아줄 수가 없었다.

"내 잘못이네. 내가 자리를 비우지 말았어야 했어. 중국에 갔다온 내가 잘못이야."

"이렇게 될 줄 알고 일부러 피한 것이겠쥬."

"무슨 소린가? 저 바랑 속을 열어보게나. 난 수기 스승과 천기승록을 이해시킬 근거들이 더 필요했어. 얼른 이것부터 풀어주게. 보여줄 게 있다네."

나는 전 장군에게 등을 보였다.

"이젠 아무것도 필요 없어. 오직 복수만 남아 있을 뿐이유."

전 장군은 전혀 다른 사람으로 변해 있었다. 그가 낫으로 새끼줄을 잘라 풀어주었다. 숯가마 지붕 위로 피멍 든 아침이 밝아오고 있었다. 속히 검모포 상선으로 돌아가야 할 때였지만 이대로는 떠날 수가 없었다. 배에 남은 짐 따위는 못 챙겨도 그만이었다.

7

경교 문헌을 《대장목록》에 넣는 것이 어려워졌음을 알게 된 김
승은 혁명군을 양성하는 데 주력했다. 강도 진양부 최씨 무인 세
력의 심장부를 격파하기 위해서였다. 그는 화약 신무기로 무장한
특공대를 조직하기 시작했다. 그러는 한편 내가 남송에서 돌아오
길 기다렸다. 태자 저하와 황제 폐하의 윤허를 받아내야 정통성
을 얻기 때문이었다. 안 그러면 최씨 집안을 꺾는다 해도 다른 무
인 세력들이 들고일어날 테니 허사였다.

내 여행이 길어지자 김승은 초조해졌다. 그는 변장한 다음, 몸
소 상단을 꾸려 강도에 잠입했다. 다른 방도를 찾아보려고 수양
딸 심경과 접선했다. 그 무렵 심경은 몸이 많이 축나 있었다. 심

경이 만든 좌약 강장제를 쓰다가 중독된 최이 집정은 빈사상태가 되어 사경을 헤맸다. 하지만 최항 지주사는 워낙 강골로 타고나서 겉으론 멀쩡해 보였다.

"아버님, 우리가 태자 저하를 만나는 건 너무 위험해요. 집정과 지주사가 넓어놓은 감시망이 워낙 촘촘한데다 어찌 하여 만나게 되더라도 미쁘게 여기지 않을 거예요. 뭘 믿고 동조하겠어요? 오직 지밀 승정만이 태자를 움직일 수 있고 황제를 등에 업을 수 있어요. 돌아가서 기다려봐요. 지밀 승정은 우리 일을 돕고자 남송에 갔답니다."

심경은 김승의 손을 잡고 눈물을 뿌렸다.

"아가, 불과 일 년 만에 네 몸이 많이 상했구나. 넌 약물을 안 마시고 그놈들만 꺾어놓을 수는 없는 게냐?"

김승은 심경의 볼을 애처롭게 쓰다듬었다.

"약물 때문이 아니니까 너무 걱정 말아요. 몸살기가 있어서 그래요."

그렇게 둘러댔지만 심경의 장기들은 이미 탈이 나 있었다. 때때로 속이 쓰리고 경련이 일어났다. 연근차에 탄 독도 독이지만 아이가 들어서지 못하게 먹는 독한 피임약 때문에 속을 버렸다. 차마 원수의 아이를 밸 수는 없었다.

김승은 진양부 일대의 지형지물과 내성·중성·외성 그리고 해안가의 진·돈대·보들을 자세히 파악하고 돌아왔다.

그는 선사 소군과 탁연을 불러서 당부했다. 자신이 강도로 진격하면 마을에 남아 뒷일을 맡아달라고.

"그야 어렵지 않네만 만약 실패하여 저들이 우리 본거지를 찾아 소탕하려 들 때면 어찌 해야 할꼬?"

선사 소군은 지혜로운 늙은이였다. 김승은 골똘히 생각하다가 입매에 힘을 주었다.

"만일의 경우를 생각해서 드리는 말씀입니다. 남녀 학동들을 모아 멀리 탐라나 유구국으로 가시면 어떻겠습니까? 그곳에 터를 잡고 마을을 만드는 겁니다. 우리 도가 여기서 끊어지지 않게끔 하자는 겁니다. 두 분께서 교육을 맡아주시면 먼 훗날을 기약하는 방책이 됩니다."

"뭔 말씀인지 알겠네만 소군 마마와 나는 촌장이 승리하는 걸 보고 싶다오."

"놈들을 제압하면 바로 기별하여 모시겠습니다."

"아닐세. 우린 운명 공동체야. 탁연 스님의 말처럼 살아도 같이 살고 죽어도 같이 죽어야 옳아. 이 땅을 버리고 살아남아서 어디다 쓰겠나? 촌장은 최씨 불량배들 쓸어버리는 일에만 전념하시게."

선사 소군의 결단으로 그 일은 없었던 일이 되었다.

변산에 여름이 찾아오자 청장년들은 틈틈이 모여 군사훈련을 받았다. 마지막 태풍이 지나가고 기세 찬 매미 울음소리가 잦아

들었다. 여사제 여옥이 산막 아래 마을 사람들을 불러 모아놓고
산상수훈했다.

"보라! 지난 봄날, 농부가 씨를 뿌리러 척박한 비탈밭에 나갔
다. 한 줌의 씨를 손에 가득 쥐고 뿌렸다. 더러는 길가에 떨어지
매 새들이 와서 쪼아 먹어버렸고, 더러는 돌 위에 떨어지매 땅속
에 뿌리를 내리지 못해 이삭을 내지 못했고, 더러는 가시떨기에
떨어지매 가시가 기운을 막았고 벌레가 삼켜버렸다. 그러나 절망
은 아직 이르다. 더러는 좋은 땅에 떨어져 이 가을날 좋은 열매를
맺었음에. 육십 배, 백이십 배의 결실이 되었음에. 지금 우리 목
걸이에 매달린 이 십자가는 작고 볼품없지만 먼 훗날 이 땅이 십
자가 숲으로 뒤덮이게 되리니, 한 알의 씨가 땅에 떨어져 죽어야
풍년을 기약함을 알지라. 그러므로 한 알의 씨가 땅에 떨어지는
날은 살아 있는 날이자 죽은 날이다. 삶이 죽음이고 죽음이 곧 삶
인 바로 그런 날이다. 인간은 누구나 그날을 단 하루밖에 가질 수
없다. 그날을 거룩하게 맞는 이가 영생을 깨달은 자로다."

가온이 기억하고 탁연이 정리한 《서방세존법언록》 가운데 몇
구절을 재구성한 내용이었다.

산상수훈을 마친 여사제는 신탁이 내린 것인지 몸을 부르르 떨
었다. 머리 위로 무지개 빛깔 광배가 떴다. 두 팔을 벌려 하늘을
우러른 그는 공중을 향하여 외쳤다. 그 외침은 폭포 소리와 어우
러져 깊은 떨림과 울림을 만들어냈다.

십자가여, 나를 매달아라.

화살이여, 나를 꿰어라.

창이여, 나를 찔러라.

몽둥이여, 나를 박살내라.

번갯불이여, 나를 태워버려라!

있어서 허망한 것들은 모조리 소멸케 하고,

영원한 사랑의 정화만이 남아 빛나게 하라.

영구의 별만이 빛나게 하라.

산상에 모인 마을 사람들이 여사제를 따라 양손을 쳐들고 복창했다.

같은 시간, 강도 최항의 집에서는 비밀리에 화약 제조도감이 설치되고 신무기 개발에 여념이 없었다. 최항은 어떻게 해서든 가공할 신무기를 개발해 반군을 뿌리 뽑고 몽골군을 물리칠 작정이었다. 그래야만 아버지 최이 집정의 뒤를 원활하게 이어갈 수 있었다.

최이가 위독하자, 측근들은 왕권통치로 복귀할 것을 주장하는 왕정파와 무신통치 연장을 바라는 군정파로 갈라섰다. 왕정파는 최항의 혈통과 자질을 문제 삼아 집정이 될 수 없다고 주장했다. 차제에 임금에게 국권을 돌려줘야 한다는 거였다. 김준 같은 천민 출신 무신들의 비호를 받고 있는 최항은 왕정파에게 실적을 보여줄 필요가 있었다. 최항은 밤중에 도방과 정방 소속 무신들을 모아놓고 신무기 화약 폭발 시위를 했다. 김승 공방에 비하면 초라한 수준이었지만 왕정과 무신들은 크게 놀랐다. 곧바로 전라도와 경상도 반란군 소탕작전을 펼쳤다. 화약무기로 최씨 부자를 습격한 변산 김승 공방이 맨 첫 번째 표적이었다. 김승의 점조직은 신출귀몰했지만 강도에서 오래 활동하다보니 꼬리가 밟히지 않을 수 없었다. 최씨 부자의 간자들이 요소요소에 박혀서 첩보전을 벌였기 때문이다.

"가을걷이하는 마을에 참새 떼가 시커멓게 하늘을 뒤덮었슈. 그 너머로 한 무리의 기마대가 들이닥쳤고요. 처음엔 몽골군이 쳐들어온 줄 알았네유. 어찌나 날쌔고 사납던지. 기마대는 방마장과 약초골 공방, 판각공방을 동시에 급습하여 불을 지르고 닥치는 대로 살육하기 시작했슈. 우리 쪽에서는 미처 손을 써볼 새도 없었슈. 훈련받은 장정들은 태반이 개경과 강도로 파송되고 마을에는 이렇다 할 예비군이 없었으니께유. 살아남은 노약자와 여인네들은 동굴 예배소로 피신해서 소리 없이 기도했지라. 알다시피 소나무 숲으로 입구가 가려진 곳이라 외지 사람들은 여간해서 동굴 예배소를 찾기가 어렵지유. 그런데 기마대는 귀신같이 냄새를 맡고 들이닥쳐 불화살을 쏟아부었슈. 성스러운 예배소가 아비규환이 돼버렸지라. 그놈들이 이곳 지리를 훤히 꿰차고 있었

기에 가능했던 거유. 누군가 길라잡이를 했거나 소상한 지도를
그려줬을 테지유."

동굴 예배소 시체 더미 속에서 의식을 잃었다 깨어났다는 전
장군이 그날의 참상을 일러줬다. 전 장군이 내 눈을 주시했다. 나
는 고개를 저었다.

"그야 모르는 일이쥬. 세상에 믿을 놈 하나도 없으니께. 하여간
깡그리 태우고 도륙합디다. 오직 가마소 계곡 숯가마만 온전했
슈. 실수로 놓친 거유."

"가온은 어찌 되었나? 여사제와 김승 촌장은?"

"기마대가 김승 촌장의 목을 베어 소금에 절여 가지고 갔슈. 선
사 소군과 탁연 스님은 칼로 베이고 짓밟혀 불에 태워졌고. 우리
누이 여옥 사제와 가온이의 최후는 너무 처참해서 차마 밝힐 수
없구먼유."

늘 그래왔다. 야별초 기마대는 몽골군이 없는 후방에서만 출몰
하여 용맹을 과시했다. 외침한 적은 무조건 피하고 내부의 적만
골라서 초토화시켰다.

"이렇게 속수무책으로 당할 김승 촌장이 아니었는데……"

나는 좀처럼 받아들일 수가 없었다. 그토록 조직적인 집단이
너무 허망하게 당했던 것이다.

"쳇! 그쪽이 그렇게 말할 자격이 있는 거유?"

전 장군은 줄곧 비위가 상한 표정으로 나를 흘겨보다가 다시

입을 열었다.

"……결과적으로 그쪽이 도화선이었슈."

"도화선이라니?"

"애초 김승 촌장이 왜 그쪽을 여기로 불러들였겠슈? 요새 같던 마을을 감찰하도록 일부러 공개한 까닭을 아느냔 말유."

"그야 대장도감 목록에 경교 문헌들을 넣으려고……"

"애당초 그쪽에겐 그런 능력이 없었슈. 김승 촌장과 탁연 스님, 가온 모두 그걸 잘 알고 있었슈. 곰곰이 잘 생각해보슈."

전 장군은 넋 나간 사람처럼 함부로 지껄여댔다. 하지만 생각해보니 그랬다. 여기서 떼죽음당한 자들은 모두가 하늘의 뜻을 알고 있었다. 여옥 사제의 마지막 산상수훈 기도가 그 증거였다. 그들은 이곳이 죽을 자리임을 알았고 때를 기다려왔던 거다. 밭 갈고 씨 뿌릴 때를 기다려왔던 거다. 최씨 무인정권이 부리는 야별초 기마대가 그 역할을 했다. 나는 내 의도와 무관하게 그들의 전령 역할을 한 셈이었다.

"내 업보로군. 시신이라도 거둬줘야겠네. 동굴 예배소부터 가보세."

업보 논리를 부정해오던 내 입에서 자연스럽게 업보라는 말이 나왔다. 달리 표현할 말이 찾아지지 않았다.

"벌건 대낮에 마을로 나가는 건 저승사자 밥이유."

한밤중에만 마을에 내려가 시신을 거둔다는 거였다. 동굴 입구에서 나무 더미에 올려놓고 깨끗이 불태워주는 게 장례였다. 처음에는 손도 못 대고 방치하다가 보름가량이 지나서야 몰래몰래 화장했다고 한다. 간밤에도 그 일을 하다가 왔다고 한다.

"나는 승려라네. 아직도 대장도감 승정 신분이야. 관에서 알아도 어쩌지 못할 게야. 누가 자넬 손댄다면 그 앞에서 나부터 죽이라고 하겠네."

전 장군이 마지못해 나를 따라나섰다. 당차던 그전의 모습은 찾아볼 수 없었다.

"당나귀 타고 가세유. 그 당나귀 가온이가 타던 거니께."

가슴이 저렸다. 나는 숯가마 비좁은 뜰에 매여 있는 당나귀가 가온이기라도 한 것처럼 다가가 끌어안았다.

'우리 마을, 스님이 지켜줄 거잖아요. 높은 산 위에 요새처럼 만든 마을은 무너질 수 없고, 또한 숨겨질 수도 없지만……'

가온의 귀한 자태, 영성 어린 음성이 들린다. 작년 여름, 이 마을에서 마지막 밤을 보낼 때 가온이 내게 부탁한 말이었다. 가온은 그때 이미 이런 날을 예감하고 내게 말했던 것이다. 나는 종파를 떠나 이처럼 아름다운 마을은 영원해야 한다고 생각했을 뿐이었다. 나는 마을을 지켜주지 못했다. 나는 당나귀의 커다란 눈을 차마 쳐다볼 수 없어서 두 손으로 얼굴을 감싸고 주억거렸다.

"그냥 데리고 가세."

삼거리 조각자나무까지 가는 길이 황천길이었다. 거기서 쇠뿔

바위 동굴 예배소까지는 또 어떻게 걸어갔는지 모르겠다. 아미타
경을 염송하며 걷다가 복음서 구절을 두런거리기도 했다. '진실
로 너희에게 이르노니 우리는 아는 것을 말하고 본 것을 증언하
노라. 내가 땅의 일을 말하여도 너희가 믿지 아니하거든 하물며
하늘의 일을 말하면 어떻게 믿겠느냐.'

믿기지 않겠지만 동굴 예배소에서 전 장군이 어렵사리 내게 일
러준 걸 골자만 밝힌다. 성스러운 이들의 죽음을 보통 사람의 그
것처럼 미주알고주알 사실대로 묘사하는 건 예의가 아니다. 더구
나 뒤틀린 인간들의 욕망이 무참히 투사된 살육현장에서 벌어진
일일진대 다 드러내서 어쩔 것인가. 추악한 인간의 본성에 염증
을 느끼게 할 뿐이다.

가온과 여사제는 어느새 색마로 돌변한 기마대에 겁탈당하고
말았다. 그런 뒤 동굴 예배소로 끌려왔다. 동굴 예배소 안에서는
가온과 여사제를 앙모하던 마을 사람들이 공포에 떨면서 죽어가
고 있었다. 사람들은 두 모녀가 멀리 서역에서 모셔온 메시아의
권능으로 한바탕 기적이라도 일으키길 바랐을 것이다. 하지만 두
모녀는 이미 탈진한 상태였다. 모녀는 십자가에 거꾸로 매달렸
다. 기마대가 동굴 예배소 안에 급조해 세운 소나무 십자가였다.
그들은 이내 활시위를 당겨 모녀를 고슴도치로 만들어버렸다. 곧
이어 창질을 해댔고 그다음에는 몽둥이로 두개골을 깨부쉈다. 광
란의 처형식은 거기서 끝나지 않았다. 관솔기름을 구해다 들이부

은 다음 불을 질렀다. 지난가을 산상수훈 때, 여사제가 외쳤던 그대로 집행되었던 것이다.

살아 있는 날과 죽는 날이 한 날이었던 그 최후의 날, 하늘에는 아무런 재이災異도 일어나지 않았다.

"두 순교자의 시신은 어쨌는가?"

"화장하여 약초골 연못에 뿌렸지라. 이놈의 세상 징그럽네유. 남은 송장들만 다 처리하면 나도 저 쇠뿔바위에 올라가 떨어져 죽어버릴 거유."

극도로 흥분해 동공이 크게 열린 전 장군은 야차의 형상이었다.

맞다. 이런 세상 더 살아서 뭐 할까보냐. 죽거나 미쳐버려야만 정상이다. 나는 연못으로 가 가온에게 선물하려고 주문제작했던 옥 얼레빗과 십자가를 던져주었다. 여사제 여옥의 몫, 탁연과 선사 소군, 박말똥이 몫으로도 옥 십자가를 던져주었다. 남은 십자가들을 전 장군에게 건넸다. 그 역시 하나하나 연못에 던져 넣어주었다. 명복을 빌어야 할 이들이 많았던지 이내 빈손이 되었다. 어쩌면 더 이상 십자가 따위가 필요치 않게 되었는지도 모르겠다. 전에 목에 걸려 있던 나무 십자가도 눈에 띄지 않았으니까.

숯가마에 묵으면서 남은 송장들을 죄다 화장하여 바람에 날려주었다.

"전 장군, 강도에 갔다 오겠네. 우리가 여기서 함께 할 일을 생각하며 기다려주게나."

"장군은 무슨! 제 식구 하나 못 지켜낸 빙충인걸."

"꼭 기다려주게."

그는 대답하지 않았다.

검모포로 나가 나주에서 올라오는 세곡선을 얻어 탔다. 이런 형편없는 나라도 나라라고 납세를 하다니 속이 뒤틀렸다. 며칠 뒤 선원사에 도착했다. 그곳에도 내가 감당하기 힘든 또 하나의 죽음이 기다리고 있었다. 수기 스승의 죽음이었다.

"지밀 승정, 여기가 어디라고 왔어요? 어서 강도를 떠나요. 깊은 청산이나 먼 바다 섬 같은 데로 들어가서 꼭꼭 숨어요. 지난 동짓달 초닷새 최이 집정이 서거했고 지금은 최항 천하가 되었는데, 야별초 기마군단이 승정을 잡아 죽이려고 눈에 불을 켜고 다녀요."

도반은 조각배를 주선해서 나를 내쫓다시피 했다. 내 스승 수기 도승통의 죽음은 석연치 않은 구석이 많았다. 어느 날 최항이 들이닥쳐 내 문제로 고성이 오갔는데 다음날 시자가 숙소에 올라가보니 수기 스승이 벽에 기대앉아서 열반해 있었다고 한다. 도반은 아리송한 말을 했다. 자연사인지, 감쪽같은 타살인지 알 수가 없었노라고. 내가 아는 수기 스승은 당대의 도인이다. 죽음을 잘 매듭지을 수 있어야 진정한 도인인데 설마 험한 죽음이었을까 싶다. 사람은 누구나 숨을 쉬며 산다. 그 호흡 한 번 딱 멈출 수만 있다면 그것이 깔끔한 열반이다. 그걸 맘대로 할 수가 없어서 독약을 먹고 목을 매달지만 수기 스승 정도의 법력이면 스스로 숨을 끊어 죽음에 이르는 것이 가능했을 법도 하다. 스승은 그처럼 결연한 죽음으로 내 목숨을 건지려 했던 것 같다.

나는 수기 스승의 죽음을 애도할 겨를도 없이 강도를 떠났다. 그리고 알 수 없는 힘에 이끌려 다시 변산에 흘러들어왔다. 그 와중에도 스승의 방에 걸려 있던 물방울 속 〈수월관음도〉와 〈아미타불 내영도〉 족자를 챙겨온 건 무의식중에 내 소명의식의 발로였을까. 나는 아미타불 족자에 특히 애착이 갔다. 아미타불은 이마에서 빛줄기를 뿜어내 망자의 저승길을 밝혀주고 있었다. 앞으로 내가 해야 할 일이 있다면 그런 일 같았다.

나는 두 눈으로 똑똑히 지켜보았다. 성인의 말씀을 믿고 따르던 세상이 야만인의 말발굽 아래서 처참히 내팽개쳐지는 꼴을. 그래서 이제 진리 같은 건 믿지 않을 작정이었다. 석가는 물론 어쩌면 공자나 예수 같은 성인도 더는 숭배할 수 없을 것 같았다.

살아갈 의욕도, 그렇다고 죽어버릴 용기도 없던 나는 이 바닷가 산중 마을에 제비집 같은 토굴을 지었다. 그동안 나는 산 사람들을 멀리하고 오직 죽은 자들만 생각하며 살았다. 가온과 김승을 비롯한 서쪽 마을 사람들의 진혼제를 올리며. 제물은 오직 찬물 한 사발뿐이었다. 그 어떤 산해진미와 의례용품이 깨끗한 찬물 한 사발을 대신할 수 있겠는가. 여기서 죽은 이들은 광란의 시대에 바쳐진 한 사발의 정화수 같은 존재들이 아니던가.

그렇게 어언 서른 해가 훌쩍 지나버렸다. 돌이켜보면 세상을 저주하고 진리를 조롱하며 짐승처럼 살아온 세월이었다. 그사이 나는 한 마리 늙은 산짐승으로 변해버렸다. 진리를 구하려다가 도리어 나 자신이 사자에게 잡아먹혀버린 꼴이다.

여기는 반란과 처형의 땅, 혼령들이 떠도는 터알이다. 공중을 건너가는 바람소리, 추적추적 내리는 빗소리, 새소리, 물소리는 물론 밤하늘에 뜬 별, 철 따라 피어나는 들꽃마저도 원혼들의 징표다. 그렇다. 여기는 들꽃 천국이다. 눈 속에서도 노란 복수초가 피어나고 이른 봄날에는 변산 바람꽃이 핀다. 그 앙증맞은 야생화들은 일찍이 이곳에 천국을 열었던 이들의 혼령이다.

여름철에는 또 유도화가 흐드러지게 피어나고, 나는 거기에 코 박고서 환각에 빠져들곤 하느냐고? 그것을 통해 내 인생 단 두 차례 육욕의 향연이었던 여옥 사제와의 성희를 그리워하느냐고? 그것이 산에서 홀로 사는 짐승 같은 늙은이의 자위 같은 게 아니겠냐고? 상식 밖의 해명을 해야겠다. 인간의 지혜로는 알 수 없는 것들이 세상에는 많으니까 말이다. 여기 들어와 살면서 첫여름을 날 때였다. 연꽃은 여전히 만발하건만 유도화는 다시 피어나지 않는 거였다. 처음에는 그저 해갈이를 하나보다고 여겼다. 이듬해 봄날 그 자리에 흰 꽃이 만발했다. 그런데 그것은 더 이상 사람을 홀리는 향기가 아니었다. 그냥 미선나무 꽃이었으니까. 그다음 해에도 꽃이 없었다. 그러더니 어느 틈엔가 유도화 군락지는 깨끗이 사라져버리고 미선나무 군락지로 뒤바뀌어버렸다.

최이 집정은 자연사한 것으로 돼 있지만 심경의 좌약 정력제 처방전이 주효했다고 본다. 늙은이에게 활활 불타오른 정염이야말로 독약보다 더 치명적이니까. 그런데도 최이나 최항은 심경을 전혀 의심하지 않았다. 심경이 얼마나 매혹적이었고 치밀했는지 짐작할 수 있다. 중독된 애욕의 불꽃은 광란으로 치달았다. 최이가 죽던 날, 최항은 아버지의 애첩들을 집으로 불러들여 질펀하게 간음했다. 이어 거추장스럽던 계모 대씨를 독살하고 그 일당을 주살해 권력을 강화했다. 팔 년 뒤, 최항 역시 죽었다. 그의 아들 최의가 정권을 이어받았다. 최의는 평소 심경을 품어보지 못해 안달해오다가 아버지가 죽자마자 뒷방으로 끌고 가 욕망을 채웠다. 씨도둑은 못 한다고 그 아버지의 그 아들이었다. 일 년 뒤, 최의는 김준에게 살해당했다. 4대에 걸친 최씨 무인정권 62년이 그렇게 종식되었다.

고종의 뒤를 이어, 내가 경모하던 태자 저하가 왕위에 올랐다. 몽골 카라코룸에 다녀온 직후였다. 그가 바로 원종이다. 원종 11년(1270), 고려 조정은 39년간의 강도시대를 마감하고 개경으로 환도했다. 몽골에 완전 항복한 것이지만 본토의 생민들에게는 왕의 귀환이었고 김준에 이어 임연, 임유무로 이어지던 기나긴 무신정권의 몰락이었다.

〈청산별곡〉을 기억하는가. 남해 분사대장도감 정안 처사가 불렀던 노래 말이다. 미래를 예견한다는 정안 처사는 최항이 집권한 뒤, 반강제로 강도에 불려 올라가 참지정사를 지냈다. 고종 38년(1251), 최항은 정안이 반란을 꾀했다고 뒤집어씌워 서해 절해고도 백령도로 유배 보냈다가 참살했다. 애써 피한다고 피했지만 뒤로 오는 호랑이는 피해도 앞으로 오는 운명은 피할 수 없었던 셈이다.

대장경 뒷이야기다.

고종 38년 9월 25일 낙성 기념회가 강도에서 열렸다. 하지만 결본이 많아서 완전하지 못한 낙성식이었다. 원종 9년(1268), 황해도 운해사에서 내 친구 일연이 주맹主盟이 되어 개최한 것이 제대로 된 낙성식이다. 선종과 교종의 이름 높은 스님 백여 명이 모인 낙성식에서 일연은 신적인 경지를 보였다고 한다. 그가 경전 이름을 부를 때마다 경판들이 방광放光한 것이다. 그는 예언했다. 전란중에 고려인의 피와 땀, 절망과 희망을 뒤섞어 쪼개고 다듬고 새겨 완성한 대장경판은 천 년 뒤에도 온전하리라고.

남해에서 일연과 내가 같이 새기다 만 《반야심경》 경판 얘기도 해야겠다. 내가 이곳에서 비명에 간 혼령들과 지내고 있을 때, 내 친구 일연이 뜬금없이 찾아왔다. 몇 년 사이, 나는 산짐승이 되어버렸고 일연은 불교계의 실세로 부상하고 있었다. 일연과 나는 '관자재보살'이라는 구절 다음의 경문 대신 가온, 사자견 미루,

여옥 사제, 김승 촌장, 탁연, 선사 소군, 전 장군, 박말뚱이, 쌍둥이 형제 등 서쪽에서 온 마을 사람들의 이름을 새겼다. 십자가와 갈고리 십자가도 사이좋게 붙여서 나란히 새겼다. 세상에 널리 독송되는 《반야심경》과는 또 다른 《반야심경》이라고 할 수 있겠다. 우리는 그 경전을 연못에 묻었다.

끝으로 불곰 같은 사내 전 장군 얘기다. 강도에서 도망치다시피 돌아왔더니 숯가마가 텅 비어 있었다. 때마침 쌍둥이 형제가 이끄는 떠돌이 광대패가 남도에서 돌아왔던가본데 전 장군 일행은 그들과 함께 사라져버렸다. 이십여 년이 흐른 뒤에야 그의 생존소식을 풍문으로 전해 들을 수가 있었다. 몽골에 끝까지 저항한 삼별초의 별장이 되어 진주와 탐라에서 용감하게 싸웠다는 것이다. 원종 14년(1273) 4월, 여몽연합군의 조직적인 공략에 의해 탐라 삼별초는 괴멸되었다. 공식적으로는 그렇다. 하지만 어디 그쯤으로 결딴날 고려인이던가. 전추산이 이끄는 한 무리는 배를 타고 유구국으로 달아나 끝까지 저항을 포기하지 않았다. 국제 무역상으로 변신한 그들이 벽란도와 개경에 제 집처럼 드나들었음은 물론이다. 세계가 맥없이 정복당할 때, 고려인들은 끝까지 자존감을 지켜내고자 했다. 그 사람, 전추산이 자랑스럽다. 과연 그는 내가 지어준 별호대로 장군이다. 사나운 오랑캐는 피하고 숨어서 순박한 백성들만 쥐 잡듯 하는 얼치기 무신들 말고 진짜 장군 말이다. 어느 날 그가 특유의 쇳소리를 내며 홀연히 내 앞에 나타나줄지도 모르겠다.

'이 마을, 스님이 지켜줄 거잖아요.'

별빛 아래서 그 옛날 가온이 속삭였던 그 말의 의미를 이제야 알겠다. 김승이 이끌었던 경교도 마을은 거짓말처럼 사라졌지만 그들의 이야기는 나, 지밀의 기억에 의해 되살아나게 되었다. 하지만 유감스럽게도 나는 김부식이나 이규보 상국, 일연 같은 글재주가 없다. 그들이 쓴 《삼국사기》《동국이상국집》《삼국유사》 같은 국보급 역저에 비할 바가 못 된다. 나는 그저 어둠 속에 묻혀 있던 내 과거를 향해 손을 내밀었다. 죽기 전에, 자그마치 삼십 년간 누구에게 말도 못 했던 이야기를 기억나는 대로 끼적였을 뿐이다. 젊은 날, 내가 대장도감 승정 시절에 겪었던 이야기를 이렇게 다 털어놓고 나니 속이 후련하다. 종교인들은 흔히 중생을 구제하겠노라, 세상을 구원하겠노라 장담한다. 유감스럽게도 인간은 세상을 구할 수가 없다. 세상은 처음부터 구원을 필요로 하지도 않는다. 그 자체로 이미 극락이니까 말이다. 그럼에도 중생구제니, 구원이니 들먹이는 부류나 집단이 있다면 대개가 사기꾼이거나 정신착란자일 가능성이 크다. 종교의 이름을 달고 그런 망발을 한다면 지옥이 거기서 그리 멀지가 않다.

저간 삼십여 년 동안, 차마 말 못 할 참사를 경험한 내가 아는 구원이란 그리 대단한 것도 아니다. 체험하고 확인한 진실을 오롯이 말하고 기록하는 일, 그 자체다. 그것을 통해 마음 깊은 구석에 숨겨놓고서 애써 외면해왔던, 지지리도 못난 자기 자신과 화해하는 일이다.

내가 쓴 이 이야기는 물론 진리가 아니다. 세상을 저주하며 짐승같이 살아오는 동안 나는 진리를 부인해왔다. 하지만 진리가 어디 나 같은 화상이 모독할 만한 그런 것이던가. 미욱하고 탐욕스러운 인간이 실천하지 못해서 문제다. 설령 의도가 순수하지 못했다 하더라도 결국 남는 건 진리를 찾아가는 모험의 역사, 그 기억들임을 나는 안다. 그렇다면 동기야 어떻든 몽골과의 전쟁중에 다시 새긴 대장경 경판들이야말로 더러운 진흙 밭에서 피어난 연꽃이 아니겠는가. 잿더미 속에서 다시 피어난 불의 연꽃이 아니겠는가.

오랜만에 목욕을 해야겠다. 그리고 혼령들을 불러내 그들의 이야기를 회향해야겠다. 나는 솥단지에 물을 데워 말라비틀어진 나무토막 같은 몸을 씻는다. 젊을 적 팽팽하고 윤기 나던 살갗은 어느새 나무껍질처럼 변했고 꼿꼿하던 등은 굽은 나뭇등걸이 되었다. 근심걱정 잘 날 없는 인생살이를 어느 누가 깨달음의 나무, 보리수菩提樹라고 했던가. 무우수無憂樹, 근심 없는 나무만 돼도 축복이다. 환생이라는 게 정말 있다면, 나는 다음 생애에 한 그루의 나무로 태어나고 싶다. 자라서 넉넉한 그늘이 되었다가 몇 장의 경판으로 남아도 좋으리. 여옥 사제의 예언처럼 먼 훗날 이 땅이 십자가 숲으로 뒤덮이게 된다면, 소박한 나무 십자가가 되는 것도 괜찮겠다. 종파가 무슨 대수랴. 공자나 석가, 예수, 마호메트 같은 선각자의 말씀을 당대에 제대로 실천하면 그뿐이다. 특정 종교를 믿지 않더라도 인간은 누구나 종교적인 존재일 수밖에 없다고 한다면 말이다. 무신론자도 신이 없다면서 신을 언급하지 않는가.

나는 천명한다. 어떤 종교라도 타락한 세상을 향해 입바른 소리, 쓴소리를 할 수 없을 만큼 썩었다면 그 종교는 설 자리가 없다. 그건 더 이상 종교가 아니라 신을 팔아먹고 번지는 사특한 무리들이다. 그런 종교는 차라리 없어져버려야 세상이 더 평화롭다. 인간은 종교 없이도 충분히 평화로울 수 있는 존재이기 때문이다.

젖은 몸을 말리고서 정화수 그릇에 찬물 한 사발을 뜬다. 진혼제에 올릴 정화수다. 이 찬물 한 사발이 지금 내 종교다. 정화수 안에 내 얼굴이 비친다. 치렁치렁한 갈기를 지닌 산짐승이다. 도무지 꼴도 보기 싫은 몰골이다. 그런데 오늘은 외면하고 싶지가 않다. 그래서 자세히 들여다본다. 언뜻 기를레의 모습이 비친다. 기를레를 기억하는가. 빛나는 사람 가온 말이다. 가온이 되살아왔다. 나는 환하게 웃으며 그를 맞는다. 별꽃 같은 가온의 얼굴이 산짐승 같던 내 얼굴과 겹친다. 내 몰골이 가라앉고 가온의 얼굴이 또렷하게 떠오른다. 이런 걸 환골탈태라 하던가. 짐승의 탈이 벗겨지고 뽀얀 인간의 얼굴이 나온다. 가온이다. 가온 맞다. 가온이 내게로 왔다. 가온이 내 안에 들어왔다. 감춰둔 이야기를 풀어 놓는 사이 나는 시나브로 험상궂은 산짐승의 탈을 벗고 가온이 돼갔던 모양이다. 그렇다. 내가 바로 가온이다.

복되도다! 내 안에 들어앉아 나를 파먹어온 사자여. 나를 모조리 먹어치우더니 그대 마침내 인간이 되었구나. 이제 그만 나오라! 그대 안에서 잠자고 있던 성자여! 옴 바아라 도비야 훔!

코리아의 어원, 고려! 문명국 고려의 소프트파워와 하드파워는 몽골제국과의 전란중에 위대한 세계문화유산 팔만대장경을 남겼다. 역량이 한참 모자랐던 일본은 고려와 조선에 줄기차게 대장경을 구걸해오다가 근대화 시기인 1922년 대정 11년에 기획, 1932년 소화 7년 2월에야 비로소 완성한다. 고려대장경을 저본으로 삼은 대정신수대장경大正新脩大藏經이다. 이 대장경에는《서청미시소경》《경교삼위몽도찬》《대진경유행중국비송》같은 경교 문헌들이 포함돼 있다. 만일 고려대장경 안에 경교 문헌들을 담았다면 그 가치는 지금보다 훨씬 더 컸을 것이다.

1928년 여름(6월 27일~7월 10일), 만주국 안산 남만주철도회사 소속 농원 묘포에서 일곱 개의 와제瓦製 십자가가 출토되었다. 발해 고분에서 나온 이 정방형 십자가들은 동방기독교 경교도들이 남긴 매장유물이다.

발해 땅이었던 블라디보스토크의 아브리코스 절터에서도 경교 십자가 점토판이 발굴되었다. 불교와 동방기독교를 접목한 신앙이 일찍부터 이 땅에 있었음을 짐작하게 한다. 발해의 수도였던 만주 훈춘에서는 경교 삼존불상이 나왔다. 붓다는 가슴에 십자가 문양을 달고 있고 왼쪽 협시보살은 십자가 목걸이를 하고 있다.

1956년 경주 불국사에서 가로세로 24센티미터 크기의 정방형 돌 십자가와 동제 십자무늬 장식, 마리아 관음상이 출토되었다. 현재 숭실대학교 한국기독교박물관이 소장하고 있다.

일본에도 경교 유물이 전해온다. 여몽연합군은 두 차례에 걸쳐 일본 원정을 시도하지만 모두 실패했다. 많은 고려인과 몽골군이 일본에서 죽었다. 후쿠오카 겐코사료관에는 여몽연합군의 병장기들이 전시돼 있는데 그중 십자가 문양이 새겨진 몽골군 철갑주가 있다. 십자가는 철갑주 하나하나에 모두 돋을새김돼 있다.

소설 속, 가온이 기억하고 필경사 탁연이 정리한 예수의 어록 《서방세존법언록》은 Q복음서 도마복음의 고려식 번안이라고 할 수 있다. 여옥 여사제의 산상수훈 기도문은 《파우스트》의 결말 부분 '열락의 교부(자신을 희생하여 정화를 구하는 단계)'를 차용했다. 유승 단의 사망 시기는 강화 천도 두 달 만이지만 소설에서는 그해 연 말로 늦춰 잡았다. 지금의 오키나와는 고려 때 삼산三山으로 불렸 는데 편의상 유구琉球로 썼다. 경교 또는 네스토리우스파는 예수 의 신격과 인격을 구별하여 431년 에페수스 공의회에서 이단으로 판정, 리비아로 추방되었다. 삼위일체를 부인했기 때문이다. 소설 에서는 삼위일체를 인정하는 종파로 묘사된다.

글을 쓰면서 많은 분들의 도움을 받았다. 고려대장경연구소 이 사장 종림 스님, 해인사 팔만대장경연구원 보존국장 성안 스님, 강화도 선원사 성원 스님, 조계종 총무원 기획실장 일감 스님, 한 국경교역사연구원 이경운·장학봉 목사님, 경판을 연구해온 남권 희·최연주·최영호·김성수 교수님, 목판서화가 안준영 선생, 좋은 글을 쓰라며 지리산·덕유산 약초와 토산물을 아낌없이 보시하는

고려시대 장군의 화신 전인배 선생, 경북대 서지학 박사과정 박
광헌 군에게 감사한다. 소설을 구상했던 함양 남덕유산 영각사
이층 누각 구광루와 돌배나무 그늘에 스며들던 거문고 소리가 쟁
쟁하다.

1011년(현종 2)	거란 침입, 초조대장경 발원
1087년(선종 4)	초조대장경 완성
1096년(숙종 1)	십자군전쟁 시작
1196년(명종 26)	최충헌 집권, 최씨 무신정권 시작
1206년(희종 2)	몽골 칭기즈칸 제위
1217년(고종 4)	최충헌 타도를 위한 승군 반란
1219년(고종 6)	최충헌의 아들 최이 집권
1227년(고종 14)	몽골 칭기즈칸의 아들 툴루이의 섭정
1229년(고종 16)	몽골 오고타이칸 제위
1231년(고종 18)	고려·몽골 전쟁 시작, 자주성 전투(몽골 장군 살리타)
1232년(고종 19)	몽골군에 의해 초조대장경 소실, 강화도 천도